A₁ 650€ 4

10+

L'Exercice de la médecine

DU MÊME AUTEUR

Romans

Le Cas Eduard Einstein, Flammarion, 2013 ; J'ai lu, 2015 (prix du meilleur roman-*Le Parisien*, prix des Hebdos en région, prix Humanités, prix littéraire de psychanalyse, prix Segalen).
La Légende des fils, Flammarion, 2011 ; J'ai lu, 2013.
Les Derniers Jours de Stefan Zweig, Flammarion, 2010 ; J'ai lu, 2011 (prix Nice Baie des Anges).
La Consultation, JC Lattès, 2006 ; Pocket, 2009.
La Folle Histoire, JC Lattès, 2003 ; J'ai lu, 2012 (prix Littré).
Les Mauvaises Pensées, JC Lattès, 1999 ; Pocket, 2001 (prix Wizo).

Biographie

Albert Einstein, Gallimard, Folio Biographies, 2008.

Théâtre

Les Derniers Jours de Stefan Zweig, Flammarion, 2012.

Laurent Seksik

L'Exercice de la médecine

roman

Flammarion

À mon père, à ma mère,

Première partie

Ludichev, 1904 – Paris, 2015

Paris, 2015

Le plus souvent, quand elle avait terminé sa matinée de consultations, le docteur Léna Kotev avait le sentiment d'avoir dit la vérité, pas toute la vérité, bien entendu, mais la plus grande part audible par l'interlocuteur assis face à elle et dont la vie allait basculer en l'espace d'un instant.

C'était comme si le destin s'exprimait par sa bouche.

Elle observa l'homme qui venait d'entrer dans son bureau pendant qu'il accrochait son pardessus sur le portemanteau. Les petites lunettes rondes dont la monture s'inclinait légèrement, la longue mèche de cheveux ramenée sur le dessus de son crâne dégarni lui donnaient un air bonhomme. Elle le voyait toujours tiré à quatre épingles, vêtu d'un costume sombre, d'une chemise blanche portée avec une cravate à rayures ou à pois, seul élément de fantaisie qu'il semblait s'autoriser. Que savait-elle de lui ? Rien ou pas grand-chose. À chaque entretien, il se présentait comme « l'époux de Mme Dargand », se tenait silencieux, presque immobile, ses yeux de myope grands ouverts, écoutant les propos sur l'avancée de la maladie de sa femme. Pour la première fois en six années, il avait franchi seul l'entrée de la consultation du service de cancérologie.

L'homme s'était mis à fouiller nerveusement son pardessus, finit par y trouver, dans une poche intérieure, une feuille de papier et traversa la pièce, sa feuille à la main. Léna réalisa qu'elle ignorait jusqu'à son prénom. Elle avait dû connaître sa profession. Sans doute l'avait-elle interrogé, longtemps auparavant, sur l'âge de ses enfants, comme elle veillait toujours à le faire. Elle se souvenait de quelqu'un de plus alerte les premières années. Elle se dit que l'épreuve l'avait usé.

L'homme hésita sur le choix de la chaise, s'apprêta à s'asseoir sur la plus proche du bureau, là où d'ordinaire s'installait son épouse, préféra celle en retrait où il avait coutume de se placer. Une fois assis, il déplia la feuille, la parcourut lentement de haut en bas. Le léger tremblement de sa main la faisait frissonner comme une voile sous le vent.

« J'ai écrit mes questions pour ne pas les oublier », finit-il par articuler.

Elle le pria de ne pas s'inquiéter, elle allait tout lui expliquer. S'il demeurait des interrogations, elle y répondrait point par point. L'essentiel était qu'aucun problème ne restât en suspens. Elle ouvrit l'épais dossier au nom de Mme Dargand, déjà longuement consulté la veille au soir, le feuilleta rapidement, le referma. Puis elle entama son exposé par la remarque qu'elle tenait toujours en préambule dans ces cas-là :

« Sachez d'abord, cher monsieur, que nous nous battrons jusqu'au bout. »

Elle poursuivit, du ton le plus neutre possible, par le long exposé des résultats des derniers examens, puis dressa l'énumération de ce qui avait été tenté, de ce qui avait échoué, interventions chirurgicales, cures de chimiothérapie, séances de radiothérapie. L'homme acquiesçait de temps à autre d'un mouvement du menton, les yeux rivés au sol, comme si affronter le regard de son interlocutrice était au-dessus de ses forces.

Elle conclut en disant :

« L'instant est douloureux, monsieur Dargand. Il faudra du courage, vous n'en manquerez pas, j'en suis certaine. »

Elle se souvint que, récemment, son confrère, le docteur Villemain, s'était flatté devant elle de ne pas s'embarrasser de nuances face au patient, d'annoncer la gravité des faits dans un compte rendu exhaustif, presque martial, risques encourus, effets indésirables, complications possibles, les chiffres, pourcentages de survie et de récidive, espérance de vie, les faits, seulement les faits, toute la vérité. Et, quand la dernière heure était venue, il l'annonçait de but en blanc. Elle se sentait incapable d'agir ainsi. Manquait-elle de courage ? Quand le combat conduit de haute lutte avait été perdu, l'annonce d'une issue dramatique prochaine lui coûtait de plus en plus. Elle avait l'impression d'arpenter les allées d'un cimetière, ses mots creusant des tombes avant la mise en terre.

L'homme leva les yeux dans sa direction et, pour la première fois, la regarda en face.

« Il y a encore un espoir, n'est-ce pas ? » dit-il d'un filet de voix.

Il y avait toujours un espoir, elle avait vu des situations se retourner subitement sans que l'on comprenne précisément pourquoi. La médecine n'était pas une science exacte. Bien entendu, ces chances-là étaient minces, extrêmement minces. On devait redouter le pire.

L'homme reprit sa feuille, lut à voix basse, ses lèvres remuaient doucement et laissaient échapper un murmure.

« Vous avez cessé la chimiothérapie, dit-il en relevant la tête. Vous n'administrez plus que de la morphine. Comment cela pourrait-il aller mieux ? »

Elle assura que les douleurs dont souffrait Mme Dargand seraient calmées par les perfusions. On pouvait encore augmenter les doses. L'homme eut un moment d'hésitation, puis lâcha :

« Mais comment va-t-elle guérir si la chimiothérapie est arrêtée ? »

Léna répéta ce qu'elle venait de dire, aucune drogue n'agissait plus. Avait-il saisi ce que cela signifiait ? Tous deux devaient impérativement parler le même langage, en cet instant plus encore que par le passé.

« On pourrait peut-être opérer ? » suggéra-t-il.

Mme Dargand avait déjà été opérée par trois fois. Cette hypothèse, comme toutes les autres, avait été discutée avec les chirurgiens, avec les anatomo-pathologistes. Cela n'avait pas été retenu.

L'homme replia la feuille en quatre, la rangea dans sa veste.

« Alors, que comptez-vous faire ? »

L'équipe médicale accomplissait tout ce qui était en son pouvoir. Tout serait entrepris pour que Mme Dargand ne souffre plus. C'était là l'essentiel aujourd'hui.

« Elle est très courageuse, elle peut tout supporter ! Vous le savez, n'est-ce pas ? »

C'était la première fois qu'il élevait la voix. Ses joues et son front avaient rougi. Il cherchait l'approbation dans son regard.

« Alors, pourquoi ne faites-vous rien ? poursuivit-il. Vous baissez les bras ? Alors que vous nous enjoigniez de ne jamais renoncer ?

— Nous avons fait notre possible, monsieur Dargand.

— Vous parlez au passé. Je veux savoir comment vous comptez procéder à l'avenir. Pourquoi ne me le dites-vous pas ?

— Je vous le dis, monsieur Dargand, répliqua-t-elle avec des accents de détermination et de sincérité feints qui lui donnaient des haut-le-cœur.

— Non ! Vous dites ce que vous n'allez PAS faire ! Vous n'allez PAS opérer, vous n'allez PAS poursuivre la chimiothérapie ! »

Elle baissa les yeux.

« Vous m'annoncez qu'il n'y a plus rien à envisager ? balbutia-t-il.

— Je ne veux pas dire exactement cela, monsieur Dargand, dit-elle en rassemblant ses forces.

— Mais vous ne dites que cela, chacune de vos paroles, vos silences même le disent !

— Ce que je vous explique, monsieur Dargand, c'est qu'il faut s'attendre au pire. »

L'homme se leva de sa chaise et arpenta la pièce de long en large. Elle l'entendit murmurer quelque chose pour lui-même. Après quoi il se rassit et, la voix plus forte, l'air déterminé, il déclara :

« Le pire est possible, mais il reste toujours une chance dans l'existence ! Accordez-nous cette chance ! Vous disposez de méthodes ultramodernes, vos appareils coûtent des fortunes. La médecine fait des progrès fulgurants, des révolutions technologiques. Pourquoi ma femme n'en bénéficierait-elle pas ? Vous la connaissez depuis six ans, elle est la bonté incarnée. Moi, à la limite, vous pourriez m'imposer cela, je n'ai pas toujours été à la hauteur. Mais, maintenant, je suis irréprochable, nous formons un couple dans l'adversité, comme à nos débuts. Alors pourquoi voulez-vous tout gâcher ? Est-ce que nous n'avons pas toujours suivi à la lettre ce que vous nous avez recommandé, est-ce que nous avons fait quelque chose de mal, est-ce que nous avons refusé un traitement, non, non et non ! Et pourtant, ça n'est pas facile ! Même vous, vous n'êtes pas facile, derrière vos airs, parfois ! Je ne devrais pas vous parler ainsi, mais, fini pour fini, je vous le dis : votre bonté cache quelque chose ! Vous êtes toujours disponible comme si vous faisiez la charité, mais je

n'en veux pas, moi, de la charité, je veux de l'espoir !
Et puis, il y a quelque chose qui ne colle pas chez
vous, je le dis comme je le pense. Tous les docteurs,
jusqu'aux plus grands professeurs, ont sur leur
bureau un cadre avec une photo, oui, j'ai vérifié,
tous. Des photos de leur femme, de leur fils, de leur
père, j'en ai vu un, un professeur émérite, il avait un
portrait de son chien, mais vous, non, pas le moindre
Polaroid. Est-ce que ça ne cache pas quelque
chose ? » Il s'interrompit comme s'il avait pris
conscience d'être allé trop loin. Puis il reprit : « Mais
oublions tout ça, l'essentiel est que ma femme
guérisse, point final ! Alors, reprenez-vous, docteur,
je suis prêt, Simone est prête, nous pouvons tout
endurer, nous allons nous battre ! »

Un silence tomba sur la pièce. M. Dargand
retrouva un air sombre et résigné. Léna rouvrit le
dossier, parcourut quelques pages, releva la tête,
répéta ce qu'elle venait de dire. Et, tout en parlant,
elle sentait que la force de conviction lui manquait.
Sa voix sonnait faux. Cet homme la rendait immensément triste. Elle n'éprouvait pas de telles sensations
autrefois, du moins pas d'une si grande intensité.

« Je suis à vos côtés, monsieur Dargand,
conclut-elle.

— Promettez-moi que ma femme sortira vite des
soins palliatifs. C'est mauvais pour son moral, et
moi, vous avez vu, cela me rend terriblement
nerveux.

— Elle y restera le moins de temps possible,
répondit-elle. Avez-vous d'autres questions ? »

L'homme hocha la tête, puis il ajouta dans un murmure :

« Vous savez, docteur, nous ne vous voulons aucun mal.

— Je sais, monsieur Dargand, ne vous excusez pas. »

Elle se leva, fit le tour de son bureau, serra la main de l'homme, le raccompagna, lui tendit son manteau, ouvrit la porte, dit au revoir. Tandis qu'il s'en allait, elle jeta un regard sur la salle d'attente, la vit aux trois quarts pleine. Plusieurs paires d'yeux se tournèrent en sa direction. Elle sourit un peu machinalement, referma doucement la porte, alla se remplir un verre d'eau, s'assit, demeura un instant sans penser à rien, but, se releva, rouvrit la porte, regarda sa fiche, lança : « Madame Boisseau, s'il vous plaît. » Puis Léna Kotev regagna son bureau.

Ludichev, 1904

Parvenu au bas de la colline, Pavel Alexandrovitch lança son cheval au galop. Il lui restait une quinzaine de verstes à parcourir. Le vent de l'est traversait ses gants de cuir et lui gelait les doigts, sa pelisse en mouton le réchauffait à peine. Pavel espérait rallier Ludichev avant la nuit en chevauchant sans halte à la lueur déclinante du jour sur l'interminable route de pierre dont la monotonie était seulement rompue par l'écoulement d'une rivière, étroite flaque grise au-delà de laquelle le chemin redevenait triste et morose avant de s'enfoncer dans une forêt de hêtres inquiétante et obscure.

Comme à l'ordinaire, lorsqu'il avait achevé sa tournée des villages, Pavel Alexandrovitch refaisait dans sa tête le déroulé de la journée. Il passait en revue, un à un, ses patients, leur palpait le ventre en pensée, auscultait leurs poumons, réécoutait leur cœur.

Affranchi du sentiment d'urgence, Pavel parvenait à redresser certains diagnostics établis à la hâte dans la moiteur funeste des chambres des malades. Les erreurs glissées dans son esprit à la faveur d'un moment d'inattention se trouvaient corrigées. Un raisonnement qui aurait pu apparaître comme une audacieuse spéculation à un confrère moins aguerri se voyait conforté. Son cerveau était un dispensaire à l'heure où les douleurs languissent.

Pavel s'arrêta sur le cas de Vassili Vlachev, qu'une crise d'apoplexie avait failli emporter. Puis il reconsidéra la trachéotomie pratiquée sur le jeune Sergueï, menacé de suffocation par la diphtérie. Après quoi il s'attarda sur le malheureux Wladimir Alechanski, défiguré par la vérole. Il se demanda s'il n'était pas trop tard pour badigeonner son corps de mercure. Le jeu en valait-il la chandelle ? L'état d'Alechanski était désespéré, mais Pavel disposait-il d'autres remèdes contre le mal de Naples ? Il revit l'effroi sur le visage de l'homme, sa peau couverte de pustules, les ganglions dévorant son cou. Le cœur était atteint, l'homme délirait sans cesse, hurlait : « Je suis le tsar ! » Sa femme, Anastasia, atteinte elle aussi, vivait ses dernières heures. Un grand voile de deuil recouvrait le foyer.

Pavel se souvint du temps où les Alechanski vivaient dans l'insouciance, où tout était charmant, délicieux et léger, lorsque, à peine entré dans leur maison, il sentait le parfum frais, vivace, aigre-doux des deux enfants en bas âge. Wladimir et Anastasia l'attendaient rayonnants de joie, le regardaient examiner les petits pour des riens, une bronchite, une gastrite, on bavardait, on buvait un kvas, ou bien

Anastasia faisait chauffer le samovar et l'on s'accordait le temps d'un thé que Wladimir faisait venir de Géorgie. Pavel prenait congé, il repartait le sac plein de vatrouchkis pour la route. Le flot suave de la vie s'écoulait. Et puis Alechanski était parti s'établir pour quelque mois dans une ville de garnison à l'est. Éloigné du confort de la vie passée et de l'amour des siens, il avait sans doute cherché dans quelque quartier malfamé, au clair de lune, la chaleur apaisante de femmes de petite vertu. Pour quelques kopecks elles vous dévoraient de baisers, vous serraient contre leur poitrine, vous abreuvaient de plaisirs fiévreux et d'une seule étreinte vous faisaient passer trente jours de solitude. Rentré au bercail, Alechanski avait retrouvé femme et enfants, oublié les filles faciles pour s'adonner aux charmes de la vie de famille, rires chauds et promesses tendres. Mais il était trop tard, il avait contracté la vérole. Les proches, successivement, avaient été atteints, femme, enfants, tous sauf le dernier-né, mort du typhus. Une douleur éternelle flottait dans l'air obscur.

Pavel Alexandrovitch se reprochait encore de ne pas avoir détecté la maladie à temps, quand, à son stade initial, la guérison était peut-être envisageable. À l'époque, hélas, il manquait d'expérience, la maladie n'avait pas encore décimé la région. Pavel n'avait pas été alerté par la petite écorchure sur le pénis que présentait son patient. Le chancre avait rapidement disparu, la maladie s'était éclipsée. La vérole était revenue de longs mois plus tard, sous d'autres masques, plaques rosées sur la peau, gorge enrouée puis, lentement, avec méthode, le mal avait ravagé chaque partie du corps, de la plante des pieds au cuir chevelu, jusqu'à pourrir les chairs, briser les os, boucher les artères, broyer le visage, rendre taré, débile, estropié, tordu ; les tourments de la peste et du choléra réunis dans une lenteur programmée. À la fin, le mal avait mordu le cœur, liquéfié l'encéphale. La mort seule mettrait un terme au supplice.

Pavel chevauchait sur la plaine. L'idée qu'il rentrerait un peu plus tôt que d'ordinaire lui fit oublier le drame d'Alechanski. Il allait enfin partager le pain et la soupe avec femme et enfants, passer du temps auprès de sa famille, s'enquérir des nouvelles de chacun. C'était à peine s'il pouvait donner l'âge de ses enfants, excepté celui de son aîné, Mendel, et de la plus petite, Natalia, pour laquelle il nourrissait une affection toute particulière. Allez savoir pourquoi certains gamins vous enchantent, ce n'est pas qu'on les préfère, mais quelque chose d'eux aimante le regard, une sorte de grâce les désigne, les rend plus aimables. Du haut de ses deux ans, Natalia possédait cette grâce. Mais les autres ? Hormis ceux de Mendel, l'aîné, il ignorait les goûts, les préférences de chacun. Le travail avait dévoré sa vie.

Un pont de bois enjambait la rivière. Comme chaque fois, le pont branla, menaça de s'effondrer sous le poids du cheval et de son cavalier. Pavel serra sa sacoche contre lui. Il avait la hantise, si elle tombait à l'eau, de perdre ce qu'il possédait de plus précieux, un appareil pour lequel il s'était ruiné, son phonendoscope. La revue *Médica*, à laquelle il était abonné depuis cinq ans, avait présenté l'instrument comme une véritable révolution dans son numéro consacré aux progrès technologiques. Pavel l'avait fait venir de Philadelphie, unique lieu de sa fabrication, et il pouvait s'enorgueillir d'être le seul médecin des environs à en posséder un. L'objet remplaçait son vieux stéthoscope Monaural Fergusson, acheté d'occasion quelques années plus tôt, et qui assourdissait les battements du cœur autant qu'il étouffait le murmure des poumons. Le phonendoscope, pourvu d'un diaphragme à membrane, d'une caisse de résonance, de tuyaux enroulables, faisait entrer Pavel dans la médecine du XXᵉ siècle, confortait sa croyance en la science – il regardait le monde avec des yeux d'enfant, comme la confirmation d'un prodige, l'injonction d'une volonté bienveillante.

Le phonendoscope avait un coût et Pavel avait dû user d'esprit de persuasion pour convaincre son épouse, Rivka, d'accepter un tel achat.

« Tes enfants ont à peine de quoi manger et tu vas te ruiner pour un stéthoscope ! »

— Un phonendoscope…

— Tu n'entendais pas bien avant ?

— Avec mon stéthoscope Monaural Fergusson ? C'est presque indigne d'un médecin !

— Nos conditions de vie aussi sont indignes d'un médecin !

— Avec mon Fergusson, je ne distingue même pas la systole de la diastole !

— C'est ta systole qui remplira l'assiette de tes enfants ?

« — Je deviendrai un meilleur médecin !

— Qui a besoin d'un meilleur médecin à la maison ? Les enfants ont à peine de quoi se chausser ! »

Rivka avait fini par céder après que Pavel lui eut promis de lui faire visiter Paris. Elle rêvait d'un voyage en France depuis qu'elle était tombée sur un journal consacré à la ville des Lumières dont les illustrations en couleur reproduisaient les Grands Boulevards et les jardins – elle n'avait jamais rien vu de tel. Des femmes marchaient dans les rues avec des chapeaux larges comme des ombrelles et des tenues à faire pâlir d'envie. *Champs-Élysées, parc Monceau,* elle murmurait ces noms pour elle-même. À les entendre résonner, elle flânait sur les quais de Seine, s'attablait dans de grands restaurants, regardait défiler bras dessus bras dessous des jeunes gens amoureux. C'était une autre vie.

Quand Pavel en eut fini avec le cas de Wladimir Alechanski, il se remémora sa visite au capitaine Ostrovsky. Il revit l'officier de police allongé, grelottant, le souffle court, les bras ballants, le visage pâli à la lueur de la lampe à pétrole et portant la trace des nuits de haute lutte. L'homme souffrait de phtisie. Ses yeux face à l'épreuve ne reflétaient plus rien de la brutalité sadique qui constituait sa marque et sa nature première. Son air vaincu dissipait le souvenir des vexations et des insultes, des brimades et des exactions qu'il avait conduites au shtetl des années durant, à la tête de ses sbires. La souffrance le rendait humain.

Les deux hommes en armes, baïonnette au canon, qui gardaient la porte avaient autorisé Pavel à pénétrer dans la chambre d'Ostrosvky. Un grand feu brûlait dans la cheminée, aux murs étaient accrochés un portrait de la Vierge Marie et l'aigle bicéphale de la Sainte Russie. Une cuvette d'eau posée à ses pieds, une jeune femme était agenouillée près du lit, ses longs cheveux dénoués, les yeux rivés sur le malade. À portée de ses mains, sur le dossier d'une chaise, étaient disposées deux serviettes, l'une rouge de sang, l'autre encore inutilisée. Ostrovsky avait désigné d'un geste un verre d'eau sur la table, la jeune femme s'en était saisie aussitôt, le lui avait tendu. L'homme avait bu quelques gorgées et était parti dans une quinte de toux qui avait laissé sur les draps une longue traînée de sang. La jeune femme s'était précipitée et, à l'aide de la serviette propre, avait frotté fermement le tissu, mettant dans ses efforts toute sa frêle énergie. Ses gestes avaient étalé une large tache rouge.

Ostrovsky avait levé des yeux mornes et vides sur Pavel et, d'une voix gémissante, avait imploré : « Sauve-moi, je vis l'enfer ! »

Pavel s'était d'abord demandé s'il devait soigner un individu dont les hommes tuaient, violaient, dépouillaient les siens, un barbare qui lançait des ordres d'emprisonnement arbitraires, poussait au pogrom, faisait distribuer chaque dimanche à la sortie des églises le journal *Znamia*, dont les articles reproduisaient le *Protocole des sages de Sion* qu'on supposait rédigé par une assemblée de rabbins qui auraient eu pour but de conquérir le monde. Pavel avait connu nombre de rabbins dans sa vie, aucun d'entre eux n'avait pour ambition de conquérir quoi que ce soit, excepté le cœur des fidèles, mission dont la plupart peinaient à s'acquitter correctement. Loin de régner sur un empire, ces hommes de Dieu gouvernaient aux jours d'une population vivant dans des rues sales bordées de maisons surpeuplées, ne mangeant pas à sa faim, ne connaissant de l'existence que la misère humaine et la crainte divine, fondant dans la venue du Messie son unique espérance, le pourquoi de sa foi, accoutumée aux désastres, passant à travers les gouttes des grands orages de haine et des averses de servitude et pour qui vivre semblait une simple tolérance des hommes. Et, comme aucune langue ne parvenait à traduire la terreur, la désolation, l'espoir dans lesquels ces gens vivaient, ils avaient inventé un idiome, savant mélange de l'allemand des hommes et de l'hébreu divin, le yiddish, langue nationale d'aucun pays, qui, procédant par antiphrases, parvenait seule à exprimer leur immense infortune et leur ferveur sans bornes. *A kapore gelt* signifiait *le diable soit de l'argent.* L'expression *Oisten vi a hon noch tachmich,* que l'on aurait traduite par *être comme un coq qui s'est accouplé,* voulait dire *épuisé. Bupkes* résumait *beaucoup de rien.* On vivait de beaucoup de rien.

Ostrovsky avait été secoué d'une nouvelle quinte de toux. Son visage de supplicié avait balayé les atermoiements de Pavel. Il avait commencé à l'examiner, avait pris son pouls – qui filait trop vite, battait trop faiblement –, puis entrepris l'examen des poumons, frappant à l'aide de son majeur droit la cage thoracique, comparant chaque son avec celui émis du côté opposé, faisant inspirer et expirer. Après quoi, non sans une certaine solennité, il avait tiré de son sac le phonendoscope, l'avait mis à ses oreilles et avait ausculté les champs pulmonaires. Puis il avait noté ses conclusions – son sourd, bruit rauque... – sur un petit carnet avec son stylo-plume modèle J Pen, cadeau de Rivka pour ses quarante ans. Une fois l'examen terminé, il avait dit combien l'affaire était grave et recommandé le sanatorium en urgence. Ostrovsky avait alors lâché d'un ton menaçant : « Mais si je m'en vais, Kotev, qui te protégera ? Tu sais que Ludichev a bien des points communs avec Kichinev. »

Qu'est-ce que ce diable d'Ostrovsky pouvait donc avoir à l'esprit en ranimant le souvenir de Kichinev, de sinistre mémoire ?

L'air fraîchissait. Des nuages noirs s'amassaient dans le lointain. Pavel accéléra le pas du cheval. Depuis quelque temps, il éprouvait au soir tombant une grande lassitude. Le fardeau des années commençait à peser sur ses épaules. Il avait dépassé la quarantaine, bientôt il serait un vieillard. Il se sentait moins vaillant, ses forces déclinaient. Le regard des femmes sur lui avait changé. Auparavant, quand il débarquait quelque part, il sentait des yeux se poser sur lui. Il n'était pas beau à proprement parler, mais les femmes le remarquaient, s'arrêtaient sur sa silhouette. Maintenant, c'était fini. Il n'accrochait plus le regard. L'âge le rendait invisible.

Il se demanda combien de temps encore il trouverait l'énergie de battre la campagne, de se lever aux aurores, d'aller de village en village. Il avait soigné des légions de patients, empli un cimetière entier de ses semblables. Ces années de combat contre la maladie, le spectacle des vies fauchées, des paupières que l'on ferme le laissaient à la tête d'une armée de vaincus dont il connaissait les visages et les noms et qu'il avait menée de vie à trépas.

Son épouse, Rivka, nourrissait pour lui des rêves de carrière. « Tu devrais occuper un bureau à ton nom, faire la visite entouré de confrères, d'un auxiliaire et d'infirmières, être considéré par tout un personnel. As-tu fait tant d'études, as-tu tant travaillé pour être l'esclave des autres, à sentir leur odeur, à supporter leurs plaintes ? Ton diagnostic est sûr, on viendrait te voir depuis Pétersbourg, la famille du tsar accourrait à ta porte, tu accoucherais des princesses et des rois. Tu travaillerais à Minsk, à Kiev, à Moscou ! »

Pavel la laissait dire. Les lois antisémites de mai 1882, promulguées par Alexandre III et renforcées par Nicolas II, interdisaient à la plupart des Juifs l'accès aux grandes villes de la Russie tsariste, instauraient un redoutable numerus clausus sur l'ensemble des professions. Quoi qu'eût pu espérer Rivka, on demeurerait condamné à vivre là où l'administration tsariste cantonnait la population juive, dans la Zone de résidence autorisée. Pavel exercerait ici jusqu'à la fin de ses jours, lutterait avec des moyens déplorables contre les infections, la vermine, la précarité, la faim, sous la menace des pogroms et la surveillance de la police d'Ostrovsky. Ludichev était son royaume, les Kotev y exerçaient depuis des générations, sans posséder d'autre titre que celui de médecin, sans prétendre à d'autre legs. Les prières, les commandements divins, les mois et les saisons, les épidémies hivernales et les virus de l'été, jusqu'à la haine des villages voisins, la barbarie des Cosaques, tout n'était qu'un éternel recommencement. Depuis la nuit des temps et pour l'éternité.

Le chemin bifurqua. À gauche, c'était Ludichev, une ligne droite à travers la plaine, un ciel bas et gris, des maisons sans âme regroupées autour d'une synagogue détruite par le feu, reconstruite à la hâte, incendiée à nouveau, une vie de village où l'essentiel des préoccupations tournait autour de l'interprétation d'un passage du Talmud – devait-on attendre trois ou quatre heures entre un plat de viande et un verre de lait ? les plus grands sages s'étaient écharpés pour cette seule question –, combien d'heures d'attente ? On en appelait à tel ou tel verset de la Michna, à ce qu'avait écrit le rabbin Nachman à ce sujet, et qui tenait en deux épais volumes. On ne parvenait jamais à conclure. Dans le doute, chacun faisait à sa manière. Trois ou quatre heures ? Cette seule question résumait aux yeux de Pavel toute la condition juive, une interrogation permanente, un questionnement de tous les instants, un interminable, dérisoire et splendide voyage dans un infini et vain champ de réflexion.

Pavel marqua un temps d'hésitation. Pourquoi ne pas poursuivre plutôt vers la droite, contourner le village, vivre des aventures, débarrassé du poids des traditions, des préjugés ancestraux ? Il aurait aimé parcourir le continent, découvrir d'autres terres, franchir les frontières. Monter les marches de l'Opéra de Vienne. Traverser l'océan. Admirer à New York les immeubles qui s'élevaient jusqu'au ciel. Plonger au cœur de nouvelles contrées, voir au nord les pays où le soleil ne se couche jamais l'été et où l'hiver n'est qu'une seule et même longue nuit. Contempler le monde. Il se consolait en songeant que l'univers médical était un monde en soi, plus passionnant, plus terrible, plus menaçant, plus réjouissant, plus spectaculaire, plus vaste que le monde.

Et s'il choisissait l'aventure vers le libre inconnu, qui donc soignerait les jeunes et les vieillards de Ludichev ? Il connaissait tous les habitants du village, avait examiné la gorge de tous les enfants, étudié les pupilles des agonisants, avait connu les mères en couches, coupé le cordon ombilical des nourrissons, tenu entre ses bras tous les nouveau-nés. Il était là pour le premier cri, présent au dernier souffle. Il avait vu l'intimité des maisons, sondé les cœurs, scruté les corps, connaissait les petits secrets, était au courant des grands drames, on lui confiait ses rêves en pensant qu'il serait capable d'en prédire la portée et d'en saisir le sens, on lui avouait ses désirs dans le secret de la consultation, sans crainte qu'il émette un jugement, un conseil, un avis, devant lui on allégeait sa conscience. On attendait sa venue, confiant et impatient. Et, à l'instant de son départ, on se sentait soulagé et triste. On l'aimait. Il était le dépositaire de la misère et des splendeurs de Ludichev.

Il se dit qu'il ne maîtrisait pas les rênes de son destin, sa vie appartenait à d'autres qu'à lui-même. Il choisit de poursuivre la route en direction de chez lui.

Au bas de la colline se dressaient des maisons de plus en plus nombreuses. On approchait d'un village. Des charrettes avançaient lentement, occupant la largeur du chemin, transportant fagots de bois, coqs, cochons, fumier. Des hommes engoncés dans leur manteau les conduisaient, fouettant leur cheval en hurlant des insultes. À hauteur d'un puits, on faisait boire les bêtes. Au loin, les clochers d'une église s'élevaient au-dessus des toits comme autant de prières adressées vers le ciel. Une compagnie de perdreaux s'envola d'un arbre. Pavel suivit les oiseaux des yeux, les vit se perdre dans les nuages. La route redevenait déserte. Le village était derrière lui. L'horizon s'enrobait de brume, triste et morne étendue craquant sous le grondement lointain du tonnerre, puis aussitôt figée dans une immobilité plombée, pareille à un lac sous une nuit sans lune. Il contempla cette terre privée de certitude et d'espoir, le cœur empli d'une vague tristesse. Nulle part sur cette plaine il n'avait où se laisser porter par un vertige, combler un cœur avide d'expériences, aucun caprice de la nature ne venait réveiller son âme de l'indolence dans laquelle le plongeait cette route empruntée matin et soir, chaque jour de la semaine hormis le shabbat. Son regard s'était accoutumé à la lueur affaiblie du crépuscule. Et, comme appelées par la tristesse du jour, les paroles d'Ostrovsky lui revinrent. « Docteur, méfie-toi, moi je remplis des bassines de sang, mais toi non plus, tu n'es pas à l'abri du malheur. Je ne veux pas sembler insistant, mais souviens-toi de Kichinev. »

La ville de Kichinev, en Bessarabie, avait été, l'année précédente, victime du plus violent pogrom jamais perpétré dans la Russie tsariste.

Après la découverte du corps d'un adolescent assassiné, la rumeur, reprenant la légende du meurtre rituel, avait aussitôt accusé les habitants juifs de Kichinev d'utiliser le sang de l'enfant chrétien dans la fabrication du pain azyme. Des affiches du Parti des travailleurs vrais chrétiens avaient appelé au massacre. Les villageois avaient déferlé sur la partie juive de la ville. On avait incendié la synagogue, les maisons avaient été pillées, les femmes avaient été violées, les hommes fusillés ou pendus, les vieillards et les enfants égorgés, les survivants pourchassés. Le massacre s'était poursuivi trois jours durant. On avait dénombré les morts par dizaines, les blessés s'étaient comptés par centaines. La presse internationale s'était émue du sort des victimes. L'empereur d'Allemagne, Guillaume Ier, s'était plaint auprès de Nicolas II, son cousin, des méthodes employées. Trois cent dix-sept artistes, dont Tolstoï, avaient signé une pétition contre les « bestialités commises par les hommes russes ». Ces réactions n'avaient pas été suivies d'effet. Les exactions et les crimes s'étaient multipliés dans tout l'Empire, les mesures à l'encontre des Juifs avaient été étendues.

C'est à la suite du pogrom que Pavel et Rivka, son épouse, s'étaient résolus à envoyer Mendel, leur fils aîné, en Allemagne. On espérait que le garçon ouvrirait le chemin. Après lui, on enverrait Aaron, puis ça serait au tour de Joseph, puis de Benjamin. Ensuite, on partirait avec les deux filles. Tout cela nécessitait énormément d'argent. On avait à peine de quoi vivre et il fallait songer à fuir. La vie à Berlin coûtait une fortune. Les économies du couple étaient passées dans l'installation de Mendel. On envoyait chaque mois deux roubles d'argent. On se privait. On rognait sur la nourriture. On pensait que cela valait la peine. Berlin était un nouveau monde, ouvert et libre, une terre accueillante pour les Juifs. On y avait accès à la citoyenneté depuis des décennies. Le pays ignorait les pogroms. L'époque des émeutes du Yep, durant lesquelles, au début du siècle passé, les villes allemandes s'étaient dressées contre les Juifs, était révolue. En Allemagne, on était des hommes libres, pas des citoyens de seconde zone. Bientôt, on pourrait y prétendre aux plus hautes fonctions. Il rêvait d'un grand destin pour son fils. Mendel avait appris à lire seul à l'âge de trois ans. Le jour où on l'avait entendu déchiffrer son premier mot, ce fut comme si les murs de la maison avaient tremblé. Il serait un grand médecin, plus savant que son père. Un professeur. Du plus loin qu'on pouvait remonter dans la généalogie, les Kotev ne comptaient aucun professeur. Des médecins, oui, qui se transmettaient leur savoir de génération en génération. Les vertus des plantes, le secret des préparations. Oui. Comment accoucher d'un nouveau-né mal engagé. Oui. Comment extraire une ou plusieurs dents en limitant la douleur grâce à l'application de chloroforme, oui. User de la saignée à bon escient, sans en abuser. Oui. Appliquer dans le dos les ventouses scarifiées pour combattre la fièvre ou, à défaut, des sangsues. Oui. Traiter la goutte par des extraits de colchicine. Oui. Appliquer des cataplasmes sur les plaies. Oui. Renforcer les battements du cœur par la digitaline. Oui. Utiliser la morphine pour apaiser la douleur et l'angoisse de celui qu'on ampute. Oui. Lutter contre les frissons de l'homme atteint du typhus en donnant des extraits de quinine. Oui. Opérer d'une appendicite en se servant de l'éther comme d'un anesthésiant. Oui. Ouvrir la gorge d'un jeune malade atteint de diphtérie. Oui. Soigner une âme en proie au désespoir en la faisant parler. Peut-être. Mais jamais on n'avait possédé une chaire de professeur. Jamais jusqu'à ce jour.

Paris, 2015

La soirée avait à peine commencé mais Léna songeait déjà au prétexte qu'elle pourrait inventer pour quitter les lieux. Elle ne connaissait personne, n'appréciait pas le plan de table, détestait être placée tel un pion sur un échiquier, comme elle l'avait été ce soir. Le voisin à sa droite faisait partie du clan des divorcés quand elle était rangée dans celui des célibataires. À sa gauche, la maîtresse de maison avait placé un homme marié qu'elle avait détesté à l'instant même où il avait posé les yeux sur elle. Elle s'était sentie dévorée du regard.

Sa journée de travail la laissait épuisée. Elle avait du mal à se défaire de l'atmosphère lourde et un peu oppressante de son après-midi de consultation. Le murmure engourdi des couloirs de l'hôpital résonnait encore à ses oreilles. Chez Mathilde, à la lueur des lampes tamisées, le monde des vibrants quadragénaires, femmes dans la plénitude de leur beauté, hommes au faîte de leur puissance, faisait flotter dans l'air l'odeur entêtante du bonheur.

On poursuivait autour de la table la conversation entamée quelques instants plus tôt sur les canapés. On regrettait les vacances qui venaient de s'achever. Chacun était prié de donner son avis. Léna laissa passer son tour.

On commenta les régions visitées, on compara la qualité du service hôtelier rapportée au nombre d'étoiles affichées. On tomba d'accord sur le fait que le Costa Rica avait détrôné le Vietnam dans la liste des pays à découvrir. D'ici quelques années, le pays deviendrait un piège à touristes. On regretta ne plus pouvoir se satisfaire, comme du temps où l'on était plus jeune, d'une tente et d'un sac à dos. L'argent avait gâté les mentalités.

D'un ton de nostalgie, un des invités rappela qu'enfant il passait ses vacances avec ses parents en caravane. Il évoqua le fait que la DS familiale se soulevait sur place avant de rouler. On le crut à moitié.

Léna se revit au côté de son père à l'avant d'une Ford Taunus de couleur bleu clair. Pendant les longs trajets, sa mère exigeait de rester sur la banquette arrière parce que le spectacle des voitures roulant à vive allure autour du véhicule était source d'angoisse. Elle en venait parfois à glisser des serviettes de bain contre les vitres de manière à les obstruer. Pendant ce temps, sur le siège avant, la petite fille savourait le fait d'occuper la place laissée vacante près de son père. Léna tenta de se remémorer si cette époque datait d'avant ou d'après le moment où sa mère s'était mise à entendre des voix. Elle ne parvint pas à conclure.

À l'autre bout de table, quelqu'un évoquait les protagonistes d'une affaire judiciaire en cours. Mathilde intervint pour mettre un terme à son propos. Ni politique ni religion, c'était la règle !

« Et puis, poursuivit-elle, j'aimerais bien entendre quelqu'un qui n'a pas encore dit un mot de la soirée. Léna, parle-nous donc de ton travail, c'est toi qui exerces le métier le plus fascinant ici. »

Les regards qui se tournèrent vers elle la mirent mal à l'aise. Elle trembla à l'idée que sa propre personne pût remplacer le thème des vacances exotiques.

« Tu travailles dans la finance ? » demanda un invité.

Mathilde écarta la question d'un geste agacé de la main.

« Mais, ajouta-t-elle, cela me donne l'idée d'un jeu. Vous allez deviner le métier de Léna ! »

Un joyeux murmure d'approbation parcourut l'assistance.

« Qui commence ? lança Mathilde.

— Y a-t-il quelque chose à gagner ? dit l'un.

— Un week-end avec l'intéressée ! proposa un autre.

— Léna, ne les écoute pas et mets-nous sur la voie ou, mieux encore, réponds à nos questions par oui ou par non. »

Après un bref instant de réflexion, un convive demanda si c'était un métier artistique.

Léna ne se connaissait aucun talent créatif. Elle avait pris quelques cours de théâtre, adolescente, jusqu'au jour où le professeur avait invité les élèves

37

à mimer une émotion. Ils avaient carte blanche. Un avait éclaté en sanglots. Un autre s'était écroulé de rire. Quand était venu son tour, Léna n'avait pu se lever de sa chaise. « Tu as choisi de mimer l'abattement ! » s'était écrié un élève avant de se faire rappeler à l'ordre. « Reprends confiance, Léna, avait conseillé le professeur, cherche au plus profond de toi. » Elle n'avait rien trouvé qui pût l'aider en son for intérieur. « Ce n'est pas grave, avait rassuré le professeur. Tu feras mieux la prochaine fois. » Il n'y eut jamais de prochaine fois.

« Est-ce un métier intellectuel ou manuel ?

— Par oui ou par non ! corrigea Mathilde.

— Est-ce un métier intellectuel ? »

Léna se demanda si, depuis quelque temps, elle n'en était pas venue à exercer sa profession de manière mécanique, un peu comme une automate. Elle finit par répondre par l'affirmative.

« Avocate ? »

Elle aurait été incapable de défendre un assassin, de déclamer devant un prétoire, de jouer le destin d'un homme sur un coup de dés.

« Notaire ?

— Une seule réponse par personne ! À toi, Alice.

— Notaire ? »

Elle fit non de la tête.

« Vous êtes nuls ! reprit Mathilde. Léna, donne-leur un indice. »

Dans son esprit défila une suite de corps amaigris, d'avant-bras aux veines saillantes et de ballons de perfusion. Elle choisit de se taire.

« Moi, fit l'homme marié sur sa gauche, je vous verrais bien médecin… Vous êtes médecin ? »

Elle rougit devant l'intensité de son regard, répondit par l'affirmative.

« Dommage que l'on ne gagne pas un week-end avec l'intéressée, intervint l'épouse de l'homme.

— Généraliste ? poursuivit-il sans prêter attention à la remarque de sa femme. »

Elle fit non de la tête.

« Jouons pour deviner la spécialité ! proposa une voix.

— Cancérologue, je suis cancérologue », abrégea-t-elle.

Il y eut un silence intimidé, marque d'embarras dont elle était coutumière sitôt que ses interlocuteurs avaient découvert son métier.

« Moi, fanfaronna le type à sa droite, si j'avais ce genre de maladie, j'exigerais de connaître la vérité. »

La question se posait régulièrement en sa présence : « Dans le bureau de Léna Kotev, comment préféreriez-vous apprendre la nouvelle ? » Chacun montrait alors le trait de caractère qu'il souhaitait mettre en valeur : courage, sang-froid ou détermination. Seuls se taisaient ceux qui, dans leur chair ou accompagnant un proche, étaient déjà passés par l'épreuve. Au long des années, ce cercle s'élargissait.

« Toute la vérité ! » insista l'autre.

Léna était habituée à ce genre de bravade. Elle en avait croisé quelques-uns qui, avant de tomber malades, avaient fièrement affiché leurs certitudes, soutenu mordicus qu'ils tiendraient bon et affronte-raient l'adversité sans défaillir. Venus consulter dans son bureau, la peur défaisait leur visage à peine avait-elle prononcé le mot « cancer ». Elle préférait alors minimiser la gravité des faits par souci d'humanité.

« Moi, je préférerais ne rien savoir ! admit un convive, et sa remarque fut suivie par quelques applaudissements.

— Vous, Léna, demanda l'homme marié, préfé-rez-vous annoncer la situation ou la taire ?

— Je dis toujours la vérité, mentit-elle pour abré-ger la conversation.

— Je serais curieux de voir ça », lâcha l'homme, incrédule, en la dévisageant.

La gêne gagna l'assistance devant le trop évident jeu de séduction auquel se prêtait l'époux.

« Moi, intervint la maîtresse des lieux pour couper court au malaise, je trouve que Léna aurait fait une excellente psychiatre.

— Il est vrai que certains, ici, auraient besoin d'aller voir quelqu'un, glissa l'épouse.

— Qui consulte autour de cette table ? » reprit Mathilde, aux aguets.

Un ange passa. Les convives semblaient considérer un tel aveu comme la révélation d'une immense faiblesse.

« Après tout, nul n'est obligé, reprit Mathilde. Et il n'y a ici que des personnes saines d'esprit.

— Moi, je vois un psy », lança Léna d'une voix claire.

Un silence d'incompréhension tomba, comme si cette déclaration heurtait la bienséance. Pouvait-on remettre sa vie entre les mains d'un être rongé par la névrose ou plongé dans la dépression ?

« Je vous envie, Léna, intervint l'homme marié. J'aimerais beaucoup consulter. Je n'ai pas le courage.

— Toi, consulter un psy ! s'écria l'épouse d'un ton d'irritation qui renforça encore le trouble autour de la table.

— Cela t'étonne ? répondit-il, le visage soudain dur, la voix cassante.

— De ta part, absolument ! » assura-t-elle, le défiant du regard, avec l'intention évidente d'en découdre, comme si elle avait déjà subi trop d'humiliations pour la soirée.

Mathilde revint de la cuisine, un plat entre les mains, s'exclamant :

« Vite, de la place, c'est brûlant ! »

Elle posa le plat sur la table, soupira comme si elle se remettait d'une grande frayeur.

« Qui voudra une cuisse ? demanda-t-elle, embrassant du regard l'assistance comme si elle donnait à manger à des enfants.

— Stéphane devrait en prendre une, lança l'épouse, Il a besoin de forces pour trouver le cran de consulter un psy. »

Son intervention se perdit dans le tumulte des assiettes qui se tendaient en direction de la maîtresse de maison. On se jeta sur le plat. On mangea sans se soucier de parler. Au bout d'un moment, le voisin de droite, peut-être ragaillardi par les mésaventures de l'homme marié, se tourna vers Léna et déclara sur le ton de la confidence :

« En quelque chose je suis aussi de la partie, j'ai un frère chirurgien. »

L'homme prit l'acquiescement de politesse pour un encouragement à poursuivre. Il confia que lui-même avait hésité à faire médecine, mais il avait opté pour le droit, était devenu huissier de justice. Il sortit de la poche de sa veste sa carte de visite, la lui tendit, s'en ressaisit aussitôt pour y inscrire son numéro de portable, précisa que le dernier chiffre était un 5 et pas un 3.

« Finalement, ajouta-t-il en souriant, j'ai une écriture de médecin. »

Le dessert fut servi. Lena expliqua à son voisin qu'elle devait rentrer. Il essaya de la retenir et, voyant que c'était peine perdue, proposa de la ramener. Elle déclina, se leva, pria l'assistance de l'excuser, expliqua devoir se lever tôt le lendemain et lança un au revoir à la cantonade.

« Comment trouves-tu Jérôme, l'huissier ? s'inquiéta Mathilde en la raccompagnant sur le pas de la porte. Tu veux son numéro ?... Tant pis, tu ne pourras pas me reprocher de ne pas avoir essayé ! »

Léna fut chez elle avant minuit et ce fut l'unique satisfaction de la soirée.

Ludichev, 1904

La forêt s'étalait comme une masse inerte enveloppée de silence. Pavel s'y engouffra. L'air devenait palpable, flanqué d'îlots de brume. Une âcre odeur de
mousse emplissait l'atmosphère, la terre était changée
en un caveau humide. Pavel menait son cheval au
trot au milieu du chemin couvert de ronces, prenant
soin d'éviter les branchages à hauteur du visage, les
troncs pourris en travers de la route. Il avait la hantise de ce matin d'hiver où, quelques années auparavant, trois Cosaques ivres avaient surgi de derrière
les arbres, s'étaient précipités sur lui et, après l'avoir
questionné, l'avaient roué de coups au cri de « Mort
aux Yids ! » Deux d'entre eux lui avaient ligoté les
poignets à l'aide de cordelettes serrées jusqu'au sang,
le troisième avait tenté d'enrouler une corde autour
d'une branche pour le pendre. Et, comme la corde
retombait sans cesse, les Cosaques avaient renoncé.
Pavel avait été laissé pour mort dans la boue gelée
de décembre.
Lui qui avait toujours lutté contre les coups du
sort, combattu l'irrémédiable au chevet des patients,

devait sa vie au hasard, au poids d'une corde. Si le Cosaque avait eu la main ferme, bu un verre de moins, visé mieux, Pavel serait mort. L'édifice patiemment construit d'une existence soucieuse de chaque instant, respectueuse de l'ordre des heures et des minutes, ne tenait qu'à un zeste de vodka, ne pesait pas plus face au destin que cent grammes de chanvre.

Il revoyait la figure de ses agresseurs, tentait de saisir le sens de leur acte. Qui donc étaient ces hommes ? Il ignorait si leur haine puisait au fond d'une métaphysique du Mal, dans les décombres de la Sainte Russie, l'enseignement dévoyé de popes, les mesures d'exclusion de Catherine II, les effets des romans russes sur l'image du Juif comme la figure de Blumstein dans *Souvenirs de la maison des morts*. Devait-il mettre les exactions des Cosaques, les meurtres et les pogroms sur le compte de la bêtise, la méchanceté, l'ignorance, la jalousie, l'endoctrinement, le ressentiment, la colère, la misère, la pauvreté, la rancœur, l'oppression, l'assujettissement, le goût de la transgression, celui du malheur ? Il avait entendu leurs hurlements de bête, vu la fureur aveugle peinte sur les visages, lu dans les yeux une rage sans bornes. Leur haine était de la haine pure, un retour à l'état sauvage.

Après cet épisode, Pavel avait déposé une plainte auprès du capitaine Ostrovsky dans l'espoir que la police retrouve ses assaillants, que la tentative de meurtre ne demeure pas impunie. Ostrovsky avait d'abord tenté de le convaincre qu'il n'y avait pas mort d'homme. D'un ton de voix solennel, comme s'il s'adressait à la cour de Russie, l'officier avait expliqué que la vie ne se divisait pas entre d'un côté la victime, de l'autre les coupables, elle n'était ni noire ni rose, des preuves seraient exigées, on n'accusait pas ainsi à tort et à travers. « Et, pour commencer, que faisiez-vous, Pavel Alexandrovitch Kotev, dans la forêt ce soir-là ? L'endroit se trouvait-il bien dans la Zone de résidence autorisée ? Pourquoi traverser un lieu que l'on sait dangereux alors qu'il serait si commode, logique, si naturel de faire un détour ? Cherchiez-vous la corde pour vous faire pendre, Pavel Alexandrovitch ? Admettez que, si vous n'aviez pas été sur place, rien de tout cela ne serait arrivé ! Et je pose la question : derrière les apparences, Pavel Alexandrovitch Kotev, n'est-ce pas vous le coupable ? Et, si vous n'avez rien fait de répréhensible, car je vous sais de confiance, ami, en quelque sorte, c'est votre père, et si votre père était irréprochable, vos aïeuls, et si tous étaient innocents du moindre péché, ce qui, admettons-le, est peu probable connaissant la nature humaine, alors leurs ancêtres, oui, vos ancêtres, sont responsables du pire des crimes – en regard duquel, soyons juste, ce crime, que dis-je, cette tentative de crime, cette ébauche, cette esquisse n'était rien qu'un jeu d'enfant – mais vous, Pavel Alexandrovitch Kotev, puisque les fils sont comptables des crimes de leurs pères, vous, Pavel, avez commis la plus terrible infamie : vous avez crucifié notre Seigneur ! Alors, docteur, avec tout le respect que je dois à votre science, et à l'attention que vous

45

portez à ma santé et à celle de mes proches, débarras-sez-moi le plancher immédiatement avant que je ne termine le salutaire geste de justice qu'ont entrepris nos trois héros ! »

Il n'avait plus jamais abordé la question.

L'idée de disparaître n'effrayait pas Pavel. Il n'éprouvait pas le remords de l'irrévocable, avait donné congé à l'essentiel de ses chimères. La vie lui avait offert tout ce dont il aurait pu rêver. Il avait fait son temps et vécu auprès de Rivka vingt ans d'une union sans nuages. D'autres rêvaient d'un amour passionnel, pas lui. Quand il lisait *Anna Kare-nine*, ça n'était pas l'amour destructeur d'Anna pour Vronski qui le faisait vibrer, mais celui de Lévine et Kitty, un amour conjugal, vertueux, sans bravade. Sa vie était un combat contre les excès, les pulsions en tout genre. Pavel espérait quitter ce monde la tête haute, le cœur léger, l'âme en paix, à l'instant que Dieu ou le destin aurait choisi. Le plus tard serait, cependant, le mieux.

Peu à peu, les arbres de la forêt s'espacèrent, la brume se dissipa, l'air devint plus léger et le froid moins cinglant, une clarté vive inonda l'espace. Pavel était parvenu à la lisière du bois. Il avait eu peur pour rien.

Parfois, songeant à l'épisode des Cosaques, il se demandait s'il n'exagérait pas la gravité de la situa-tion politique. Il n'avait après tout qu'à se féliciter de l'accueil que lui réservaient les maisons des villages voisins. Qui n'avait pas les moyens d'aller à la ville le voyait en sauveur. On respectait son savoir, on lui donnait du « docteur ». À la fin de la consultation, on lui offrait à boire.

Hélas, si un différend éclatait, si on considérait ses honoraires indus, si l'infection traitée se généralisait, si la plaie ne cicatrisait pas, si la potion était amère, alors le ton changeait. On lui reprochait d'attenter à la vie, on l'accusait d'empoisonnement, il était indésirable, lui, sa famille, ses ancêtres, son dieu étaient maudits. On lui promettait la potence. On exigeait qu'il retournât chez lui.

« Où, chez moi ?

— En enfer ! »

Depuis l'assassinat d'Alexandre II, une vingtaine d'années auparavant, dont la rumeur les avait accusés, la condition des Juifs allait s'aggravant. Chaque année portait son lot de terreur et de mise au ban. La Zone de résidence autorisée faisant d'eux des exilés de l'intérieur avait édifié un ghetto à l'échelle d'un continent. La loi de mai 1882 visait à interdire toute population juive dans les campagnes. En 1891, le grand-duc Serge avait chassé de Moscou plus de cent mille âmes. Les Juifs n'avaient pas le droit de vote ni celui d'être élu, se voyaient limiter le droit d'exercer quantité de métiers, l'accès aux universités était régi par un strict numerus clausus. Constantin Pobiedonostsev, éminence grise du tsar Alexandre III, avait prédit : « Un tiers des Juifs se convertira, un tiers émigrera, le reste mourra de faim. »

Dans l'entourage de Pavel, des hommes œuvraient à renverser le régime tsariste, aspiraient à une société plus juste et plus humaine. Des militants de la cause révolutionnaire l'avaient approché en ce sens. Pavel avait toujours décliné. Bien entendu, le régime lui était insupportable. La misère des moujiks et du prolétariat le touchait autant que celle des shtetls. La promesse d'un monde nouveau le séduisait. Il rêvait lui aussi d'une société où les propriétaires terriens perdraient leur droit au profit des paysans, où les richesses seraient également réparties selon le labeur de chacun et plus selon la naissance. Il partageait certaines idées des libéraux et des socialistes, était ému par l'esprit de révolte qui animait ces hommes et ces femmes, les conduisait sur la route de l'exil, les jetait dans la clandestinité et parfois en prison. Mais il se sentait trop attaché aux siens, à leur sort et à leur présence pour se laisser griser par le souffle des grands idéaux, la ferveur dévorante des destins collectifs. Les liens familiaux entravaient ses velléités de révolte. C'était avant tout un homme raisonnable. Et dans le cas contraire, aurait-il fait un bon médecin ? Il s'était toujours gardé de tout débordement de peine ou d'enthousiasme. Les passions enflammées, l'ivresse des grands soirs le laissaient perplexe. Il connaissait les effets de la fièvre, avait été au plus près de la folie des hommes. Il se méfiait des exaltés. Il entendait au quotidien le discours des syphilitiques atteints de démence qui promettaient dans leur délire l'avènement d'un monde nouveau, la ruine de l'ancien, parlaient de race à part et de pureté d'antan.

Le cours des événements était à ses yeux sous l'emprise de forces supérieures dont l'individu n'était que le jouet. Les grands bouleversements dont il avait connaissance, la Révolution française, l'édification du IIe Reich qui avait émancipé les Juifs d'Allemagne au siècle passé étaient le fait de forces obscures dépassant la volonté humaine. En réalité, c'était un pessimiste-né.

Les libéraux, les socialistes déclaraient éprouver de la compassion à l'égard de son peuple, vouloir abréger la souffrance des siens, se promettaient d'édifier une société où les Juifs ne seraient plus prisonniers des préjugés de leurs semblables et se libéreraient même de leur propre héritage en se délivrant du joug de l'ancestrale Loi. Ils émettaient quelques réserves sur les coutumes religieuses, les rites arriérés, considéraient la circoncision comme une pratique d'un autre âge, reprochaient l'entêtement à vivre entre soi. Chacun proposait sa solution pour mettre un terme à l'aliénation et, pour nombre d'entre eux, la panacée était la pure disparition de la religion juive. Mais les idéalistes voulaient un monde sans Juifs pour le bien des Juifs tandis que les Cosaques voulaient un monde sans Juifs pour leur malheur.

Quelques années auparavant, Pavel Alexandrovitch avait reçu la visite du cousin de sa femme, Lev Davidovitch Bronstein. Lev Davidovitch, tout comme Rivka, était originaire du village de Ianovka, dans la région de Kershon, près de la mer Noire. C'était un jeune homme fougueux acquis aux idées révolutionnaires, qui avait fait halte à Ludichev et passé une nuit à la maison avant de reprendre la route. On avait dîné. Lev Davidovitch avait vingt ans et des poussières, son front immense, ses petites lunettes ovales lui donnaient l'air d'un étudiant attardé et contrastaient avec la force émanant de son propos, la fermeté de ses manières. Il possédait toute la puissance et l'autorité d'un homme mûr, une authentique âme de chef. Il avait quitté sa famille à l'âge de dix ans, était parti pour Odessa, s'était très jeune engagé dans la création d'un mouvement, l'Union ouvrière du sud de la Russie. L'avenir et le monde semblaient lui appartenir.

« Pavel, il est temps que tu saches ce qui se passe en dehors de Ludichev et de ses environs ! avait tancé Lev Davidovitch en buvant la soupe dans laquelle Rivka avait jeté tous les légumes de la semaine et même un bout de viande d'ordinaire réservé au soir du shabbat.

— Mon cousin, je t'écoute », avait répondu Pavel, tout en croisant les bras pour se donner une contenance.

Lev Davidovitch était parti dans un long discours sur l'évolution politique en Russie, pourfendant le capital, accusant la grande bourgeoisie de vouloir régner sur le monde en prenant pour exemple les ravages de l'opium sur l'artisanat chinois, les projets d'industrialisation qui menaçaient les steppes de Donetsk.

« Tu es d'accord avec ce constat ? » avait conclu Lev Davidovitch, un ton d'ironie dans la voix.

Pavel avait croisé au même instant le regard admiratif de Rivka posé sur son cousin. Il avait ressenti une pointe de jalousie, eu soudain envie d'être quelqu'un, s'emporter contre les agissements d'un ennemi invisible, brûler pour une cause, être bardé de certitudes, s'exprimer par envolées lyriques, faire voltiger ses mains en parlant, donner à sa voix des accents d'indignation, citer Engels et Marx, évoquer la classe ouvrière comme sa propre famille, prendre l'univers pour son jardin, deviser sur le capitalisme, l'impérialisme et la révolution. Être un homme en colère, un être de révolte ! Il avait considéré l'individu devant lui et admis qu'il n'était pas de sa trempe, ne serait jamais de taille. Il devrait se contenter d'être un type comme tout le monde, qui ne changerait pas le cours des choses, s'avérerait incapable d'actions mémorables. Aucun livre ne raconterait jamais sa vie, aucune rue ne porterait son nom. Pavel Alexandrovitch ne deviendrait jamais le héros de personne.

Rivka avait apporté le plat et demandé à son cousin des nouvelles de ses parents. Mais Lev Davidovitch était trop occupé avec les problèmes du monde pour s'embarrasser de soucis de famille. En quelques cuillères, il avait dévoré le contenu de son assiette puis repris son discours en expliquant ce qui se tramait dans les grandes villes, le séisme qui secouait la Russie et qui bientôt ébranlerait la terre entière. Demain les soldats, les moujiks, les ouvriers enfin conscients de leur aliénation se soulèveraient, s'uniraient pour faire la révolution. Et, prononçant ces mots, sa voix s'était faite plus forte, son regard plus résolu, il semblait voir les foules dont il parlait se lever, braver la mitraille en marchant devant eux, il devenait leur guide, leur ami, leur sauveur. Il avait conclu en prédisant la ruine des régimes brutaux et totalitaires et un avenir radieux, un monde libre et juste.

« Pavel, tu sembles douter de la justesse de mon propos, avait-il fait l'air railleur.

— Mon mari doute de tout, c'est un sceptique, était intervenue Rivka, les yeux au ciel.

— Mieux vaut douter de tout que ne douter de rien, avait répliqué Pavel, excédé d'être la cible des moqueries.

— Tu ne crois pas au nouveau monde qui se prépare ? avait poursuivi Lev. As-tu seulement lu les écrits de Karl Marx ? »

Pavel Alexandrovitch avait expliqué, sur le même ton de confrontation, ne pas lire ce genre de littérature. Il avait lu le Talmud, il avait lu Pouchkine et Gogol, il lisait et relisait Tolstoï.

« Tolstoï ! Évidemment ! avait soupiré Lev. Le moraliste mystique ! L'ennemi de la révolution, chéri par la bourgeoisie de l'étranger ! Tandis que Dostoïevski... »

Il s'était interrompu et, semblant vouloir porter le coup de grâce, avait déclaré :

« Vous êtes tous pareils ! Vous déterminez vos choix non selon des goûts artistiques, mais selon des critères d'ordre moral !

— Qui, vous ? s'était écrié Pavel Alexandrovitch.

— La bourgeoisie juive réactionnaire ! »

Pavel avait ouvert de grands yeux, on ne l'avait jamais traité ainsi, sous son propre toit qui plus est.

« Comment pourrais-je être réactionnaire ? Je n'ai même pas l'eau courante ! Tu nous accuses d'être tous pareils ? Lev Davidovitch, tu parles comme le tsar Nicolas II !

— N'insulte pas mon cousin ! s'était exclamée Rivka en fusillant son mari du regard.

— À quoi bon nous reprocher de croire en la Loi de Moïse, avait surenchéri Pavel, si c'est pour s'être trouvé un nouveau prophète ?

— Crois-tu que ton Moïse changera l'ordre du monde ? avait dit Lev Davidovitch, ses doigts jouant machinalement avec le revers de sa veste.

— Seuls les fous essaient de bouleverser le monde ! avait dit Pavel d'une voix impérieuse et cinglante qu'il voulait à la mesure de celle de son interlocuteur.

— Tu t'accommodes de la misère, de la pauvreté, de la haine ?

— Elles sont dans la nature humaine.

— Un sceptique, je te dis ! avait lâché Rivka à bout de nerfs.

— Eh bien, nous changerons la nature humaine, avait déclaré Lev, le regard dans le lointain, comme s'il s'adressait à la postérité. Dans deux générations, le peuple russe sera différent. Un homme nouveau sera né.

— Nous ne serons pas là pour le voir.

— Nos enfants le verront, et les enfants de nos enfants. »

Lev s'était arrêté comme si tout avait été dit.

« Les bienheureux, avait soufflé Pavel qui refusait de lui laisser le dernier mot.

— Tu ne crois donc en rien, et rien ne te révolte ? avait dit Lev Davidovitch, fixant Pavel droit dans les yeux comme s'il voulait lui faire avouer un crime.

— Parce que toi, Lev Davidovitch Bronstein, tu penses pouvoir changer l'âme russe ? »

Et, prononçant ces mots, Pavel avait cru trouver la parade.

Lev s'était levée de sa chaise :

« Et qu'est-ce qui m'en empêchera ?

— Veux-tu un peu plus de tchoulent, Lev ? » était intervenue Rivka d'une voix qu'elle souhaitait apaisante.

Et, voulant ramener son hôte à la raison, elle ajouta, avec plus de douceur encore, en appelant à l'âme d'enfant qui, croyait-elle, sommeillait au fond de chaque homme :

« C'est la recette de ta mère.

— Non merci », avait-il lancé sans même se tourner vers sa cousine.

Il avait pointé Pavel du doigt :

« Tu crois que je suis étranger à l'âme russe en raison de mes origines ? »

Et frappant du poing sur la table :

« Notre mouvement se moque des origines ! Peu importe d'où nous venons ! L'essentiel est le monde que nous allons bâtir !

— Eh bien, écoute, Lev, avait dit Pavel, qui se tenait debout maintenant lui aussi et presque nez à nez avec son interlocuteur, je dois me lever avant l'aurore pour aller soigner le monde d'hier qui n'est pas au mieux, souffre de phtisie, d'apoplexie et d'autres maux encore. Tu m'excuseras, je vais dormir.

— Tous les travailleurs ont droit au repos, même les médecins, avait admis Lev Davidovitch, comme s'il avait conscience d'être allé trop loin.

— Cousin, tu es sûr que tu ne veux pas encore un peu de tchoulent ? » avait soufflé Rivka, au bord des larmes.

Lev Davidovitch Bronstein était parti le lendemain. Pavel regrettait de ne pas lui avoir dit combien il jugeait son engagement respectable, admirait son courage, sa volonté. Cette confrontation lui avait fait comprendre qu'il n'était pas de ce bois dont on fait les grands hommes. Il regarderait partir ses enfants, leur dirait adieu sur le pas de la porte. Il se contenterait de sa petite existence, en supporterait les travers, tenterait de faire de son mieux. Il ne vouerait sa vie à aucune cause, à aucun idéal, s'efforcerait simplement au long des mois et des années d'apaiser les douleurs et les souffrances de ses semblables.

Paris, 2015

Avant de monter les escaliers de l'immeuble de son père, Léna fit, comme à chacune de ses visites, une halte à la boulangerie pour acheter du pain et la tarte aux poires que Tobias Kotev affectionnait tout particulièrement. Sa baguette sous le bras, elle gravit les deux étages et, parvenue sur le palier, tira de son sac le double du jeu de clés qu'elle conservait.

L'appartement, haut de plafond, parqueté à l'anglaise, donnait, à gauche, sur la cuisine où Tobias Kotev déjeunait et dînait – le salon étant réservé aux *grandes occasions*. La pièce était meublée de placards rustiques que Léna avait en horreur, mais auxquels son père restait attaché parce que leur teinte lui rappelait celle du mobilier du domicile familial au 8 Krausenstrasse, à Berlin, quand il était enfant.

À droite, c'était la chambre à coucher, lieu taillé à la mesure d'une vie solitaire avec son lit à une place poussé contre le mur, son petit bureau et son armoire.

Une table ronde entourée de quatre chaises et toujours recouverte d'une toile cirée occupait le centre du salon. On s'asseyait sur un canapé en tissu gris dont le style moderne jurait avec les meubles et qui permettait de regarder la petite télévision, disposée sur un guéridon et presque toujours éteinte. Le sol était agrémenté d'un tapis persan de Kerman. Sur le bahut près de la fenêtre, on trouvait, dans son cadre, une photographie en noir et blanc prise sur la Promenade des Anglais au début des années 1940. Tobias, en short et chemise blanche, y posait aux côtés de son père, Mendel sous le regard bienveillant d'un soldat italien portant un casque à plume.

La dernière pièce était entièrement dévolue à la bibliothèque. Un épais rideau de velours blanc empêchait que la lumière n'y pénètre et n'endommage les ouvrages, pour la plupart de vieux romans au papier abîmé, trouvés chez les bouquinistes et écrits par des auteurs de langue allemande, parfois tombés dans l'oubli mais que Tobias avait l'impression de ramener à la vie en les sortant des casiers dans lesquels leurs pages jaunissaient depuis des décennies.

Les livres étaient classés selon les affinités personnelles supposées de leur auteur, et leur agencement racontait l'histoire d'une grande famille que l'opiniâtreté d'un des membres serait parvenue à réunir. Deux livres de Max Brod – *Weiberwirtschaft* et *Die Höhe des Gefühls* entouraient l'œuvre de Kafka. L'ouvrage *Die Welt von Gestern* de Stefan Zweig jouxtait le *Radetzkymarsch* de Joseph Roth. L'autobiographie de Klaus Mann, *Der Wendepunkt*, était rangée sur un rayon éloigné de celui où se tenait *Der Todt in Venedig*, mais avoisinait le *Professor Unrat* de Heinrich Mann. Les romans d'Ernst Weiss côtoyaient ceux d'Alfred Döblin pour la simple raison que Mendel Kotev, le père de Tobias, avait fréquenté les deux médecins écrivains dans les hôpitaux de Berlin au milieu des années 1920. Une plume métallique datant du début du XXe siècle était disposée dans son écrin. Selon la légende, l'arrière-grand-père de Léna, Pavel Alexandrovitch, l'utilisait pour rédiger ses ordonnances.

La pièce était un mausolée.

Posté près de la fenêtre du salon, le regard rivé au-dehors, Tobias semblait absorbé dans ses pensées. Lorsque Léna entra dans la pièce, il tourna la tête en sa direction.

« Assieds-toi, Ma Splendeur », dit-il.

Il collectionnait les surnoms. Léna était sa « Princesse », sa « Lumière », son « Hepburn ». Elle aurait préféré que ce fût Audrey – son film favori était *Breakfast at Tiffany's* – mais elle connaissait le type de femmes de son père. Il voulait parler de Katherine.

« Comment vas-tu ? », demanda-t-il.

Sa voix chaude et enveloppante devenait plus traînante avec l'âge cependant que la pointe d'accent allemand qu'il s'était, toute son existence, efforcé d'effacer revenait faire chanter la fin de ses phrases.

Elle répondit qu'elle allait bien.

« Ce n'est pas rien, ma chérie. Tu sais ce que disait mon père ? »

Une maxime de Mendel Kotev était dévolue à chaque instant de l'existence. Léna soupçonnait son père de les inventer au fil du temps pour ressusciter la figure du disparu – l'héritage des Kotev occupait un vestige de ruines campé dans les mémoires et toujours célébré.

« Moi aussi, cela peut aller, ajouta Tobias, cela dit sans exagérer...

— Tu n'exagères jamais, papa.

— Ça n'est pas ce que pensait ta mère.

— Maman n'avait pas raison sur tout, répondit-elle et elle ne poursuivit pas l'évocation de Clara Kotev pour éviter qu'un parfum de tristesse ne tombe sur la pièce. Regarde, ajouta-t-elle, je t'ai apporté une tarte aux poires.

— Je vais encore me régaler... Raconte-moi ta journée, ça n'était pas trop dur ? Parfois, je me demande si c'est un métier pour toi, une fille tellement sensible. »

Il hésita puis lança :

« Peut-être que nous t'avons orientée dans une mauvaise direction ? »

Elle objecta qu'elle avait choisi de son plein gré, elle avait vingt-cinq ans à l'époque.

« Tu crois qu'on sait ce que l'on fait à vingt-cinq ans ? Si mes souvenirs sont bons, tu voulais devenir psychiatre. »

Il prononça ces mots avec une moue de réprobation. À l'époque, il s'était montré hostile à un tel choix. Elle était passée outre et s'était retrouvée pour son premier stage d'interne dans le pavillon des grands fous, jeune femme frêle, un peu fragile, ne connaissant rien aux psychoses, n'étant pas préparée à la violence, l'agitation et la fureur, lot quotidien des lieux. Son service accueillait les pathologies les plus graves, les moins sensibles au traitement, schizophrénie résistante, handicapés mentaux. La première fois où elle était entrée sous le porche entouré de grillages, un patient lui avait demandé l'heure, elle avait répondu, et l'homme, durant des mois, n'avait cessé de revenir à elle, indiquant la montre arrêtée à son poignet, répétant qu'il était six heures moins dix, toujours six heures moins dix, quelle que fût l'heure du jour et quel que fût le jour, vingt fois, trente fois, six heures moins dix. Un matin, inquiète de l'absence du patient, elle s'était vu répondre qu'il était sur la table d'opération – il avait avalé sa montre. Ce souvenir continuait de l'obséder alors que, durant ce semestre, elle avait pourtant assisté aux pires spectacles de la misère humaine. Quand la question s'était posée de poursuivre dans cette voie, elle avait demandé conseil à son chef de service. Elle doutait d'être assez solide pour endurer le spectacle quotidien de la déraison, de la déchéance, des cris, des divagations, des phobies mortifères, des hallucinations, des délires, des démences, des perversions, des manifestations d'apathie, d'abattement, de stupeur, d'exaltation. Son patron l'avait rassurée. Avec le temps, avait-il dit, on prend de la distance. Puis était survenu le décès de sa mère. Elle avait changé de spécialité, opté pour la cancérologie. L'autre versant de la grande souffrance.

« Mais, reprit son père, tu aurais été aussi excellente si tu avais choisi cette spécialité. Je suis si fier de toi ! Tu es médecin à Paris comme mon père l'a été à Berlin, et le père de mon père, à Ludichev. Moi, j'aurais pu le devenir, ce sont les circonstances qui me l'ont interdit. »

Et, comme chaque fois qu'il abordait la question, il ne put s'empêcher de lever la main droite comme pour désigner là où le destin avait frappé – son index amputé un soir de mai 1933, sur l'Opernplatz de Berlin.

« Enfin, reprit-il avec un sourire un peu forcé, nous aurons prouvé que notre tradition est plus forte même que la barbarie allemande. »

Et, comme Léna demeurait silencieuse, il demanda :

« Tu ne penses pas que notre vocation est du solide ?

— Indestructible ! répondit-elle en éclatant de rire, et elle n'aimait rien tant que taquiner son père.

— N'oublie jamais l'histoire des Thérapeutes ! » ajouta-t-il comme s'il doutait de la détermination de sa fille.

L'histoire des Thérapeutes était devenue comme une seconde légende familiale. Depuis son plus jeune âge, Léna avait entendu son père la raconter – et depuis, d'un coup d'œil dans le dictionnaire, elle avait pu vérifier que cette histoire n'était pas un conte pour enfants sorti de l'imaginaire paternel. À la lettre T d'un des volumes qui garnissaient le premier rayon de la bibliothèque, on trouvait :

« THERAPEUTE : nom masculin 1704 ; grec, therapeutés de therapeuien " soigner ".

1 : Ascète juif qui vivait en communauté non loin d'Alexandrie. Les Thérapeutes étaient une tribu juive d'Alexandrie au premier siècle après J.-C. et formaient une secte dans le judaïsme, une sorte d'essénisme perfectionné.

2 : Personne qui soigne les malades… »

L'épopée des Thérapeutes s'était déroulée au début de l'ère chrétienne, sur les bords du lac Maréotis. La tribu y menait une vie heureuse et monacale, peuplade paisible en quête d'élévation spirituelle, s'adonnant à la méditation et à la prière, étudiant la guérison par les plantes et par la parole, docteurs émérites, médecins de l'âme et serviteurs de Dieu. Ces hommes à la bonté parfaite qui enseignaient l'art de soigner avaient partagé le sort des autres Juifs d'Alexandrie massacrés lors des émeutes qui avaient secoué la ville en l'an 38 sous le règne de Caligula et que le philosophe Philon d'Alexandrie avait relatées dans son texte *Legatio ad Caium* :

« Lorsque la populace séditieuse d'Alexandrie crut avoir trouvé une bonne occasion de donner cours à la haine qu'elle nous portait depuis longtemps, elle remplit la ville d'épouvante et de trouble. Comme l'empereur Caligula nous eût abandonnés, elle se jeta sur nous avec une fureur sauvage. On chassa les Juifs de la ville entière ; des milliers d'hommes, de femmes et d'enfants, acculés dans un quartier étroit pareil à une caverne furent entassés comme de vils troupeaux,

dans l'espoir qu'en peu de jours ils ne seraient plus qu'un monceau de cadavres.

Ceux qui arrivaient de la campagne, ignorant le malheur de leurs frères, étaient frappés jusqu'à ce qu'on les eût tués. D'autres furent brûlés dans la ville avec un raffinement de cruauté épouvantable : comme le gros bois manquait, on entassa sur eux des branchages auxquels on mit le feu. »

« Comment pourrais-je oublier cette histoire ? D'ailleurs, ajouta-t-elle, un ton d'ironie dans la voix, tu serais toujours là pour me la rappeler, n'est-ce pas ?

— Peut-être que nos origines remontent à ces pauvres hères des environs d'Alexandrie », dit Tobias le plus sérieusement du monde.

Il partit alors dans ces explications habituelles sur le pourquoi de la vocation familiale. La médecine avait toujours été l'autre religion des Kotev. Sauver les âmes, sauver les corps, on n'était que des prêtres. Y avait-il tâche plus honorable, mission plus divine que de soigner ? rabâchait-il. Leur Dieu avait créé la vie, prolonger la vie, c'était servir Dieu. Guérir, c'était servir Dieu. Et si – sait-on jamais ? – Dieu n'existait pas, c'était servir l'humanité. Et imaginons, conclut-il, que l'on ne descende pas en droite ligne de la tribu d'Alexandrie, peut-être les aïeuls de Pavel Alexandrovitch et de Mendel Kotev avaient-ils capté, montant du fin fond des siècles depuis le désert d'Alexandrie, la prière d'un Thérapeute ?

« Peut-être... ou peut-être pas, fit-elle en souriant et en songeant qu'elle pourrait encore écouter son père parler durant des heures. Et nous aurions été médecins de génération en génération depuis la nuit des temps, c'est cela ?

— Oui, tous, de père en fils. »

Il s'arrêta un instant, puis, l'air plus sombre, reprit :

« Enfin, tous sauf moi. »

Et il passa dans son regard comme la nostalgie du grand professeur qu'il aurait rêvé d'être. Il semblait voir défiler les scalpels et les écarteurs, la blouse blanche et les honneurs, tout le long passé de gloire qui lui avait été volé ce jour de mai 1933.

« Allez, parlons d'autre chose, si tu veux bien, dit-il en recouvrant l'extrémité du moignon de l'index sous la paume de sa main gauche. Tu m'accompagneras vendredi matin, au tribunal ?

— Tribunal administratif, papa », corrigea-t-elle.

Il devait renouveler sa carte d'identité périmée. Il avait déjà produit quantité de papiers, mais une pièce manquait toujours, le dossier à la préfecture n'en finissait pas d'être incomplet. Il lui fallait maintenant retrouver les documents liés à l'état civil de son père.

« Ils veulent un certificat de décès ! soupira-t-il. Est-ce qu'on nous donnait des certificats de décès en ces temps-là ?

— Je viendrai te chercher à sept heures et quart, dit-elle, et, après la préfecture, j'ai pris ma matinée, nous irons déjeuner dans le restaurant de poissons du XIVᵉ. Cela fait longtemps qu'on n'y est pas allés. »

Ils parlèrent encore de choses et d'autres, puis il avoua se sentir un peu fatigué. Elle le laissa se reposer.

En arrivant chez elle, elle ouvrit son courrier, tomba sur une invitation à une conférence sur la vie et l'œuvre du philosophe Walter Benjamin, mit le carton de côté, jeta un coup d'œil sur quelques factures avant de les reposer sur une pile d'autres. Elle alla dans la cuisine, ouvrit le frigo, y prit un reste de salade de la veille, posa l'assiette sur la table. Elle sortit de sa boîte un Xanax, hésita puis avala le comprimé. Elle dîna, puis s'allongea sur le canapé du salon, regarda la télé en attendant que le médicament fasse effet.

Ludichev, 1904

Parvenu chez lui, Pavel conduisit son cheval haletant dans la petite étable, dessella la bête, lui fit reprendre son souffle, lui donna à boire. Il aurait dû depuis longtemps déjà se séparer de l'animal, prendre une jument plus vaillante et plus jeune, capable de mieux endurer les étés suffocants et les rigueurs de l'hiver. Mais il ne pouvait se résoudre à envoyer à la mort ce compagnon de voyage. Ç'aurait été comme abandonner une partie de lui-même.

Une nuit, dernièrement, il s'était réveillé en sursaut au milieu d'un rêve où le cheval tirait son propre cercueil sur une rue déserte battue par la pluie dans un silence sépulcral que venait rompre le bruit des fers sur le pavé comme le tambour d'une marche funèbre.

Pavel ne parvenait toujours pas à comprendre le sens caché du cauchemar – il rêvait pour ses funérailles d'un long cortège solennel fermé par une troupe d'enfants venue déposer une couronne sur sa tombe :

« Au docteur Pavel Alexandrovitch Kotev,
Ludichev reconnaissant »

Ses nuits étaient peuplées de toutes sortes de songes, histoires sans queue ni tête, traversées çà et là de personnages familiers et toujours enveloppés d'un parfum de mystère. Résultaient-elles d'un pur chaos, ces images défiant l'entendement, défilant sans ordre ni logique et semant l'épouvante dans son sommeil ? Il préférait croire à l'écho d'une voix venue des profondeurs de l'âme, fredonnant à la nuit les lourds secrets auxquels son esprit s'était montré retors. Mais, un jour qu'il s'était ouvert auprès de ses confrères de son intention d'interpréter les rêves, on l'avait regardé de travers.

Pavel revoyait son père, Abraham Kotev, absorbé dans la lecture du Talmud, justifiant auprès de son fils du temps consacré à l'étude :

« Quand j'en saurai suffisamment, petit, je pourrai enfin lire la Kabbale.

— Qu'y a-t-il de si merveilleux dans la Kabbale, papa ?

— De merveilleux et de terrible, Pavel : le secret des songes. »

Il regrettait de ne pas avoir assez parlé avec son père, d'avoir échangé des propos convenus, de s'être toujours tenu sur ses gardes en sa présence, comme si son père le menaçait de quelque chose, alors qu'il était le plus doux, le plus attentif des hommes. Le docteur Abraham Kotev n'élevait la voix en aucune circonstance, restait la plupart du temps muet et, quand il se mettait à discuter, c'était pour énoncer quelques règles de vie générales ou tenir de grands discours impersonnels, exhortations éloignées des confidences espérées, proférées avec l'obsession d'éduquer, leçons de morale ou de civisme, testaments ouverts de son vivant, où l'homme ne dévoilait rien de ses blessures intimes, ne déviait jamais de la mission qu'il semblait assigner à la fonction de père. Mais il ne s'étendait jamais sur ce qu'il avait vécu, ne racontait jamais les histoires de son enfance, ne s'épanchait pas sur ses états d'âme, accueillait tous les événements de la vie, qu'ils soient tristes ou heureux, avec un même fatalisme. Il semblait toujours empêché par une force mystérieuse de montrer un autre visage qu'exemplaire.

Un jour, alors tout jeune médecin, Pavel s'était vu offrir par un patient une poule pondeuse en remerciement des soins qu'il avait prodigués. Il était revenu remettre ce cadeau aux siens, comme un symbole de réussite, un gage de sérieux, ému de rendre à ses parents le prix des efforts et des sacrifices consentis. Il avait rapporté, tout tremblant d'émotion, la caisse de bois où caquetait la poule – on allait pouvoir manger des œufs à volonté. Son père était parti dans une colère noire :

« Pavel, c'est aux banquiers, aux marchands de s'enrichir ! L'argent corrompt les âmes. Quel salaire, quelle obole seraient dignes des soins que tu as donnés ? Quel prix pour une vie sauvée ? Toute la fortune des Rothschild, les minerais de l'Empire russe, les porcelaines de Pétersbourg, les émeraudes de la tsarine n'y suffiraient pas. Même si le père d'un enfant guéri se dépouillait de tous ses biens, t'offrait sa maison, ses terres, ses chevaux en plus de ses poules, il te serait encore redevable. Ce que tu lui as donné vaut plus que l'or du monde. Alors n'accepte rien, jamais, en supplément de ton salaire ! Poule pondeuse ou pièces d'argent. Toi, tu n'es là que pour servir. »

Ainsi parlait son père, par périphrases, citant des passages de la Bible ou s'exprimant par injonctions. Abraham Kotev resterait une énigme. En était-il toujours ainsi des pères ? Quelle image Pavel laisserait-il à ses propres enfants ? Il espérait que ce serait celle d'un homme juste. Ce serait là leur unique héritage.

Il songea à son fils aîné, Mendel, se rappela la dernière fois qu'il l'avait vu, l'année précédente, sur le quai de la gare. Prenant le train pour Berlin, le garçon affectait une certaine tristesse, mais c'était plus la nostalgie confuse du paradis perdu de l'enfance que la peine de quitter Ludichev. Derrière le chagrin des adieux vibrait la joie contenue des marins partant en mer. Mendel allait à l'aventure, loin du shtetl. Une nouvelle vie l'attendait, annonçant la fin du ghetto, préfigurant le futur des Juifs qui se conjuguerait demain, et pour l'éternité peut-être, dans la langue de Goethe, en ce IIe Reich qui avait émancipé les Juifs.

Rivka s'était montrée rétive. En premier lieu, bien entendu, elle pleurait le départ de son fils. En second, elle aurait préféré envoyer Mendel en Palestine. Depuis qu'elle avait lu le livre du journaliste viennois Theodor Herzl *L'État juif*, elle ne jurait que par le sionisme. Le mouvement soulevait un immense espoir au sein des familles du village comme dans toute l'Europe de l'Est. De nombreux jeunes gens avides d'aventure avaient déjà quitté la misère du shtetl pour participer à la fondation d'une patrie juive. Quelque temps avant le départ de Mendel, un des représentants d'un mouvement sioniste était venu à Ludichev pour convaincre les habitants de laisser partir leurs enfants en Terre sainte. Il s'appelait Grün, David Grün. Âgé de dix-huit ans, il était né dans la ville polonaise de Plonsk, avait étudié à l'université de Varsovie. On l'avait reçu avec tous les égards.

« Nous vivons sous la menace, avait soutenu Grün, nous ne pouvons dire de quoi demain sera fait pour nos enfants.

— Qui peut le dire ? avait rétorqué Pavel.

— N'importe quand, n'importe qui peut débarquer chez toi et t'assassiner.

— Cela vaut pour tout le monde.

— Rappelle-toi ce qui s'est passé à Kichinev. Mais aussi en France, le pays des droits de l'homme, avec l'affaire Dreyfus. Des foules ont crié "Mort aux Juifs" dans les rues de Paris !

— Nous ne sommes nulle part en sécurité. C'est ainsi depuis toujours.

— Nous devons partir maintenant !

— Nous n'avons même pas le droit de quitter la Zone de résidence autorisée !

— Nous le prendrons, ce droit !

— Et où irons-nous ?

— Certains parmi nos chefs ont accepté la proposition de se rendre en Ouganda.

— Je ne saurais même pas situer ce pays sur la carte… Et toi, que proposes-tu ?

— J'irai en Palestine, avait dit Grün. Là-bas, nous allons bâtir une nation juive !

— Nous avons déjà bâti une nation juive.

— Nous cultiverons la terre. Nous ferons ce que la chrétienté nous interdit depuis des siècles, nous serons enfin des agriculteurs !

— Je n'ai aucune envie de travailler la terre. La simple vue d'un champ de pommes de terre me déprime.

— Nous aurons un pays à nous, Pavel, peux-tu imaginer ça ? Un peuple juif, des dirigeants juifs, une communauté jui…

— Cela s'appelle un ghetto !

— Nous ne serons plus jamais sous la menace des autres. Nous aurons une armée !

— Je n'ai pas plus envie d'être soldat que paysan.

— Laisse au moins partir ton fils ! Qu'il vienne bâtir notre nation avec les amoureux de Sion !

— Mon fils partira à Berlin. C'est l'Allemagne qui représente l'avenir pour les Juifs. Là-bas, plus de pogrom, une liberté totale, tous les droits nous sont octroyés. Dans vingt ans, il y aura des professeurs juifs, et même des ministres juifs allemands !

— Tu rêves, Pavel, et ta candeur me désespère. Mais on ne peut rendre la vue à un aveugle, adieu ! » avait conclu Grün avant de quitter les lieux.

Pavel Alexandrovitch murmura un dernier mot à l'oreille du cheval, tapota sa croupe. Il était temps de rentrer à la maison, de mettre un terme à l'intermède de tranquillité qu'il s'accordait toujours, espace libre de tout enjeu entre sa vie de médecin et sa vie de famille, moment de silence entre le lamento des gémissements de souffrance et le flamboyant opéra de la vie qui s'éveille. Il referma la porte de l'étable, traversa la cour dans le grand froid du soir, s'abandonna à un instant de contemplation du ciel constellé d'étoiles. Il se sentait apaisé, serein, comme lavé des épreuves du jour passé.

En rentrant, il trouva la maison plongée dans le silence. L'endroit avait perdu l'effervescence coutumière, les cris et les rires s'étaient tus. Les enfants assis autour de la table se tenaient l'air inquiet, muets, immobiles, garçons et filles étrangement sages, les yeux rivés sur leur assiette quand d'ordinaire Pavel les trouvait toujours en train de se chamailler ou de jouer entre eux. Son épouse était debout, près de la porte, l'air épouvanté. Le bonsoir joyeux de Pavel résonna dans le vide. Au fond de la pièce, près de la cheminée, trois soldats l'attendaient, sabre à la ceinture, leur ombre vacillant à la lueur des flammes. Celui dont l'uniforme arborait le plus de décorations et qui possédait la coiffe la plus imposante déclara d'un ton solennel :

« Pavel Alexandrovitch Kotev, au nom du tsar Nicolas II, empereur de toutes les Russies, je te demande de nous suivre ! »

Il pensa que son heure était venue. On allait le conduire dans la cour, le mettre en joue, le fusiller. Il fixa sa femme du regard pour emporter avec lui quelque chose de l'éclat de son visage. Il se promit d'offrir à ses enfants une figure calme face à l'adversité : c'est cette image-là qui resterait de lui.

L'officier poursuivit :

« Emporte quelques affaires, des vêtements pour trois ou quatre jours ! »

Il se rendit dans la chambre, perplexe quant aux véritables intentions des soldats. Avait-il gagné un sursis ? Il mit quelques linges dans une sacoche et revint dans la pièce.

« Dis au revoir aux tiens. Si tout se passe bien, tu reviendras bientôt. »

On lui assurait la vie sauve. Il étreignit sa femme dont les joues avaient le goût salé des larmes. Il s'apprêtait à aller embrasser ses enfants quand un des soldats intervint :

« Pavel Alexandrovitch, notre patience a des limites ! »

Sur ce, il les suivit.

Paris, 2015

Ce matin-là, Léna ne consultait pas. Elle s'était attelée à des tâches administratives depuis son arrivée dans le service, mais la pile de papiers sur son bureau ne semblait pas avoir diminué de hauteur. C'était une activité qu'elle détestait par-dessus tout, et elle réalisait, en s'y plongeant et par contraste, combien elle aimait son métier, se sentait faite pour lui, comme en d'autres temps elle se serait crue faite pour tel ou tel homme. Le cancer était devenu un mal nécessaire à son propre équilibre, un peu comme un amateur d'échecs lorsqu'il a trouvé son maître ne peut s'empêcher de le défier. Chaque fois qu'un nouveau patient entrait, une vie se rejouait.

Quelques instants auparavant, sa secrétaire, pénétrant dans la pièce un nouveau tas d'enveloppes entre les mains, s'était exclamée, exhortant Léna à se ressaisir :

« Docteur Kotev, vous avez fait dix ans d'études et vous calez devant des papiers ! Il ne s'agit que de répondre à une lettre ! »

Quand, pour elle, c'était l'Himalaya.

Elle décacheta une nouvelle enveloppe et y trouva une inscription à un congrès annuel de cancérologie organisé au mois de mai suivant à Rome. Le programme se révélait passionnant, des intervenants venus du monde entier aborderaient les thèmes de la pratique quotidienne autant que les progrès de la discipline. Mais elle hésitait à s'inscrire. Elle nourrissait toujours des réticences à aller en congrès. En premier lieu, s'absenter de Paris, c'était un peu abandonner son père. En avion au-dessus des nuages, elle était chaque fois prise de remords. L'idée qu'il puisse être terrassé par une attaque ou une crise cardiaque en son absence la hantait le séjour durant. En second lieu, elle n'aimait pas partir à l'inconnu, même si Rome n'avait rien des terres australes. L'inconnu commençait au bas de son immeuble. D'année en année, il gagnait du terrain, rétrécissait l'espace. Elle craignait parfois d'être sur la mauvaise pente, de suivre les traces qui avaient conduit Clara Kotev, un matin d'hiver, dix ans plus tôt, à enjamber le balcon du cinquième étage. Quel vent de frayeur avait eu la force d'arracher cette femme à la vie qu'elle menait et de lui faire accomplir son saut dans le vide ? Sa mère avait emporté son secret dans la tombe.

Deux ans auparavant, surmontant ses appréhensions, Léna s'était inscrite au congrès de Rome. Ce voyage l'avait vaccinée. Le premier jour, les conférences s'étaient avérées passionnantes, et lui avaient permis de dépasser ses réserves quant au ridicule de se retrouver à errer un badge autour du cou, dans le salon d'un grand hôtel, sous l'œil de ses confrères.

Mais, le lendemain, au petit déjeuner, bien qu'elle eût, comme elle en avait l'habitude, choisi une place aussi éloignée du buffet que possible, il s'était trouvé un congressiste pour venir à sa table. Son plateau entre les mains, l'homme avait demandé s'il dérangeait, question à laquelle elle n'avait pas osé répondre par l'affirmative. Aussitôt assis, il s'était mis à l'aise, trempant sa tartine dans son café, goûtant tour à tour toutes les viennoiseries qui emplissaient son assiette. Rompant le silence, il l'avait questionnée sur les conférences de la veille. Sans attendre sa réponse, il avait déclaré avoir trouvé la session passionnante, affirmant parler d'autorité, ayant lui-même écrit sur la question dans un numéro de *Lancet* dont il lui avait chaudement recommandé la lecture. Après quoi il avait embrayé sur des questions d'ordre plus personnel : était-ce la première fois qu'elle assistait à ce congrès ? Se rendrait-elle à Cancún en novembre prochain ? Puis il l'avait interrogée sur ce qu'elle pensait de l'hôtel et avait aussitôt exprimé son sentiment sur les prestations, jugé la chambre correcte, la cuisine indigne d'un quatre-étoiles, excepté le petit déjeuner, bien entendu. Avait-elle goûté les muffins ? Après quoi il était parti dans des considérations d'ordre plus général, s'était mis à regretter les congrès des années 1990, palaces à l'île Maurice et voyages à Bali, maintenant c'était Rome et Berlin, Cancún une fois par an, encore fallait-il mendier auprès des laboratoires si l'on voulait voir son voyage financé ! Il avait pour finir proposé de lui faire découvrir la région romaine. Il était à l'en croire aussi bon guide que bon médecin.

À côté d'eux, un autre congressiste observait la scène en silence, d'un air amusé. Quand elle avait croisé son regard, elle était tombée sous le charme. Ils s'étaient revus le soir à la fin du dîner de gala. Évoquant l'épisode de la matinée, il l'avait félicitée pour sa patience avant de parodier la scène du petit déjeuner, imitant sa mine embarrassée, mimant l'arrogance de l'homme face à elle. Elle avait ri comme elle ne l'avait pas fait depuis des années. Ils avaient terminé la soirée autour d'un verre au bar de l'hôtel après quoi elle avait accepté de le suivre dans sa chambre. Le lendemain ils avaient visité la nécropole de Cerveteri, marché sur les bords du lac de Bracciano. Ils s'étaient revus à Paris, bien qu'il fût marié et que cette relation aille à l'encontre de tous les principes de Léna. Elle avait consenti pour un temps à ériger le mensonge et la clandestinité en règle de vie, enterré sa fierté sous des tas de renoncements successifs. L'histoire s'était achevée trois mois plus tard aussi rapidement qu'elle avait débuté. Elle ne regrettait rien, mais demeurait désormais sur ses gardes quand elle rencontrait un homme marié à l'allure ou au discours duquel elle était sensible. Elle ne se sentait pas à l'abri. Elle avait gardé de ses vingt ans la fragilité des grandes amoureuses.

Elle jeta la feuille d'inscription au congrès de Rome à la poubelle. Ça n'est pas qu'elle désespérait de rencontrer quelqu'un, c'est plutôt qu'elle n'en éprouvait pas l'envie.

Le téléphone sonna. On l'informa que l'état de Mme Dargand s'était subitement aggravé et que la patiente avait été transférée en réanimation. Elle monta aussitôt prendre la mesure des faits, s'entretint avec les réanimateurs. Après un long conciliabule, on conclut qu'il était inutile de s'acharner.

Elle redescendit téléphoner à l'époux, annonça les complications soudaines, le pria de venir au plus vite. L'homme demanda si c'était grave, elle répondit que c'était la fin.

Elle délivra à l'interne les recommandations d'usage. Le jeune homme entamait à peine sa spécialisation, ne semblait pas très au fait des procédures. Elle expliqua la marche à suivre.

M. Dargand arriva sur les lieux dans l'heure. Elle s'entretint longuement avec lui, parla le plus explicitement possible, ne laissa aucun doute sur l'issue prochaine. L'homme acquiesçait à tout d'un air hébété. Elle avait l'impression d'un boxeur sonné à qui elle assénait le coup fatal. Elle l'accompagna jusqu'au service de réanimation, prévint l'interne de rester dans les parages, retourna dans son bureau. Elle ouvrit la fenêtre, respira l'air du dehors. Son regard s'arrêta sur un petit groupe d'étudiants traversant la cour de l'hôpital au milieu d'éclats de rire. Elle tenta de se rappeler si elle était aussi insouciante à leur âge, se souvint que non, hélas, rien ne lui avait jamais paru simple ou léger.

Au milieu de l'après-midi, on la prévint que Mme Dargand avait rendu son dernier souffle. Elle demanda à l'assistant de prendre son époux en charge. Elle ne s'en sentait pas le courage. C'était la première fois qu'elle déléguait ce genre de tâche.

Ludichev, 1904

Les trois hommes et Pavel traversaient la cour de
la maison des Kotev, l'éperon des bottes sur le gravier
grinçant dans le calme du soir. Ils s'enfonçaient dans
la pénombre, les deux soldats ouvrant la marche,
l'officier avançant derrière Pavel. L'escorte ainsi
constituée rappela à Pavel la dégradation du capitaine
Dreyfus, dont il avait vu les images dans les journaux. Il s'imagina face à un parterre d'éminences
venu goûter sa déchéance ; les blouses remplaçaient
les uniformes, un professeur lui arrachait son
phonendoscope et prononçait son bannissement.
C'était l'affaire Kotev.

Il se retourna et, fouillant l'ombre du regard, vit
sa famille rassemblée dans la cour, enveloppée d'un
halo de lumière. À la clarté vacillante de la lampe
tenue au bout des doigts tremblants de son épouse,
les siens le regardaient partir. Ainsi figés dans leur
détresse, alignés les uns à côté des autres, ils semblaient prononcer la prière du kaddish. Pavel assistait
à ses obsèques. Il murmura « Amen » comme on
lance un adieu.

Une calèche les attendait au coin d'une ruelle. Le cocher rangea sa tabatière en les apercevant, se redressa, salua l'officier et se mit aux commandes. Pavel et le capitaine s'installèrent sur la banquette arrière, les deux soldats prirent place en face dans un cliquetis d'armes et de ceintures qui se heurtent. Un claquement de fouet cingla l'air. La calèche partit.

À cette heure tardive du soir, la grand-rue du village était déserte. Çà et là des lampes finissaient de brûler derrière les fenêtres. Tout était calme, paisible. Assis inconfortablement sur l'étroite banquette, Pavel n'osait rompre le silence. Il avait la conviction, considérant les égards auxquels il avait eu droit, qu'on ne le tuerait pas, du moins dans l'immédiat. Où le conduisait-on, qu'attendait-on de lui ? Il ignorait de quoi on l'accusait. On l'avait sûrement calomnié. Les maisons du village s'espacèrent. Bientôt, il n'y eut plus que la plaine et les ténèbres.

L'un des deux soldats allongea ses jambes, poussa un soupir de contentement et affirma qu'on était bien, ici, loin de la guerre.

« Ne te réjouis pas, soldat ! nuança l'officier. Les nouvelles d'Extrême-Orient sont mauvaises. »

La guerre russo-japonaise faisait rage. Le tsar et la Russie étaient isolés face au Japon surarmé et à ses alliés français et anglais. Port Arthur ne tiendrait pas longtemps. La vie de centaines de milliers d'hommes se jouait en cet instant.

« Capitaine, s'inquiéta l'un des soldats, faudra-t-il partir au front ? »

Ils iraient là où on leur commanderait d'aller. La Sainte Russie était face à des ennemis sans foi ni loi. Les Japonais avaient attaqué la flotte navale russe sans déclaration de guerre ! Les Français voulaient prendre leur revanche sur la Bérézina. L'armée du tsar leur ferait rendre gorge à tous. On libérerait Port Arthur à la force des baïonnettes, on ne laisserait pas les richesses de la Mandchourie aux mains des ennemis de la Sainte Russie. On remporterait la victoire. Seul contre tous !

L'officier se tourna en direction de Pavel.

« Tu ne dis rien, tu n'as aucun avis ? demanda-t-il, le regard noir. Tu n'es pas fier que ton tsar ait voulu prendre la Corée et la Mandchourie ? En réalité, tu te moques de l'intérêt supérieur de l'Empire, tu ne mérites pas ton sort !

— C'est que... dit Pavel en pesant chacun de ses mots, j'ignore quel sera mon sort. J'ai quelque peine à me projeter dans l'avenir.

— Nul ne sait ce que l'avenir lui réserve, répondit le capitaine, et il semblait soudain plus conciliant. Et, pourtant, chacun doit se projeter au lendemain. Hormis les nihilistes, peut-être. Es-tu nihiliste, Kotev ? J'ai vu un grand nombre de livres dans ta maison.

— J'aime la littérature de notre grand pays.

— C'est tout à ton honneur, dit le capitaine avec l'air de douter de la sincérité de ses propos.

— Personnellement, intervint un des soldats, je ne suis jamais parvenu à savoir lequel préférer entre Tolstoï et Dostoïevski.

— C'est l'éternel dilemme entre le Prophète de l'Esprit et le Prophète de la Chair, dit le second soldat. Je ne connais pas plus absurde débat que celui qui consiste à vouloir juger l'un supérieur à l'autre. Comment peut-on comparer *Anna Karenine* et *Les Frères Karamazov* ?

— On peut tout de même avoir son avis, remarqua Pavel.

— Tais-toi, Kotev ! s'écria le capitaine. Cette question appartient aux seuls Russes. Tu n'as pas ta place dans ce débat !

— Moi, reprit le premier soldat, je dis que lorsqu'on a lu *Guerre et Paix,* tout le reste paraît fade.

— C'est le militaire en toi qui parle, jugea l'autre. Moi, cela me gêne que l'on fasse intervenir Koutouzov et Napoléon. On mêle vérité historique et fiction. Quelle est la part du vrai ?

— Tu es étroit d'esprit, Igor Petrovitch, répliqua le premier. L'invention romanesque permet de raconter l'Histoire mieux qu'aucun traité. Est-ce que Homère ne faisait pas parler les dieux ? Moi, je me moque de la stricte vérité. Si je veux le vrai, je lis le journal. Si je veux de l'intelligence, je lis de la philosophie. Mais la vérité de l'homme – qui n'a rien à voir, j'en conviens, avec la vérité des faits – est dans l'émotion. Je la trouve dans les romans. Bien sûr, je ne suis pas sûr que Koutouzov ait exactement agi comme l'a écrit Tolstoï, je me moque qu'il ait seulement prononcé les propos qu'on lui prête ! Ce que je sais, c'est que *Guerre et Paix* me fait comprendre le monde.

— Soldats, ce débat est source de division ! En temps de guerre, c'est interdit autant que dangereux. Il est temps de changer de sujet.

— À vos ordres, capitaine ! »

Les hommes se turent. On n'entendit plus que le martèlement régulier des sabots sur la pierre et le grincement plaintif des roues de la calèche brinquebalante. De temps à autre, un cri du cocher suivi d'un coup de fouet réveillait l'ardeur des chevaux. Les yeux rivés au-dehors, Pavel scrutait les profondeurs de la nuit. Il se sentait perdu, ne reconnaissait rien, à peine s'il pouvait distinguer les sommets des collines éclairés par le croissant de la lune suspendue dans le ciel. Son instinct lui disait qu'on avait pris au nord. Il n'avait jamais emprunté cette direction. Il se sentit envahi d'un soudain vague à l'âme. Si ce voyage était le dernier, sa vie s'achèverait sans qu'il ait vu grandir Natalia, ni su comment Mendel avait concrétisé les espoirs placés en lui. Et, comme chaque fois qu'il s'attardait à l'évocation du passé, il se laissa gagner par un accès de mélancolie qu'il combattait d'ordinaire par la routine de l'action, mais qui, dès qu'il baissait la garde, prenait le dessus, l'entraînait dans les affres de ce qui semblait sa vraie nature, un peu comme la boussole revient toujours au même pôle. Il eut des regrets de cette sorte d'ivresse qui avait porté son existence jusque-là, la chance qui lui avait été octroyée de soigner et de guérir les hommes. Il se revit enfant, il écoutait son père lui faisant la lecture d'un texte du Talmud racontant qu'un ange veillait sans cesse le médecin dans son activité, l'ange Raphaël, un messager de Dieu censé inspirer chaque médecin dans ses choix. Raphaël, expliquait son père, venait de l'hébreu. *El*, qui signifiait *Dieu*, et *Rafa, Médecine*. L'ange Raphaël était le *Médecin de Dieu*. L'ange, au dire de son père, se tenait toujours au côté du médecin, prodiguait à son oreille des conseils, murmurait le nom des meilleures prescriptions, et le médecin, affecté de l'orgueil et de la cécité des hommes, croyait que ces actes provenaient de son esprit, de son intelligence, de sa logique, tandis qu'il ne faisait que retranscrire la parole divine, n'était que le jouet du destin. La main qui perçait l'abcès, tranchait dans la chair, retirait la tumeur était la main de Dieu. Pavel se souvint que son père lui avait demandé de montrer ses mains, les avait contemplées, le visage radieux, comme s'il y voyait la confirmation de ses espoirs. Pavel aimait à croire que sa vocation était née ce jour-là, accouchée par le regard de son père sur le dos de ses mains.

« Dites donc, docteur, s'enquit soudain le capitaine sur un ton d'étrange politesse. Que conseille-riez-vous à quelqu'un d'un peu las ? Évidemment, je ne prêche pas pour ma propre personne. Pouvez-vous imaginer un capitaine fatigué ? Non, je parlais… sur le principe. Quelles médications donnez-vous, dans le cas d'un léger abattement ? »

Pavel répondit qu'il s'efforçait toujours d'examiner le patient avant d'émettre le moindre avis. Il rechignait à donner des conseils médicaux à l'aveugle. Ceux-ci étaient souvent mal interprétés.

« Le capitaine ne te demande pas ton avis sur les conseils ! s'emporta un des hommes. Il te demande un conseil ! Réponds ou je t'étripe !

— Soldat, garde ton calme ! Le docteur n'est sans doute pas très au fait de nos règles de vie. Mais le voyage est encore long. Alors, docteur, pour une faiblesse passagère, disons quelqu'un qui souffrirait de quelque langueur, ressentirait moins de plaisir à parcourir la steppe à cheval, moins d'entrain pour embrocher l'ennemi... De l'huile de foie de morue ? »

Pavel suggéra une cure d'eau de Soden tout en précisant que, dans les cas de grande fatigue, il convenait d'aller plus loin dans les investigations.

« Plus loin ? répéta le capitaine, une inquiétude dans la voix.

— Oui, expliqua Pavel, une anémie peut occasionner de tels symptômes. »

Et il révéla avoir deviné un soupçon de pâleur sur le visage de son interlocuteur.

« Une pâleur ? s'alarma le capitaine.

— Moi aussi, je vous l'avais dit, capitaine ! intervint le soldat. Mais, évidemment, on ne m'écoute jamais !

— Docteur, une pâleur, ce n'est pas grave ? »

Pavel tenta de se montrer rassurant. Il avait à l'esprit les propos d'Isaac l'Hébreu dont le *Guide du médecin* recommandait au X*e* siècle : « *Réconforte le patient par une promesse de guérison, même si tu n'y crois pas : provenant de toi, une telle affirmation peut aider l'œuvre de la nature.* »

Une anémie, poursuivit-il, n'augurait rien de forcément dramatique, c'était peut-être un simple manque de fer. Mieux valait cependant examiner le patient, répondre dans l'intimité d'une chambre, prendre le temps de la réflexion. Le risque existait que les propos fussent mal interprétés. En inquiétant le malade sur la gravité de son cas, on pouvait le faire fuir, en le rassurant trop, le détourner du problème.

« Comment sait-on que l'on est malade, docteur ? »

Le meilleur signe était la peur. La peur se lisait dans les yeux, défaisait le visage, rôdait autour du patient. Pavel la devinait parfois dans un tremblement de la main, un pincement de lèvres. Quand il avait trouvé la peur, il était certain du sérieux du cas.

« Et si l'on ignore la peur ? dit le capitaine. Si l'on ne craint pas de mourir ?

— Il faudrait que vous redoutiez de tuer pour avoir peur de mourir.

— Avoir peur de tuer serait comme déserter ! s'exclama le capitaine. Avant... quand j'étais plus jeune... soupira le capitaine, des regrets nostalgiques dans la voix, pour rien au monde je n'aurais fait autre chose que la guerre. Je comptais les trépassés comme des pièces d'or. On m'appelait la Mort. Regarde ces médailles, Kotev ! – il désigna son torse bardé de décorations. C'est l'œuvre d'une vie ! Toi, Pavel, tu ne peux pas comprendre ! Toi, tu ne crois en rien. Tu ne nourris aucun rêve de grandeur. »

Il s'arrêta, son visage s'assombrit soudain :

« Mais, je dois l'avouer, aujourd'hui, quand je tue un ennemi, je n'éprouve rien d'autre que le sentiment du travail accompli. J'ai l'impression qu'avec le temps je deviens insensible. Prenons un exemple : si on m'ordonnait de t'assassiner, j'obéirais aux ordres, bien entendu. Mais ça serait sans conviction... Tu dois me prendre pour un monstre, n'est-ce pas ? »

Pavel fit non de la tête. Et il était sincère.

« Ne crois pas que je n'ai pas de cœur. Mais je ne mélange plus le travail et les sentiments. Il m'est arrivé de tuer ou de faire tuer des personnes pour lesquelles j'éprouvais une amitié sincère ou avec lesquelles j'étais lié par une franche camaraderie. Je pourrais par exemple envoyer à la mort les deux soldats face à nous. Nous avons pourtant partagé bien des aventures ensemble. Pourtant, le jour où je devrai leur ordonner d'aller se battre sabre au clair contre l'ennemi, je le ferai sans hésitation ni scrupule. À bien y réfléchir, vous aussi, vous envoyez tous vos patients à la mort un jour ou l'autre. Nous exerçons le même métier avec des moyens différents, et le but, docteur, n'est-il pas le même ? Nous sommes toi et moi de simples artisans de la Providence. Allez, philosopher ne mène à rien. Dormons ! La nuit sera longue. »

L'officier tira les rideaux de la calèche, rabattit sa visière sur ses yeux, étendit ses jambes puis parut s'assoupir. Un peu plus tard, les deux soldats ronflaient de concert. Pavel Alexandrovitch gardait les paupières ouvertes. Tout lui semblait si étrange.

Aurait-il pu imaginer, la veille encore, être embarqué dans ce voyage ? Il souleva légèrement le rideau dans l'espoir de capter un élément du paysage qui eût pu le renseigner sur l'endroit où il était. Au-dehors, tout stagnait sous de tristes ténèbres.

Il s'abandonna à ses pensées, revit son épouse éplorée sur le seuil de sa maison. Le regretterait-elle ? Il n'avait sans doute pas été le mari idéal, mais il s'était toujours comporté avec droiture, avec respect. Il ne l'avait trompée qu'une fois. Il faisait semblant de croire que cette fois-là ne comptait pas. Un accident, disait-il. Se morfondre ne servait à rien. Oublier n'effacerait pas sa faute. Il avait dérogé aux préceptes ancestraux. Tu ne commettras pas d'adultère. Mais il n'avait cédé aux sirènes qu'en une seule occasion toute sa vie durant. Il se voyait finalement plus en homme à principes qu'en homme à femmes.

Hélas, cette fois-là, rien ne s'était passé comme il l'avait voulu. Il se pensait alors invulnérable, s'enorgueillissait d'être l'homme d'une seule femme. Il aimait Rivka, aimait être son mari, aimait la posséder, aimait à penser qu'elle se savait possédée. Quand il la présentait, il disait : « Voici ma femme. » Il était fier d'imaginer qu'ils ne formaient qu'un, elle et lui, et il appréciait tout autant quand elle murmurait, pendant l'acte d'amour : « Tu es mon homme. » Il la trouvait belle, il la désirait toujours autant malgré le temps passé. Il aimait la regarder, l'observer, la contempler. Il croyait tout connaître d'elle, mais, sans cesse, il découvrait un je-ne-sais-quoi qu'il ignorait, accent méconnu de sa voix, geste de sa main, pluie de gaieté tendre.

Mais, un jour, alors qu'il marchait dans une rue de Ludichev, il avait vu à quelques pas devant lui une jeune femme de dos, vêtue d'une robe claire à volants, portant des talons plats. Elle marchait droit. Voici l'étrange propos qui lui était venu à l'esprit en la voyant : « Tiens, cette femme marche droit. » Son épouse, Rivka, allait toujours de travers. Vous commenciez un bout de rue à sa droite, vous le finissiez à sa gauche. « Est-ce que c'est un défaut, ça ? » se défendait Rivka. La jeune femme semblait suivre un fil tiré devant elle. Le regard de Pavel s'était fixé un peu machinalement sur ses jambes élancées, puis il fut attiré par ses fesses rondes, sa taille mince, ses bras à demi nus. Il avait admiré ses poignets fins et charmants qui balançaient le long de son corps avec la régularité d'une pendule. Et soudain la jeune femme avait buté sur une pierre au sol et poussé un cri. Sa cheville tordue par le choc, elle s'était affalée de douleur par terre. Il s'était précipité vers elle pour la secourir. Elle l'avait regardé fixement – et il avait songé : « Droit dans les yeux. » Il avait demandé si elle souffrait. Elle avait fait oui de la tête, son sourire grimaçant l'avait laissé désarmé. Il s'était agenouillé près d'elle, avait examiné sa cheville, fait quelques manœuvres pour s'assurer que les os n'étaient pas fracturés. « Cela vous fait mal quand je tourne comme ça ? » Elle avait fait non de la tête. « Et dans ce sens ? » Sa bouche s'était crispée. Quand il eut fini, son regard était remonté le long de ses jambes et jusqu'à son visage. Leurs yeux s'étaient rencontrés. Il avait déclaré que rien n'était cassé mais qu'une entorse était à craindre. « Je suis médecin, vous savez ? » Non, elle ne savait pas. « Vous n'êtes pas très causante », avait-il dit. Elle avait baissé les yeux, le visage soudain empourpré. « Vous êtes... muette ? » Elle avait acquiescé. « Excusez-moi. » Elle avait souri, sorti un calepin de sa poche, noté quelque chose au crayon, et lui avait montré : « Prenez-vous dans vos bras toutes les passantes, docteur ? » Il avait compris alors que quelque chose de grave s'était produit, non pas à l'endroit de la cheville de la jeune femme, mais dans son cœur à lui.

Alma était une juive d'Odessa venue à Ludichev rendre visite à son oncle. Elle avait perdu la parole à l'âge de sept ans, quand elle avait vu sa mère violée puis égorgée par un Cosaque.

« C'est uniquement dans ta tête, lui avait expliqué Pavel, un jour tu parleras !

— Ce jour-là, avait-elle écrit, ma mère se retournera dans sa tombe. »

Il la retrouvait, certains soirs, à l'auberge du village voisin et le propriétaire, un homme qu'il avait soigné quelques années auparavant, le considérait toujours avec un sourire de connivence, comme s'il était entré dans une sorte de grande confrérie. Il rougissait de déclencher un tel sourire, avait honte de l'emballement de ses pensées à l'approche du rendez-vous. Et, de retour chez lui, il se sentait indigne, sale, déshonoré. Mais dans la minuscule chambre, il accédait entre les bras d'Alma à un plaisir intense, non pas supérieur à ce qu'il éprouvait aux côtés de Rivka, mais d'une autre nature, plus rude et plus physique. Il se laissait entraîner, découvrait des sensations inédites. Et lui qui n'avait jamais dévié du droit chemin dépassait toutes les limites admissibles, mettait en péril son couple, sa famille, sa santé mentale pour une inconnue de passage. Le risque faisait partie de l'aventure, la rendait plus attrayante encore. Il avait l'impression de vivre un grand mystère dont il était la cause. Son existence prenait soudain une autre dimension. Il ne voyait pas le dérisoire de la situation. Il avait oublié que, pour un homme, le grand défi n'est pas d'avoir une aventure mais de s'interdire toute infidélité. Les principes sur lesquels il avait édifié sa vie étaient abolis. Cette fille l'avait rendu cynique, menteur, manipulateur. Et tandis qu'il avait envie de crier au monde entier son bonheur, il ne pouvait se confier à personne. Il était prisonnier et il ne s'était jamais senti aussi libre. Il songeait : j'ai dépassé la quarantaine, c'est peut-être la dernière fois que je vivrai une telle passion. Et je devrais me l'interdire ? Pour quelles raisons ? Parce que c'est un péché ? À cause du Sixième Commandement ? Je n'ai tué ni volé personne. Je prends du plaisir. Pourquoi serais-je le seul homme qui n'aurait pas le droit de prendre du plaisir ? De quoi suis-je puni ? Toutes sortes d'excuses qui donnaient à sa jouissance des accents de désespoir, des allures de martyre. Quelque temps plus tard, Alma était partie en Amérique. Il n'eut jamais plus de ses nouvelles. Un jour, rongé de culpabilité, il avait fini par révéler son secret à sa femme. Elle avait répondu qu'elle avait toujours su.

Il se remémora le dernier instant où il avait vu Rivka, debout, sur le perron de la maison, au bord des larmes. Alors il s'endormit.

Paris, 2015

Elle gara la voiture en double file, prévint par téléphone son père de son arrivée, lui recommanda de se couvrir, précisa qu'il pleuvait des cordes, puis, munie d'un parapluie, sortit attendre sur le perron de l'immeuble. Elle l'embrassa quand il parut, l'accompagna jusqu'au véhicule, lui tint la portière grande ouverte, veilla à ce qu'il s'assoie correctement, ramena le bas de son pardessus à l'intérieur, le pria de bien allonger les jambes, se saisit du cartable qu'il tenait, le posa devant lui, referma la porte, contourna le véhicule, s'installa au volant, démarra.

« Cesse de faire comme si j'étais un enfant ! s'écria-t-il. Pourquoi ne prends-tu pas la vie du bon côté ? »

Quel côté ? songea-t-elle.

Tobias ouvrit son cartable, en tira un livre emballé dans un papier de couleur dorée et, d'un air réjoui, le tendit à sa fille en expliquant que c'était un cadeau. Puis, ouvrant lui-même le paquet, il s'exclama avec la même surprise que s'il en était l'heureux destinataire :

« Un livre ! Avoue que tu ne t'y attendais pas ! En venant me chercher, tu t'es dit : "Je vais conduire mon vieux père au tribunal, quelle plaie !" Et voilà, tu reçois un livre ! Je ne sais plus trop quoi t'acheter maintenant.

— Maintenant que je suis une grande fille ?

— Je ne vais pas t'acheter des robes…

— Ni des jouets…

— Alors il reste des livres. Mon père disait qu'on est toujours sûr de faire plaisir avec un livre. »

L'ouvrage signé Derrida et intitulé *Chaque fois unique, la fin du monde* était un recueil d'éloges funéraires rédigés lors de la disparition de tel ou tel proche de l'auteur.

« Écoute ce qu'a écrit Derrida à la mort de Levinas, lança Tobias après s'être arrêté sur une page : "*Depuis longtemps, si longtemps, je redoutais d'avoir à dire adieu à Emmanuel Levinas. Je savais que ma voix tremblerait au moment de le faire et surtout de le faire à voix haute, ici, devant lui, si près de lui, en prononçant ce mot d'adieu.*" C'est beau, n'est-ce pas ? Le jour où ce sera mon tour, tu pourras t'inspirer de ces pages pour l'oraison.

— Papa ! s'écria-t-elle, elle détestait quand il s'exprimait ainsi.

— Il faudra t'y faire, dit-il d'une voix douce, un jour je ne serai plus là. »

Elle vit un abîme désolé de douleur où défilait une procession de jours solitaires et sans joie.

« Tu sais ce qui me ferait plaisir avant mon dernier voyage ? demanda-t-il. Ce serait de reprendre contact avec la branche russe de la famille. Moi, je n'ai jamais eu le courage, mais pour toi, avec les nouvelles technologies, cela ne devrait pas être compliqué de retrouver mon cousin Jankel. J'avais correspondu avec sa mère, la sœur de mon père, qui avait retrouvé ma trace des années après la guerre. Nous avions échangé par lettres mais j'étais jeune à l'époque, je n'avais pas gardé le lien, et puis se rendre en Union soviétique n'était pas commode. Natalia m'avait dit qu'elle avait un fils de mon âge. Tu chercheras, n'est-ce pas ? À Moscou. Il ne doit pas y en avoir des dizaines des Jankel Kotev ? »

Elle promit d'essayer.

« Oh, toi quand tu essayes, tu arrives ! J'espère juste que mon cousin est encore de ce monde. »

Tobias rouvrit son cartable, en sortit une pochette sur laquelle était inscrit, au feutre : « Dossier Nationalité française », en parcourut les pages, referma, et se rallongea sur le siège en soupirant.

« Je suis sûre que c'est la dernière fois que nous nous rendons là-bas », dit Léna d'une voix se voulant réconfortante.

Ils attendaient au milieu d'autres, dans une salle de la préfecture, elle lisant l'ouvrage de Derrida, lui les yeux fixés sur le tableau d'affichage. Sa jambe droite ne cessait de trembler, et le bruit que faisait le talon de sa chaussure sur le sol empêchait Léna de se concentrer sur sa lecture. Après un moment, il dit :

« Je suis allé voir l'urologue que tu m'as conseillé.
Il paraît que ma prostate se porte à merveille. "Un
vrai miracle !" a-t-il déclaré. Quand j'avais cinq ans,
un miracle, c'était la mer Rouge qui s'ouvrait. Quand
j'en avais vingt, une fille dans mon lit. Aujourd'hui,
c'est mon taux de PSA normal ! »

Elle se sentit soulagée. Elle avait adressé son père à
un confrère après qu'il eut décrit des symptômes
qu'elle avait jugés inquiétants. Comme souvent, elle
avait eu peur pour rien. Mais elle préférait le faire
consulter inutilement plutôt que de découvrir une
pathologie à un stade avancé. Elle surveillait la santé
de son père comme le lait sur le feu, épiait l'apparition
du moindre symptôme, s'enquérait de son appétit et
de son poids, traquait l'asthénie, l'anorexie, l'anémie,
l'ictère. À ses côtés, elle était toujours en alerte. C'était
comme si, d'un coup d'œil, elle pratiquait une visite
médicale. Elle observait ses joues, le cerne de ses paupières, prêtait l'oreille à son souffle quand il parlait,
appréciait la force de son étreinte en l'embrassant,
inspectait discrètement son grain de beauté sur le cou,
scrutait le blanc de ses pupilles. Elle envisageait toujours le pire. Un accès de toux était synonyme de bron-
cho-carcinome, un vertige annonçait la tumeur
cérébrale. Il déclarait, sur le ton de la moquerie : « Tu
es hypocondriaque pour ton père, comment se
nomme cette maladie ? » L'amour filial.

Elle avait, des années auparavant, essayé de le faire
suivre par un autre médecin, un généraliste de sa
connaissance en qui elle avait toute confiance. Son
père était revenu du cabinet furieux d'avoir perdu

son temps, avait trouvé le médecin atermoyant et froid, peu sûr de son jugement, puis il avait expliqué ne vouloir se soumettre qu'à l'appréciation de sa fille. Les Kotev possédaient à ses yeux une intuition et un savoir uniques, transmis de génération en génération. Pourquoi s'interdirait-il d'en bénéficier ? Elle avait accepté de le suivre, préférant voir cette responsabilité comme une chance plutôt que comme un fardeau. Toutes les filles ont peur que leur père disparaisse, elle pouvait sauver le sien, prolonger le souffle de cette vie devenue avec l'âge comme la flamme vacillante d'une bougie. Elle se savait la moins objective, la plus influençable. Ses émotions brouillaient son discernement. Le rapport familial faussait l'équation médicale. Elle n'avait pas le droit à l'erreur. Elle ne se remettrait pas de s'être trompée. Elle tenait l'existence de son père entre ses mains et c'était à la fois un poids sur sa conscience et une faveur immense.

Il demanda :

« Est-ce vrai ce que j'ai lu : après soixante ans, une personne sur deux est atteinte d'un cancer ? »

Elle acquiesça.

« Mais après quatre-vingts ans, poursuivit-il, le pourcentage monte à combien : une personne sur une ? »

Elle ne répondit pas. Dans ses pires cauchemars, elle voyait son père prendre place dans sa salle d'attente, au milieu de ses autres patients, assis au même titre qu'eux, guettant la venue de sa fille en blouse blanche, se levant à l'énoncé de son nom,

« M. Tobias Kotev, s'il vous plaît. » Elle redoutait en réalité que son père disparaisse. Elle n'était pas préparée à l'événement. Et, en même temps, aussi absurde que cela pût paraître, elle ne parvenait pas à envisager la survenue d'un tel drame. Son père avait passé tant d'épreuves dans l'existence qu'elle avait fini par le croire immortel.

Il s'exclama soudain comme s'il avait gagné au tirage du Loto :

« Numéro 154, c'est à nous ! »

Au guichet, la préposée expliqua ne vouloir avoir affaire qu'à une seule personne, sinon on ne pouvait pas s'entendre, on ne se comprenait pas. Son père se désigna comme interlocuteur privilégié. La préposée commença par lui poser un certain nombre de questions, retranscrivant soigneusement chaque réponse sur son clavier d'ordinateur. Bientôt, elle observa un instant de silence et déclara, les yeux fixés sur l'écran :

« Je constate qu'il manque toujours un document concernant votre père. Nous ne disposons d'aucune preuve que ce M. Mendel Kotev a vécu.

— Vous voulez dire que vous n'avez pas de preuves que mon père a vécu en France ? demanda Tobias d'une voix incertaine, comme s'il n'était pas sûr d'avoir compris.

— Nous ne disposons d'aucune preuve que votre père a vécu non seulement en France, mais en général, expliqua la préposée d'un ton neutre.

— Mais j'ai un père, je vous assure !

— Nous n'en doutons pas, répondit la préposée, avec un léger embarras dans la voix. C'est seulement que l'administration a besoin de preuves tangibles.

— Des preuves que j'ai un père ?

— Oui, nous avons besoin d'un papier attestant que votre père, Mendel Kotev, a bel et bien existé.

— Mais si mon père n'avait pas existé, je ne serais pas là », se risqua Tobias.

La préposée prit une seconde de réflexion, comme si le propos de Tobias valait qu'on s'y attarde.

— Sans doute, dit-elle, et sa réponse manquait de conviction.

— C'est donc que mon père a existé ! reprit Tobias, ragaillardi.

— Ici, nous ne faisons pas de rhétorique ! lança la préposée, coupant court aux espoirs de Tobias. L'administration veut un document écrit. »

Elle s'approcha de l'écran, plissa les yeux avant de souligner :

« Je lis que vous prétendez ne pas posséder l'acte de naissance de votre père.

— Mon père est parti d'Allemagne dans des conditions d'urgence. Il n'a emporté que son passeport.

— Vous avez conservé ce passeport ?

— Il lui a été confisqué, murmura-t-il, et il y avait dans ses mots comme l'aveu d'une défaite.

— C'est dommage, répondit la préposée, donnant l'impression de clore le dossier dans sa tête.

— Je possède trois photos de lui, tenta Tobias. Cela constitue une preuve d'existence, n'est-ce pas ?

— Seuls les documents officiels ont valeur de preuve, répondit la préposée, l'air sincèrement désolé, et elle ajouta aussitôt : si vous ne possédez pas d'acte de naissance, vous avez bien un avis de décès. Cela pourrait suffire pour prouver que votre père a vécu.

— Je ne dispose d'aucun avis de décès, répondit-il sur le ton du renoncement.

— M. Mendel Kotev est-il mort ? demanda la préposée, montrant des signes d'agacement.

— À Nice, en octobre 1943.

— Tout mort dispose d'un acte de décès, c'est la loi ! »

Elle avait prononcé ces mots avec une pointe d'exaspération.

« Où est-il enterré ? reprit-elle.

— On n'a jamais su.

— Ni acte de naissance, ni papiers d'identité, ni acte de décès, ni enterré, tout ça ne tient pas ! dit-elle comme si c'était plus qu'elle pouvait en entendre.

— C'était la guerre ! » explosa Léna.

Elle s'était retenue par égard pour son père, mais elle était décidée à mettre le holà.

« Ma chérie, reste en dehors de la conversation », implora Tobias.

Léna ravala aussitôt sa colère et déclara :

« Mon grand-père est mort assassiné. »

La préposée posa un regard incrédule tour à tour sur ses deux interlocuteurs puis annonça :

« Je dois vérifier que l'assassinat fait exception au règlement. »

Elle se leva de son siège, alla frapper à la porte d'un bureau derrière elle, s'y engouffra.

Tobias supplia sa fille de conserver son calme. À quoi bon s'énerver, l'administration avait toujours montré un comportement tatillon, exigeait des preuves, quoi de plus normal ? Ça n'était pas dirigé contre eux, ça n'avait rien de personnel. La préposée sortit du bureau, suivie par un homme d'une quarantaine d'années, vêtu d'un costume bleu foncé et d'une chemise claire. Il prit place au guichet.

« Monsieur Kotev, dit-il d'un ton plus compréhensif, reprenons ensemble depuis le début. Où votre père est-il né ?

— À Ludichev.

— Où a-t-il vécu l'essentiel de son existence ?

— En Allemagne.

— Ludichev, ça ne sonne pas allemand.

— C'est en Russie. Mon père a quitté son pays natal quand il avait douze ans.

— Pour quelles raisons votre père a-t-il quitté la Russie ?

— Il a fui les pogroms.

— Donc, votre père quitte l'antisémitisme pour aller s'installer en Allemagne.

— C'est cela.

— Vous comprendrez que cela puisse surprendre ? »

Tobias demeura interdit.

— Je lis, poursuivit le responsable, que vous êtes vous-même né à Berlin en 1926. Quand avez-vous quitté votre pays natal pour venir vivre en France ?

— En 1933.

— Pour quelles raisons ?

— On fuyait les persécutions.

— Admettez que l'on s'y perd un peu. »

Tobias hocha la tête, comme s'il se sentait coupable de quelque chose.

« Pour obtenir les papiers de votre père, reprit le responsable, vous allez écrire en Allemagne. Les Allemands conservent tout, ils vous répondront, ils répondent toujours. Mais attention, avec eux, ce n'est pas comme ici, on ne discute pas ! Je vous dis au revoir. »

L'homme se leva et retourna dans son bureau.

Sur le chemin du retour, Léna entendit son père maugréer : « Demander aux Allemands ! Plutôt être apatride ! » puis il ne prononça plus un mot.

Ludichev, 1904

Pavel Alexandrovitch ouvrit les paupières puis souleva doucement le rideau. Le jour commençait à se lever. La campagne émergeait du brouillard, des nappes de brume déployaient sur la plaine des coulées silencieuses. Tout lui semblait lumineux, presque irréel. Les champs de fleurs flamboyaient dans la grisaille. Des arbres comme assoupis dans la torpeur ambiante s'éveillaient à la vie. Au ciel scintillaient encore quelques étoiles perdues dans la pâleur de l'aube. Il tourna la tête vers ses voisins. Trois paires d'yeux étaient fixées sur lui.

« Pas trop tôt ! s'écria l'officier. On ne voulait pas déranger le sommeil du roi ! Nous avons pour recommandation de te laisser te reposer afin que tu arrives en forme. Sinon, tu penses bien… La journée qui t'attend s'annonce rude. Et l'on compte sur toi en haut lieu. »

Ces paroles le replongèrent dans les affres de la veille. Les soldats avaient l'air tendu et plus fébrile.

« Nous arrivons bientôt, poursuivit l'officier. Pavel Alexandrovitch Kotev, il est temps que tu apprennes la raison de ta présence. Mais sache, avant tout, que ton existence n'a jamais été aussi menacée. Ta vie et la vie des tiens ne tiennent qu'à un fil. Pour une fois, cependant, c'est toi qui tiens ce fil du destin entre tes doigts. »

L'homme ne le regardait pas en parlant. Il semblait s'adresser à lui-même avant tout.

« Une chose doit demeurer à ton esprit : l'enseignement de tes maîtres. J'espère que, comme on le répète dans la région, tu es bien le meilleur médecin à cent verstes à la ronde. Pavel Alexandrovitch Kotev, tu vas soigner et, j'espère pour toi, guérir le gouverneur de la province. L'urgence imposait que l'on te choisisse en remplacement du médecin personnel du gouverneur envoyé à Pétersbourg, pour soigner la tsarine. Ta réputation a dépassé les faubourgs de Ludichev. Ne prends pas cela pour un fait heureux. La célébrité est la pire des malédictions. Si ta notoriété était moins grande, à cette heure, tu dormirais dans ton lit. Allez, préparons-nous, nous approchons ! »

L'officier tira les rideaux d'un mouvement sec. On était arrivés dans les faubourgs d'une ville. Les ruelles étaient déjà animées. Le martèlement des sabots des chevaux résonnait sur le pavé. Un vieil homme assis sur un banc de pierre regardait passer la voiture. Un groupe de Cosaques avançait en travers du chemin. Ils s'écartèrent en hurlant à l'approche du véhicule, prirent le cocher à partie. On les dépassa sans encombre. Un pope entra dans une église, d'un pas rapide, en psalmodiant quelque chose. En contrebas, la rue était barrée par dix soldats, baïonnette au canon. La calèche s'immobilisa. On était arrivés.

C'était un immense bâtiment sans faste, à la façade grise et aux fenêtres duquel le miroitement des lueurs du jour donnait quelque éclat. Le barrage de soldats fut franchi sur la présentation du sauf-conduit que l'officier avait extrait de la poche de son manteau, puis soigneusement replié et remis en place. On pénétra dans une cour occupée par un escadron entier de militaires au milieu du cliquetis des sabres et du son des fusils que l'on nettoie. Les regards accompagnèrent les étrangers traversant les lieux. Un murmure parcourut la troupe comme une traînée de poudre. « Le médecin, voici le médecin ! »

Tout en marchant, Pavel Alexandrovitch admirait la beauté des uniformes, le clinquant des casques, le scintillement des éperons. Apercevant un soldat armant son fusil, il prit peur. Si j'échoue, songea-t-il, ces hommes formeront mon peloton d'exécution. Il s'imagina affrontant les soldats face à lui, leurs armes pointées en sa direction. En le mettant en joue, ces hommes n'auraient pas même l'impression d'accomplir un crime.

On s'immobilisa face à une immense porte à double battant, dont l'entrée était barrée par un Cosaque.

« Arrange ta tenue ! s'écria le capitaine. Tu vas voir le gouverneur ! »

L'homme épousseta les épaules et le dos de Pavel Alexandrovitch, le recoiffa, lui donna une tape sur la joue, menaça :

« Ne me déçois pas ! »

Il fit signe au Cosaque de s'écarter, frappa avec le lourd loquet. Le long miaulement qu'émit la porte en s'ouvrant fit grincer le cœur de Pavel.

On entra dans une pièce gigantesque aux murs nus, éclairée par quantité de flambeaux et plongée dans une immobilité de plomb. À quelques mètres sur le côté, un groupe d'officiers, vêtus d'un manteau jaune et gris aux épaulettes d'or et d'argent, parlait à voix basse. Le vide de la salle faisait à leur chuchotement comme un vibrant écho. Au fond, on distinguait un grand lit autour duquel la silhouette de deux individus se détachait. Un homme portant une longue tunique blanche vint à leur rencontre et, parvenu à leur hauteur, salua l'officier, fixa Pavel du regard, l'examina de haut en bas. C'était le médecin de la garnison. Il invita Pavel à le suivre au chevet du malade. Et, tandis que Kotev approchait du lit, conscient que se jouait là le tournant de son existence, revint à son esprit la prophétie d'Ostrovsky : « Souviens-toi de Kichinev ! »

Le gouverneur était étendu sur le lit, sans connaissance, les yeux mi-clos, la tête relevée par de gros coussins, le corps recouvert d'une couverture brodée dont les éclats juraient avec la lividité du visage et les bras décharnés émergeant des draps. La pâleur de ses traits, son teint cadavérique l'auraient donné pour mort si son torse ne se soulevait pas à intervalles réguliers dans un gémissement prolongé qui le faisait frissonner tout entier. Un peu de bave coulait au coin de sa bouche qu'une ordonnance venait essuyer en même temps qu'elle épongeait son front. Ses lèvres avaient la teinte bleuâtre de ceux qui vont trépasser. Le médecin militaire fit l'exposé de la situation. Le gouverneur était tombé dans le coma après à une fièvre prolongée. Un abcès de l'amygdale droite avait été diagnostiqué. L'abcès avait dégénéré en phlegmon et obstruait maintenant une partie du larynx ainsi que le conduit auditif. L'oreille droite commençait à suppurer. Le pouls était à 120, la température à 39°5. Le patient n'urinait presque plus.

« Vous avez des questions ? demanda l'homme.

— Une seule, répondit Pavel. Pourquoi n'êtes-vous pas intervenu sur l'abcès ?

— Que j'opère le gouverneur ? Regardez, cher confrère, le groupe de quatre officiers au fond, avec leurs manteaux jaunes et leurs épaulettes dorées. Si jamais il arrivait quelque chose au gouverneur, Dieu garde celui qui l'aura opéré… »

Il souhaita bonne chance, dit qu'il restait à la disposition de Pavel puis se retira quelques pas en arrière.

Pavel s'approcha du lit, souleva la couverture, observa l'état général du patient, prit le pouls, perçut des battements filants et rapides, palpa le ventre, ne constata ni défense ni contracture, examina les parties génitales, observa les jambes à la recherche de marbrures et d'érysipèle, pressa les mollets qui apparurent souples et semblaient indolores, parcourut avec l'ongle de son pouce, de haut en bas, la plante des pieds sans détecter de réaction anormale des orteils. Les pupilles réagissaient bien à la lumière de la bougie. Ayant terminé cette partie de l'examen clinique, Pavel se retourna et pria le médecin militaire de l'aider à asseoir le patient. Il demanda un stéthoscope et se vit tendre le dernier cri en la matière, un Alison biauriculaire ! Pavel réprima un sourire d'enchantement en contemplant l'objet puis il entama l'auscultation des poumons, fasciné d'entendre aussi clairement les battements du cœur et le murmure s'échappant des vésicules pulmonaires. Après quoi il réclama une lampe éclair et scruta le fond de la gorge. Un abcès aussi volumineux qu'une mandarine occupait le pharynx.

« Pourrais-je avoir des gants, s'il vous plaît ? demanda-t-il au médecin militaire.

— Pour quoi faire ? répondit l'autre.

— Pour palper l'abcès dans la gorge.

— Nous n'utilisons jamais de gants. Cela gêne et ce n'est pas très propre.

— Des gants fins que l'on jette après usage !

— Quel gâchis ! Quelle ânerie !

— Tu n'as pas lu les articles de Semmelweis ?

— Mes maîtres me recommandaient de ne jamais lire les articles médicaux, cela risque d'influencer.

— Et les travaux de Halsted, de l'hôpital John-Hopkins à Baltimore ? Et ceux de Chaput à Broussais ?

— La médecine russe n'a rien à apprendre d'étrangers !

— Bien, où pourrai-je me laver les mains ?

— C'est obsessionnel ! Tu veux te laver maintenant ? Et pourquoi donc, tu es si sale que cela ?

— Je suis les recommandations de Semmelweiss.

— Tu finiras comme lui ! La médecine russe est saine, de corps et d'esprit. Tu doutes de l'hygiène russe après avoir douté de la médecine russe ?

— Je crois en l'asepsie.

— L'asepsie est une ineptie. Mais quel genre de médecine exerces-tu ? »

Pavel Alexandrovitch alla se nettoyer les mains. Lorsqu'il revint, il demanda un scalpel, une paille, un seau, invita le médecin militaire à se tenir à ses côtés avec la lampe éclair. Tenant ouverte la bouche du gouverneur, Pavel prit le scalpel entre le pouce et l'index, l'enfonça dans la gorge, perça soigneusement l'abcès, retira le scalpel, mit la paille entre ses lèvres, aspira le pus, cracha dans le seau, réédita la manœuvre trois fois. Après quoi il tendit le matériel au médecin militaire, alla se rincer les mains et la bouche puis s'assit sur un petit banc de bois à l'écart.

Vers minuit, la température était tombée à 38°5, le pouls battait à 100, le gouverneur semblait avoir repris quelques couleurs. Au milieu de la nuit, le gouverneur finit par uriner, et l'on changea les draps. Au matin, la température descendit à 38, le pouls à 80, le gouverneur bougea un bras. Le lendemain, il ouvrit un œil. Une semaine plus tard, il était tiré d'affaire. Présenté par les officiers comme son sauveur, le médecin militaire fut couvert de médailles et envoyé au front avec le grade de médecin chef. Pavel Alexandrovitch fut libéré avec l'interdiction formelle de raconter les événements tels qu'ils s'étaient produits. La vérité officielle dirait qu'il avait assisté dans sa tâche le médecin militaire.

Le trajet du retour sembla plus court. Les quatre hommes voyageaient de jour et sous un grand soleil illuminant la plaine. On était soulagé. On riait de soi, de ses craintes, de ce qui s'était passé. On se fichait que la gloire rejaillisse sur d'autres. Toute gloire est illusoire. Le moindre honneur est vain. Les conversations prenaient des accents de rigolade, les convenances étaient bannies. On parlait franc, presque entre frères. Les grades ne voulaient plus rien dire, les barrières de religions étaient abolies. On était à tu et à toi. On faisait la révolution sans le savoir. On avait sauvé l'existence du gouverneur, et la sienne propre. L'aventure unique qu'on avait partagée scellait une amitié à nulle autre pareille, qui résisterait au temps, serait plus forte que tout. Par la fenêtre entrouverte, la campagne était parée de couleurs qu'on ne lui connaissait pas. L'herbe était plus verte, un air frais montait au visage. On avait rapporté des fioles de vodka. On les sortit. Avant de boire, l'officier se leva, voulut porter un toast. Dans un bref discours, il rappela l'héroïsme du docteur, comment Kotev avait affronté l'adversité, ne s'était pas laissé démonter par les manteaux jaunes, avait pointé le scalpel comme on enfonce une dague dans le cœur de l'ennemi. Quelle témérité ! Quel homme !

« À Pavel ! lança l'officier.

— À PAVEL ! » reprirent-ils en chœur.

Il se laissa convaincre de partager la fiole. Il trouva l'alcool à son goût, but plus que de raison. La tête lui tourna. On trinqua de nouveau.

« À la médecine russe !

— À LA MÉDECINE RUSSE !

— AU TSAR NICOLAS II !

— Lehaïm ! »

L'effervescence se calma. Sur le ton de la confidence, on parla de sa vie, des espoirs qu'on nourrissait pour l'avenir. L'officier expliqua que sa fille était fiancée au prince Moldowski. Les yeux s'arrondirent. Le prince Moldowski ! Le mariage aurait lieu dans l'année, le capitaine obtiendrait une promotion, serait muté à Moscou.

« Vous nous emmènerez, n'est-ce pas ? implora un des deux soldats. »

L'officier se leva :

« Nous sommes unis, à la vie à la mort ! »

Il chancela, comme pris de vertige, puis se rassit.

« Et toi, docteur, tu ne dis rien, raconte-nous ta vie… Nous t'aimons ; à toi de te confier, Pavel Alexandrovitch. »

Et l'atmosphère était si légère, si amicale et chaleureuse que Pavel en vint à parler de son adultère. « Était-elle belle ? » La grâce incarnée. « Comment était son corps ? » Un prodige ! Ses jambes étaient si longues qu'on se perdait dedans. Et ses cuisses étaient fermes, dures comme l'ébène. « Quel goût avait sa peau ? » D'un parfum plus doux que le lilas. « Parlenous de son sexe. » Un puits de plaisir où son âme allait boire. «Comme je t'envie, camarade!» On s'arrêta dans une auberge pour déjeuner. Il faisait beau. La campagne russe resplendissait. On était heureux. Ce bonheur n'était pas volé.

Paris, 2015

Depuis quelques années, les hommes ne faisaient que passer dans sa vie sans qu'aucun suscitât de véritable émotion, éveillât un sentiment quelconque qui puisse s'apparenter à ce qu'elle connaissait de l'amour. Ni celui rencontré à Rome, ni aucun de ceux qui l'avaient précédé ou succédé n'était parvenu à l'arracher au raide ennui de l'existence. Elle avait fini par considérer comme son état affectif normal cette torpeur morose à laquelle elle s'était abandonnée cinq ans auparavant à la suite de l'événement qui avait bouleversé le cours de ses jours et laissé autant de traces dans son esprit qu'il en avait opéré dans sa chair.

Elle ignorait jusqu'à aujourd'hui si elle avait été amoureuse de Vincent. À l'époque, elle ne s'était pas interrogée sur le sens de leur relation, ne s'était pas posé la question de savoir s'il était plus prudent de demeurer auprès de cet homme ou bien de le quitter, si elle souffrait inutilement ou faisait souffrir sans raison. Seul lui importait de revoir son amant un soir sur deux aux alentours de vingt heures, dans son appartement du 15ᵉ arrondissement. Faire l'amour avec lui avait été, pendant des semaines, l'unique objet de ses préoccupations, le seul sujet des retrouvailles. Elle aimait le contact de sa peau, se sentait imprégnée de son odeur longtemps après qu'elle l'eut quitté – avant lui, les hommes n'avaient pas d'odeur ou bien elle trouvait leur parfum vulgaire. Elle avait découvert entre ses bras la véritable nature du plaisir charnel, avait appris à aimer son propre corps, ce corps qu'elle avait considéré jusque-là comme un poids encombrant, auquel elle se sentait étrangère et qu'elle détestait percevoir dans le regard des autres comme un objet de convoitise – elle savait qu'il en fallait peu pour susciter le désir des hommes. L'assurance des gestes de Vincent pendant qu'ils faisaient l'amour, quelque chose dans ses yeux alors qu'il la fixait la conduisaient sur des routes inexplorées desquelles elle revenait bouleversée. Ses désirs étaient devenus des réalités. Elle sortait de son appartement l'esprit léger, enveloppée dans la douceur du soir, et elle aurait trouvé la vie parfaite si Vincent n'avait pas dû quitter Paris pour un poste de médecin hospitalier à la faculté de Montpellier.

Les premiers temps, il rentrait chaque week-end, nostalgique de la capitale, regrettant restaurants et théâtres, la queue devant les cinémas, le café au bistrot le matin, il n'y en avait que pour Paris et ils passaient le dimanche au lit, voyaient à peine la lumière du jour. Puis il avait commencé à trouver du charme à la province. Les jours de mistral, le ciel dégageait une lumière prodigieuse à laquelle il était devenu sensible et, quoi qu'on pût en dire, on travaillait aussi bien là-bas qu'ici. Un samedi, il avait annulé sa venue à la dernière minute pour des raisons professionnelles, une autre fois cela avait été sous le prétexte d'un mal de dos, la fois suivante, sans motif avéré. Puis il avait rendu les clés de son appartement parisien.

Elle, au contraire, comptait les jours. Son cœur servait de cible au moindre des chagrins. L'attente et l'absence la rendaient triste jusque dans son sommeil. Au matin, voyant ses traits tirés dans la glace, elle haïssait l'homme responsable de ses nuits blanches, se promettait de ne jamais le revoir, jurait de ne plus répondre à ses appels. Elle prenait une douche, s'habillait, appliquait un peu de fond de teint sur les joues, du Rimmel, voulait redonner de la couleur et des formes à sa bouche, ses lèvres dans lesquelles il mordait comme dans la peau d'un fruit dont il louait l'éclat, adorait l'arrondi, voilà rouges, ses lèvres et sa bouche pulpeuse ! Elle jugeait qu'elle était belle et que les hommes ne valaient rien, zéro, et lui moins que zéro, un type négatif, voilà ce qu'il était, un petit provincial, un tout petit bourgeois !

Son père avait détesté Vincent à la seconde où elle le lui avait présenté, ce jour où elle s'était fait raccompagner en voiture et où Tobias les avait croisés au bas de l'immeuble, était venu à leur rencontre et les avait salués – à cet instant précis, elle aurait aimé se réfugier sous terre. Plus tard, son père lui avait demandé quelles étaient les intentions de cet homme.

« Je ne suis pas certaine que les hommes, de nos jours, aient encore des intentions, papa. Pourquoi, il ne te plaît pas ?

— C'est simplement que je n'apprécie pas son regard, je le trouve trop dur.

— Tu préférerais un regard fuyant ?

— Ce type a un côté allemand. Voilà, il me rappelle la jeunesse allemande !

— Elle est très bien, la jeunesse allemande !

— Celle de mon temps.

— De ton temps, le grand-père de Vincent était résistant.

— Eh bien, ça ne se voit pas !

— Tu veux que Vincent arbore la croix de Lorraine ? Tout ça à cause d'un regard !

— De deux. Le sien et le tien. À vrai dire, c'est surtout le tien qui m'inquiète. Je ne t'ai jamais vue avec des yeux pareils.

— Qu'est-ce qu'il y a dans mes yeux ?

— Trop d'étoiles.

— Tu ne supportes pas que je sois amoureuse, voilà tout ! Tu n'es qu'un égoïste ! Maman avait raison, il faudrait te greffer un cœur !

— On en rediscutera si tu veux bien. »

Ils n'en reparlèrent jamais.

À la fin du mois d'octobre 2009, elle sentit ses seins plus lourds qu'à l'ordinaire. Elle avait quelques jours de retard dans son cycle, éprouvait un je-ne-sais-quoi de transformé dans son corps. Elle acheta un test en pharmacie. Le test était positif. Elle consulta dans un centre de planning familial, remplit les papiers nécessaires, laissa passer le délai adéquat, prit rendez-vous pour le jour dit – cela ne devait pas prendre beaucoup de temps, entrée le matin, sortie le soir. À la clinique, tout sembla se dérouler normalement. Mais l'infirmière qui vit Léna avant qu'elle ne quittât les lieux lui trouva de la fièvre, 38°, et préféra la garder, le risque d'infection n'était pas nul. Léna ne suivit pas les conseils, décida de rentrer chez elle, signa une décharge. Les deux jours suivants, elle se força à aller travailler, soigna sa gêne au bas du ventre à l'aide d'anti-inflammatoires et d'antipyrétiques, se força à oublier son mal. À l'aube du troisième jour, la douleur lui broyait le ventre, elle ressentit des frissons. Elle se rendit à l'hôpital. On l'examina. On fit une prise de sang. On passa une échographie. On perfusa de puissants antibiotiques. Au matin, la douleur était devenue insupportable et son ventre, dur comme de la pierre. Elle subit d'autres examens à l'issue desquels un médecin lui expliqua qu'on allait devoir intervenir. Elle fut conduite en salle d'opération. L'opération dura trois heures. Elle souffrit le martyre en salle de réveil. On lui assura que c'était normal. On garantit que cela s'était bien déroulé. La péritonite était résolue. Il y avait un « mais ».

« Un mais ? »

On évoqua une complication, on précisa qu'elle était rare. Tout se passait normalement dans quatre-vingt-dix-neuf pour cent des cas. On lui reprocha à mots couverts d'avoir trop attendu avant de consulter. On lui expliqua qu'une des trompes avait dû être enlevée. L'autre avait été préservée de justesse. Cette trompe restante était abîmée, infiltrée par des adhérences.

« Cette trompe, demanda-t-elle, elle suffira, n'est-ce pas, pour permettre une grossesse ? »

On lui répondit que ce serait compliqué, à vrai dire impossible. On lui rappela que des moyens médicaux existaient. La science savait réparer les erreurs. Aucun dommage n'était irrémédiable. On énuméra une liste de traitements hormonaux, on évoqua une batterie d'examens, une séries de piqûres. On lui donna des adresses de médecins spécialistes, de centres de stérilité où elle pourrait consulter l'heure venue. Il suffisait de volonté, beaucoup de volonté, certes, et d'un peu de chance. Pourquoi manquerait-elle de chance ?

Sa première pensée alla à son père. Elle se demanda s'il lui en voudrait. Par sa propre faute, la lignée allait peut-être s'interrompre. Toute l'histoire familiale, les médecins de père en fils, ces vies données dans la joie, achevées dans la douleur, se termineraient avec elle.

Elle craignait d'être la dernière des Kotev.

Cinq années s'étaient écoulées. Elle allait depuis chaque semaine chez un psychiatre pour parvenir à marcher droit sur le long et éprouvant chemin tracé par l'amour des siens et leur écrasante exemplarité. Elle n'avait pas eu le courage d'entreprendre une analyse. Elle se sentait incapable de se soumettre à la discipline requise par un exercice plurihebdomadaire, ne trouvait pas la force de se confronter à elle-même deux ou trois fois par semaine. Elle préférait aussi ne pas puiser trop profondément dans son inconscient, redoutait de découvrir dans les abysses toutes sortes de vieux démons repus de bile noire, prêts à refaire surface si on les réveillait.

Elle ne s'était évidemment jamais inscrite dans un centre de stérilité, n'avait jamais consulté les médecins spécialistes. Dans son esprit, sa faculté à donner la vie était morte et enterrée. Elle avait aussi l'impression que sa possible stérilité n'était pas uniquement d'ordre médical – c'était peut-être dans sa tête. Elle s'appliquait à faire le deuil de sa part de mère. Bien sûr, ne pas donner de descendance aux Kotev l'affectait, elle avait failli à l'esprit de famille, été recalée au devoir de mémoire. Mais, plus simplement, elle était immensément triste de ne pas avoir d'enfant. Un seul aurait suffi à son bonheur si tant est qu'elle possédât une quelconque aptitude à être heureuse. Elle n'y pensait pas tous les jours. Sa douleur n'avait rien de commun avec la souffrance de celles qui ont perdu un enfant. Parfois elle songeait : c'est une affaire de circonstances, j'étais capable de donner la vie, les circonstances ont fait que je ne le peux plus. Cela ne la consolait en rien, rien ne pouvait la consoler. C'était un chagrin à la dérobée qui éclatait de temps à autre lorsqu'elle passait devant un square, une école maternelle, un magasin de jouets, une femme au ventre rond, une poussette, un banc de sable dans un jardin public. Elle devait éviter les jardins publics, elle le savait, mais c'était plus fort qu'elle. Depuis toujours, elle aimait flâner dans les jardins publics. Était-ce parce que son père lui avait répété qu'en son temps les jardins publics étaient interdits aux Juifs et aux chiens, d'abord en Allemagne puis en France ? Dorénavant elle aussi devait les éviter. Voilà, interdits à Léna Kotev, les jardins publics !

Elle demeurait la seule personne dépositaire de ce secret. Si un jour elle parvenait à l'oublier, ce serait comme si l'événement n'était jamais advenu. Il suffisait peut-être qu'elle cessât d'y penser, mais au lieu de cela elle remuait le passé, le ressassait. Quelque chose la retenait, la figeait dans l'immobilité, l'empêchait de tracer son chemin. Peut-être aurait-il été nécessaire qu'elle arrête de savourer les délices de sa mélancolie, se garde de trouver des splendeurs aux vestiges de ruines ?

Dans la religion juive, dix fidèles faisaient plusieurs fois par jour le kaddish afin de perpétuer la mémoire des disparus. Peut-être était-ce trop de temps et d'importance accordés au passé ? Elle ignorait si les autres religions comportaient de telles pratiques. Elle entendait encore le rabbin, le jour de Kippour, le seul jour où elle se rendait à la synagogue, demander aux croyants le nom de leurs proches décédés et psalmodier l'énumération d'une longue liste. Chez les Juifs, le nom des morts était une prière. Chaque fidèle était appelé à se remémorer ses défunts, vieil oncle, cousin, arrière-grand-père, qu'il n'avait peut-être pas même connus mais dont le souvenir pouvait leur revenir. Le rabbin, à intervalles réguliers, relançait les efforts de chacun en prononçant une phrase en hébreu dont elle avait demandé le sens à la vieille dame assise à ses côtés. « *Végam nefesh...* », « Et aussi l'âme de... » Le lieu de culte semblait gardé par une myriade de fantômes tirés de l'éternité silencieuse par les injonctions répétées, leur ombre bienveillante planant au-dessus des fidèles et rendant leur bénédiction. Et son père lui-même murmurait au rabbin le nom des siens, Pavel Alexandrovitch, Rivka, Mendel, Gilda, Clara Kotev. On ressuscitait les Kotev. Tandis qu'elle en enterrait la lignée.

Ludichev, 1905

Pavel avait repris le cours de son existence, la tournée des villages et les consultations, les interminables trajets à cheval, la froide procession des patients. Mais le long cortège des jours était désormais auréolé du souvenir de ce qu'il avait vécu. L'épreuve qu'il avait surmontée, le fait qu'il ait frôlé la mort, la fierté que sa main n'ait pas tremblé à l'instant fatidique lui donnaient du cœur à l'ouvrage. Il avait vécu l'aventure, connu l'extraordinaire.

Le 19 octobre 1905, la ville de Kichinev connut un second pogrom, deux années après le premier. Le massacre dura deux jours. Le 20 octobre au soir, les maisons incendiées brûlaient encore, les corps gisaient dans les rues. Les livres sacrés avaient été jetés aux flammes, les synagogues saccagées. Ceux qui n'avaient pu fuir se terraient pour échapper aux agents du régime tsariste qui ratissaient la ville. Ce second massacre n'eut pas l'écho du premier.

Un mois plus tard, le 18 novembre 1905, un vent de révolte souffla sur Vlaminsk, un village des environs de Ludichev. Les habitants protestaient contre la politique du tsar Nicolas II, accusé de mener le pays à la ruine, d'affamer les populations. Le *Manifeste du 17 octobre* était considéré comme un premier pas insuffisant. On se réunit sur la place de l'Église. On exigeait un vrai changement. On réclamait de l'argent, des réformes, des terres. Les débats étaient vifs. Certains parlaient de marcher sur le palais du gouverneur. Des habitants des villages voisins se rallièrent à la manifestation. Les propos devinrent plus violents. On cria « Non aux privilèges ! » Un « Mort au tsar ! » fut entendu. Les esprits s'enflammèrent. On s'apprêta à marcher sur le palais. Comme cela s'était passé à Kichinev, des agents du régime, arrivés en catastrophe, se mêlèrent à la foule. Ils haranguèrent la population. « Qui profite de notre misère ? Qui nous prête de l'argent à des taux d'usurier ? Qui s'enrichit sur notre dos ? Qui refuse de prier notre Seigneur ? Qui a assassiné le Christ ? Qui boit le sang de nos enfants ? » Un murmure d'approbation parcourait chaque fois l'assistance. Des cris fusèrent. Les voix se firent plus fortes. La clameur enfla. Bientôt la foule, comme un seul homme, reprit : « Qui ? Les Juifs ! »

Ce jour-là, en rentrant chez lui, Pavel Alexandrovitch fit le détour par le village voisin de Ditrosk, où sa fille, Natalia, avait été placée chez une nourrice, le temps pour elle de se remettre d'une rougeole contractée quelques jours auparavant, et pour laquelle Pavel redoutait des complications. Pavel put constater qu'elle se portait au mieux. Il la ramènerait à la maison le lendemain. Il rentra, ravi de retrouver les siens un peu plus tôt que d'habitude. On dîna. Après quoi, Pavel lut à voix haute la longue lettre de Mendel reçue de Berlin le matin même. Mendel écrivait que la famille lui manquait. Entre les lignes on comprenait qu'il était le garçon le plus heureux du monde dans sa nouvelle vie. Pavel replia la lettre. Son épouse essuyait une larme. Les enfants demandèrent à quitter la table pour aller jouer. Une clameur gronda dans la rue. Rivka blêmit, se tourna vers son époux et lui demanda ce qui se passait. Il répondit qu'il n'en savait rien, peut-être organisait-on une fête ?

« Une fête, en quel honneur ? dit-elle, tétanisée par l'angoisse. Va voir, s'il te plaît. »

Il avait à peine fait trois pas que la porte fut défoncée, un villageois surgit, suivi par un groupe d'autres. Pavel fit signe à sa femme et à ses enfants de se réfugier au fond de la pièce et se précipita au-devant des hommes.

Un couteau fut brandi au-dessus de sa tête. Il vit distinctement la lame briller à la lumière des chandelles, s'efforça de ne pas laisser transparaître sa peur. Il eut une pensée pour Natalia, se félicita de l'avoir laissée au village voisin, fut pris du regret de ne jamais voir réaliser le plus grand de ses rêves – l'accompagner sous le dais.

Il reçut un coup au thorax. Le coup suivant frappa le ventre. De grands flots de sang jaillirent. Il songea à son fils Mendel, se demanda qui lui apprendrait la nouvelle. Il chancela. Sa vue se brouilla. Un coup de botte le fit s'effondrer au sol. Il ne sentit plus rien.

Les villageois bardèrent son corps de coups de couteau.

Deux hommes empoignèrent Rivka, la conduisirent au-dehors, la violèrent. D'autres incendièrent la demeure. Les enfants y périrent. Rivka parvint à s'extraire de l'étreinte des villageois pour se précipiter dans les flammes.

Au petit matin, dans le village saccagé, les rues transformées en rivière de sang retentissaient de plaintes. Des ombres éplorées se faufilaient contre les murs, priant pour un renfort qui n'avait pas de nom.

Pavel Alexandrovitch Kotev s'était vu épargner la douleur d'assister au massacre des siens.

Deuxième partie

Berlin, 1920-1933
Paris, 2015

Berlin, 1920

Ça n'était pas l'hôtel Adlon, la chambre mansardée du 17 de la Sophienstrasse, avec son lit en fer forgé au matelas défoncé, son poêle brûlant dans un coin les jours de grand froid et son sofa mité collé au mur. Mais, pour le loyer qu'il y consacrait, Mendel Kotev n'aurait pu trouver mieux dans tout Berlin, même au Scheunenviertel, où la modicité des prix avait attiré, à deux pas de l'Alexanderplatz, toute la populace ayant afflué de Pologne et de Russie depuis un demi-siècle.

Un homme seul et sans histoire habite à cette adresse. Au fond de sa mémoire gît une famille de cadavres. Des souvenirs épars rompent de temps à autre le silence de cathédrale qui commande à son esprit, le submergent de visages d'archives et d'images rendues floues par le temps. Des voix désolées résonnant dans le vide murmurent à son oreille leurs dernières volontés.

Assis à son bureau, Mendel révisait sa leçon d'anatomie, en soulignait les points importants. Le froid était tel que le porte-plume de marque anglaise J Pen tremblait au bout de ses doigts. Il prit la couverture posée sur son lit et la mit sur ses épaules. Il avait pour règle de chauffer le poêle uniquement quand la neige tombait sur Berlin. Et souvent ces jours-là, plutôt que de voir son argent partir en fumée, il préférait encore descendre étudier à la chaleur d'un café de la Potsdamerplatz ou bien se réfugier dans un cinéma de la Münzstrasse dont il ne se lassait pas d'admirer les enseignes. Il s'installait pour l'après-midi au Kino. Si Minna était à l'accueil, elle le laissait entrer sans payer, arguant qu'un jour il lui revaudrait cela. Elle lui lisait les lignes de la main, lui prédisait un avenir radieux. « Mais pour ça, à ton âge, il faut manger garçon ! Entre ! Je préfère te voir ici plutôt que dans un bouge de la Mülackstrasse chez les filles qui tapinent, un beau gars comme toi, méfie-toi, tu pourrais finir souteneur, comme mon ami Max, au lieu de professeur, comme tu m'as dit que ton père voulait. »

Les rêves de Pavel peuplent l'esprit de son fils comme les oiseaux sauvages les falaises des îles.

Parfois, Mendel traversait la ville pour le simple bonheur d'aller à l'UFA-Palast. Il s'asseyait dans un fauteuil, attendait que le rideau s'ouvre, que le hautbois de l'orchestre donne le *la*, alors sur l'immense écran défilait le plus formidable spectacle. Buster Keaton risquait sa vie au-dessus d'un gratte-ciel, Douglas Fairbanks jouait Zorro, Charlie Chaplin défiait la police. Les archets des violons rythmaient la course des acteurs. Cela valait bien le prix du ticket. Les jours suivants, il ne mangeait pas à sa faim, ou bien il allait à la brasserie Werth, où Franz, un ami de Minna, acceptait de lui servir de la soupe aux pois, ou bien il ne mangeait rien du tout, il s'en moquait. Il vivait à Berlin, la capitale du monde.

Parfois il prenait le tramway, s'arrêtait sur la Leipziger Strasse, admirait la façade de Tietz, le plus grand magasin d'Europe. Et Hermann Tietz, tout comme Georg Wertheim, fondateur de la chaîne d'enseignes de la Leipziger Platz, était juif, et Mendel se demandait comment, à Berlin, un Juif pouvait édifier un empire économique pendant qu'à Ludichev un autre était massacré dans sa demeure. Les Juifs étaient-ils égaux devant la mort ?

Il entrait dans le grand magasin, prenait l'ascenseur puis empruntait l'escalier roulant, enivré par les fontaines de lumière que déversaient les grands lustres accrochés au plafond, et, retournant dans la rue, il trouvait des airs aimables aux schupos dans leur uniforme. Il devait rentrer. La promesse faite à son père de devenir médecin ne serait pas tenue en arpentant les étages de chez Tietz.

Le caveau de famille est un grand jeu de puzzle dont il constitue l'unique pièce manquante.

Sur le chemin du retour, Mendel passait devant un kiosque à journaux et le marchand lui offrait le quotidien de la veille qu'il avait gardé à son attention en lui certifiant que les nouvelles d'hier valaient bien celles d'aujourd'hui, le monde n'allait pas changer en une nuit. Mendel gravissait les six étages de l'immeuble, s'avachissait sur le sofa et feuilletait son journal. Récemment, il avait été ému à la lecture du *Neue Berliner Zeitung* par un article de l'écrivain Joseph Roth qu'il avait soigneusement découpé et qu'il conservait au milieu d'un tas d'autres. Sous le titre *Réfugiés de l'Est*, le papier disait :

« *C'étaient des réfugiés. Généralement connus comme le "danger venu de l'Est". La peur des pogroms qui les soude les uns aux autres fait d'eux une avalanche de malheur et de saleté qui, grossissant lentement, se répand de l'Est sur l'Allemagne. Une partie s'amasse en grosses boules dans les quartiers est de Berlin. Presque tous sont vieux, fragiles et brisés. Ils viennent d'Ukraine, de Galicie, de Hongrie. Des centaines de milliers ont été victimes chez eux de pogroms. Cent quarante mille sont morts en Ukraine. Des survivants vont à Berlin. Ils poursuivent ensemble leur route vers l'ouest, la Hollande, l'Amérique, et plus d'un va vers le sud, vers la Palestine. Au total, cinquante mille réfugiés sont venus de l'Est en Allemagne après la guerre. On a l'impression que ce sont des millions. La misère en effet se voit deux fois, dix fois plus. Tant elle est grande.* »

Maintenant Mendel s'appliquait à compléter son schéma d'anatomie. Ses croquis du corps humain tenaient du simple gribouillis en regard des œuvres d'art que, à partir du même dessin d'organe esquissé au tableau par le professeur Kaltenberg, son camarade Herbert von Schelning pouvait crayonner. Seul véritable ami que Mendel comptait à la faculté,

Herbert était un artiste qui signait ses dessins d'anatomie du nom de « von Klimt » pour le simple plaisir de mettre en rage le professeur Kaltenberg, qui, entre autres détestations, vouait l'art moderne aux gémonies, le comparant à l'art primitif – le plus beau des compliments, aux yeux de Herbert. Pour punir Herbert de son insolence, le professeur Kaltenberg laissait planer sur lui la menace d'une exclusion. Il ne passait jamais à l'acte par crainte du retentissement sur sa propre carrière qu'aurait invariablement entraîné toute mise à pied d'un membre de l'illustre et influente famille von Schelning. Par pur esprit de vengeance, Kaltenberg s'en prenait à Mendel, lui signifiant à demi-mot qu'il payait là son amitié avec un être supposément dégénéré et déclarant invariablement : « Mendel Kotev, vous êtes né à Ludichev. L'université allemande a-t-elle vocation à former des médecins étrangers ? »

Au plus terrible de l'hiver, Herbert ne manquait jamais de proposer à son ami d'être son hôte dans la splendide demeure familiale sur Unter den Linden. Mendel déclinait toujours.

Herbert était le seul de tous les étudiants à ne pas moquer son accent étranger. Herbert lui avait fait découvrir Rilke et Goethe, l'avait initié à Beethoven et à Schiele, se promettait de lui faire un jour gravir les marches de l'Opéra.

Privilégié à la vie sauve et comptable des siens, il sent toujours sur lui le regard des disparus, lèvres muettes, paupières closes, posé depuis l'épaisse nuit des âmes tourmentées. Sa fidélité au passé est comme le culte des morts. Chaque acte de noblesse dépose une couronne sur leur sépulture, chaque geste déplacé offense leur mémoire.

Mendel replongea dans ses cours. La fatigue l'empêchait de se concentrer. Il s'était laissé entraîner par Herbert, la veille, dans les bistrots de la Potsdamerplatz. La musique endiablée des orchestres des dancings battait encore à ses oreilles. Sa nuit blanche faisait valser l'œsophage et le duodénum. Les danseuses aux seins nus du Wintergarten levaient leurs jambes gainées de noir en cadence dans son esprit.

Il s'efforça de recopier les contours du pancréas, récita à voix haute les noms des différentes artères digestives, buta comme à l'habitude sur les branches vasculaires du tronc cœliaque, vérifia sur ses notes, répéta à nouveau, cette fois sans se tromper, puis il se laissa distraire par la course des nuages au-dessus de sa tête. Il se leva, entrouvrit le vasistas, scruta le grand couvercle gris qui enveloppait la ville par-dessus les toits. Un coup de tonnerre gronda, des gouttes d'eau tombèrent sur son front. Il referma, songea à l'immensité des cieux de Ludichev quand, dans l'enfance, il se frayait un chemin au-dehors pour aller contempler les étoiles. Il ne voyait jamais d'étoiles, à Berlin, depuis sa chambre.

Herbert von Schelning tentait sans relâche de le tirer de son travail. Deux ans auparavant, il avait essayé de lui faire rejoindre le mouvement spartakiste pour lequel ce fils d'aristocrate militait sans relâche, en rupture de ban avec son milieu d'origine.

« Tu dois t'engager pour ta nouvelle patrie, exhortait Herbert à l'époque, l'Allemagne est à la veille de la révolution, nous combattrons le pouvoir des industriels. J'obligerai mes parents à arrêter de financer les Freikorps ! Nous renverserons Ebert, ce salopard de Noske, et toute la clique du SPD ! Tu ne peux pas rester indifférent au sort du monde qui t'entoure ! Rejoins-nous ! Un jour, tu réaliseras ton rêve, tous nos rêves se réalisent, et nos cauchemars aussi. Tu deviendras professeur de médecine, mais à quoi bon ? Seul le sens du commun vaut de sacrifier sa vie. Et maintenant, sortons ! »

Malgré la sympathie qu'il nourrissait pour leurs idées, Mendel n'avait jamais songé à rejoindre le camp des spartakistes. Le souvenir des siens rongeait sa volonté. Leur drame avait étouffé tout instinct de révolte. À quoi bon la révolution ? Le massacre de sa famille avait déjà fait table rase du passé.

Moins de deux ans après les événements de janvier 1919, son ami Herbert ne parlait plus de changer le monde. Les idéaux des spartakistes avaient été engloutis avec le corps de Rosa Luxemburg dans l'eau croupie du Landwehrkanal et seules quelques veuves éplorées venaient entretenir la mémoire des centaines d'ouvriers ou d'intellectuels membres du KPD tombés sous les balles des Corps Francs aux ordres du gouvernement social-démocrate. Après les journées sanglantes de la révolution manquée, Herbert s'était réfugié quelque temps à la campagne, près de Potsdam, où les von Schelning possédaient une demeure. Ses parents avaient fait jouer leurs relations pour annuler les procédures judiciaires. Dorénavant, Herbert épanchait ses rêves dans les bas-fonds de Berlin.

Mendel se concentrait sur ses cours avec peine. Pour se donner du courage, il songea aux jeunes talmudistes qu'il aimait observer enfant, à Ludichev, pendant qu'ils étudiaient la Thora. À l'époque, Mendel ne comprenait pas comment ils pouvaient deviser des jours entiers sur un point de la Mishna, s'étripaient sur les significations de tel ou tel mot d'hébreu. Aujourd'hui, il se sentait plus proche d'eux, parvenait mieux à les comprendre. Il menait une semblable vie monacale, succession d'heures accablantes de solitude, vouées à un dieu invisible, plus exigeant et jaloux que Jéhovah lui-même, le dieu de la science.

À l'hôpital, il préférait l'atmosphère solennelle des nuits de veille à la cordialité tapageuse des salles de garde. Confronté aux malades conduits en urgence au seuil de la mort, il éprouvait la sensation que quelque chose d'essentiel reposait sur ses épaules. Retournant vers sa chambre à travers les couloirs déserts où des rats frôlaient parfois ses chevilles, il revoyait son père, de retour de sa journée de travail, au bord de l'épuisement, jetant ses bottes sur le parquet, se plaignant des trajets trop pénibles, puis, le visage soudain radieux, se mettant à raconter avec force détails comment il avait soulagé un patient de sa douleur ou accouché de jumeaux. Mendel se promettait alors, quoi qu'il puisse lui en coûter, de tenir la promesse faite à son père de devenir professeur de médecine. Tant pis si plus personne aujourd'hui n'attendait son retour et si ses serments se perdaient dans le grand froid du soir.

Il se souvint des fois où on lui avait accordé d'accompagner son père pendant la visite. Il se fondait dans l'ombre, silencieux, admiratif de l'homme immense qui avait le pouvoir de guérir. Il scrutait la folle joie des mères devant l'enfant rétabli, l'espoir dans les yeux d'un mari qui avait vu son épouse renaître à la vie. Il revit le regard froid et menaçant du capitaine Ostrovsky, la maison des Alechanski où il lui avait été interdit d'entrer. Il sentit la présence de son père aussi intensément que si le fantôme de Pavel se tenait derrière lui.

Au fil des années, cependant, sa mémoire devenait plus incertaine. Des événements de son enfance se dissipaient, des visages se figeaient, les conversations avec les siens raccourcissaient. Son passé s'effritait. Mendel ne discernait plus les noms des écoliers de Ludichev, il confondait le visage d'Eldman le fils du charretier avec celui de Borowski, son cousin. Il n'entendait plus le pas du cheval de retour à l'étable. Un jour il fut saisi de panique. Il n'était plus parvenu à se remémorer le parfum de sa mère. Il voyait le visage de Rivka Kotev, entendait sa voix. Mais quand, en pensée, il s'approchait pour la couvrir de baisers, soudain, il ne percevait plus cette odeur unique de muscat et de lavande qui avait enivré son enfance et qui, malgré les années, continuait à occuper la pièce dès qu'il y songeait. Il fut soudain épouvanté à l'idée que sa mère n'aurait pas laissé un souvenir impérissable. Par bonheur, quelques minutes plus tard, le parfum s'était à nouveau laissé respirer. Depuis, Mendel redoutait que le temps puisse ensevelir un à un tous ses souvenirs et qu'au réveil, un matin, il ne restât plus que l'instant présent.

Parfois aussi, il se réveillait en sueur après avoir vu en songe les visages grimaçants de ses frères et sœurs, leurs corps meurtris, les épées enfoncées dans leur ventre. On transperçait son cœur. À son chagrin s'ajoutaient des remords. Il se reprochait d'avoir abandonné les siens. Il aurait préféré partager le sort de sa famille. Il ne se sentait pas l'âme d'un survivant.

Paris, 2015

Ce jour-là, comme chaque jeudi, Léna arriva à l'hôpital plus tôt que d'ordinaire. C'était le jour de la visite du patron et les couloirs étaient empreints de la fièvre des grandes circonstances. Une tension presque palpable flottait dans l'air, inspirée par le souvenir des éclats de colère du professeur qui privaient le service du soupçon d'insouciance présent les autres matins, seul à même de dissiper les parfums mortifères montant des lits de souffrance.

Sa blouse enfilée, Léna se rendit dans le bureau des internes pour prodiguer quelques conseils. On mettait une dernière main aux dossiers. On passait au peigne fin antécédents et hérédité des patients, on traquait la moindre approximation qui eût pu sauter aux yeux du patron. L'homme parvenait toujours à saisir un détail indétectable au commun des médecins pour en faire la pierre angulaire de tout un brillant raisonnement. Il réinterprétait l'histoire de la maladie, éclairait sous un nouveau jour l'ensemble de la pathologie, ébranlait les certitudes, redressait le diagnostic, révisait le traitement. On le regardait, fasciné, accéder aux vérités supérieures et, comme touché par la grâce, résoudre ce qui était resté jusque-là une énigme insoluble. Hélas, ce coup de génie s'opérait dans une atmosphère mélodramatique. Les humiliations pleuvaient, les murs tremblaient, un étudiant pris en défaut devenait la cible des sarcasmes. Le patron exigeait une victime pour consommer sa victoire, un souffre-douleur pour asseoir son autorité. Certains assistaient à ce spectacle avec une jubilation contenue. Léna y voyait comme un navrant naufrage.

À sept heures quarante-cinq, elle rejoignit le personnel soignant rassemblé devant le bureau de la surveillante, lieu de départ du cortège où le linoléum au sol semblait avoir été lustré avec plus d'application que d'ordinaire. On arrivait des quatre coins du service. On s'adressait des bienvenues crispées. On tentait d'afficher calme et sérénité. On échangeait des avis sur tel ou tel patient, on demandait conseil aux plus anciens. Quelqu'un rappela ce sinistre épisode, survenu trois semaines auparavant, quand Brochant avait envoyé son stéthoscope à la figure d'un interne qui avait tardé à répondre sur les antécédents d'infarctus de son patient. On s'interrogea sur les dispositions du patron, quelqu'un l'avait-il croisé ? Pied gauche ou pied droit ? Moi, avança un autre, j'ai un truc infaillible : les motifs de sa cravate… Des rayures, et nous sommes perdus !… Chut, le voilà qui arrive !

Le professeur Brochant parut à l'autre bout du couloir, sa silhouette en contre-jour entourée d'un halo de lumière avait quelque chose d'irréel qui ajouta encore au soupçon d'inquiétude générale. Les regards étaient fixés sur lui, cherchaient sur sa figure une marque prémonitoire de l'humeur du jour. Le visage était tendu, la mine sombre. C'était foutu. À huit heures une, la troupe s'ébranla.

Léna détestait les grands-messes. Elle se tenait en retrait, n'intervenait que si on l'interrogeait ou pour soutenir un de ses internes en position d'accusé. Son silence était une manière de réprobation. « Vous ne jouez pas le jeu ! » accusait Brochant. Quel jeu ?

Sans doute, si elle avait mis du sien, fait taire ses réserves, participé à la foire d'empoigne, aurait-elle pu s'élever dans la hiérarchie, prétendre – qui sait ? – à un poste de professeur agrégé pour lequel, disait-on, elle possédait les capacités autant que les diplômes. Mais elle manquait d'ambition personnelle, méprisait les honneurs et les titres. Elle cultivait une aversion de l'ordre établi, un rien adolescente et ridicule qui lui rendait insupportable toute forme de hiérarchie.

Brochant était un homme d'une soixantaine d'années, non dépourvu de charme, grand, assez mince, portant toujours une chemise blanche et une cravate sombre sous sa blouse. Il cachait son regard de myope derrière d'épaisses lunettes. Sa tignasse brune, lisse, et son front immense lui donnaient des faux airs de Gregory Peck.

Le principal adjoint avançait à ses côtés, réglait son pas sur celui du patron, la tête levée en sa direction, s'efforçant de capter son attention au prix d'efforts renouvelés et toujours vains – Brochant demeurait le regard rivé sur sa gauche, en direction de la surveillante du service, une femme d'une quarantaine d'années, souriante, d'une rare élégance, un foulard Hermès toujours noué autour du cou, qui dirigeait l'organisation du service avec un calme légendaire, usait lors de ses pires emportements de qualificatifs délicieusement surannés, reprenait à l'ordre le personnel avec des « Pas vous, mon cher ! », « Dieu du ciel ! », « Ça n'est pas chic de votre part ! »

Elle semblait exercer sur Brochant un savant sortilège que les cancans mettaient sur le compte d'une ancienne liaison et qui rendait le patron sensible à toutes ses doléances. (« Un nouvel éclairage pour le couloir ? Bien sûr, Isabelle ! », « Renouveler le matériel d'appareil d'ECG ? Cela coûte une fortune, mais pourquoi pas ? »)

Isabelle Fermin entretenait avec Léna une relation de cordialité qui semblait l'autoriser à multiplier conseils amicaux et leçons de morale. Elle l'encourageait à se mettre en avant, à intervenir, à se placer, à se battre. À la guerre comme à la guerre ! Elle chapitrait Léna sur le conformisme de ses goûts vestimentaires, moquait la rigueur de ses tenues, l'exhortait à mettre son physique en valeur. Elle incriminait de façon plus générale son caractère et l'accusait de ne pas prendre la vie comme elle vient, critique récurrente dans l'esprit de tous ceux qui côtoyaient Léna et qui revenait à exiger d'elle l'impossible.

Défilant aux avant-postes de la troupe, les internes occupaient la largeur du couloir, soldats marchant vers la mitraille, futurs gibiers de potence. Et Brochant semblait prendre un malin plaisir à les voir se débattre dans les situations impossibles qu'il leur avait lui-même imposées. Il les évaluait sur leur détermination, leurs atermoiements autant que sur leurs compétences. « Avant tout, un médecin est un homme ! disait-il. C'est en tant qu'hommes que vous serez jugés ! » La plupart des internes ne savaient pas quel comportement adopter, insubordination ou obséquiosités ? « Je n'attends qu'une seule chose : soyez vous-même ! » Certains se demandaient comment être soi-même.

En deuxième ligne, les attachés et les praticiens hospitaliers étaient moins exposés, même si, de temps à autre, Brochant prenait l'un d'eux pour cible de manière à varier les plaisirs, parce que quelqu'un de plus âgé et de plus mûr était censé opposer une plus vive résistance, assurer un meilleur spectacle et qu'à la fin, quoi que l'accusé pût rétorquer, quels que fussent sa vaillance et son tempérament, Brochant sortait vainqueur de la confrontation.

Dans son dos, on taxait le patron de tyran ou de caractériel, mais ses excès n'entachaient pas le respect qu'on lui vouait. On s'accommodait de ses emportements au prétexte qu'ils collaient au personnage tout autant qu'à la fonction, et l'assistance demeurait dans une ferveur servile qui n'avait rien à voir avec l'exercice médical mais tenait de la soumission au chef – en l'occurrence, le chef de service. Et Léna, qui abhorrait la violence verbale autant que le culte de la

personnalité, contemplait, épouvantée, les manifestations de sadisme récurrent perpétrées, les considérant
comme le plus détestable vestige de l'époque du
mandarinat.

Derrière, poussant de lourds chariots, les étudiants
traînaient le pas, inquiets du sort qui leur était
promis.

Une petite foule d'infirmières, de nutritionnistes,
de kinésithérapeutes, de praticiens de ville fermaient
la marche, l'air plus décontracté, échangeant des
propos sur le temps qu'il faisait, le dîner de la veille.

Le cortège de blouses blanches s'engouffra dans la
première chambre, se déploya autour d'un lit dans
un entremêlement de murmures. Le dossier de la
patiente passa de main en main, chacun confiant son
avis à voix basse à son voisin. L'interne prit la parole,
exposa l'histoire de la malade, et c'était le résumé de
toute une existence qu'il déroulait, énoncé d'une succession d'événements déterminants ayant convergé
en ce lieu et en cet instant. Brochant se fit remettre
le dossier, y jeta un œil, lança un « Voyons voir »
adressé à l'entourage autant qu'à lui-même. Il s'assit
au bord du lit, souleva les draps, palpa le ventre de
la vieille dame, ausculta son cœur et ses poumons.
Quand il eut terminé, il lança en direction des étudiants : « Examen neurologique ! » et entreprit de
tester les réflexes de la patiente tout en lui expliquant
la nécessité d'une entière coopération, dans un discours huilé de longue date qui dressait un triste état

des lieux de la médecine moderne et où il était reproché aux nouvelles générations de connaître la médecine nucléaire et les thérapies géniques mais de ne plus savoir prendre le pouls. Le patron étudia successivement chacune des articulations à l'aide de son marteau d'examen, commentant chaque réaction et complétant son enseignement par une leçon d'anatomie. Après quoi il tira de sa blouse une petite lampe de poche, éclaira les pupilles de la patiente et demanda à un des plus jeunes étudiants ce qu'il voyait. Le garçon fixa le fond des yeux de la dame et répondit :

« La pupille se contracte, monsieur.

— Cela s'appelle... ? »

Le garçon hésita puis lança :

« Un myosis ?

— Si tu tergiverses devant un myosis, combien de temps te faudra-t-il pour diagnostiquer un lymphome ? Cet après-midi, tu pratiqueras un examen neurologique chez tous les patients du service. Je compte sur vous pour vérifier, Isabelle. »

Puis, se retournant vers la patiente et comme s'il voulait justifier le bien-fondé de ses méthodes, il déclara :

« La médecine est un art, savez-vous, au même titre que la peinture ou la littérature. Bien entendu, tous les médecins ne sont pas des artistes. Comme il y a des peintres du dimanche et des écrivains à la petite semaine, il y a des médecins besogneux, mais, pour d'autres, c'est un art vivant, du grand art, même. »

Il en avait fini avec l'examen clinique, tira une radiographie du dossier, l'afficha sur le négatoscope fixé au mur et demanda à une étudiante son avis sur les volumineuses taches blanches qui envahissaient les poumons.

« Ce sont des métastases, répondit la jeune fille.

— Évidemment, ce sont des métastases, mais comment nomme-t-on ces images ? »

L'étudiante ne sut quoi répondre.

« Un lâcher de ballons ! Allez, ça ne sert à rien que tu participes à ma visite, sors et va réviser tes cours ! » commanda-t-il avant de se plaindre du faible niveau des nouveaux étudiants auprès de la surveillante.

La jeune fille quitta la pièce sous les regards gênés. Léna se revit, à son âge, vingt ans auparavant, devant une de ses premières patientes dont le visage lui apparut de façon aussi claire que si tout cela remontait à la veille – une vieille dame d'une pâleur spectrale, les yeux lui dévorant le visage. Léna était en train de lui prendre la tension quand son patron de l'époque était entré dans la pièce. La patiente avait alors demandé qu'on l'aide à s'asseoir pour lui parler et Léna avait placé une main dans son dos, de l'autre elle avait tiré sur son poignet. Un craquement s'était soudain fait entendre. La dame, le souffle coupé, s'était tordue de douleur. Un interne s'était précipité pour l'ausculter. Léna était restée paralysée sans comprendre ce qui se passait : « Tu viens de provoquer une fracture de côte et peut-être un pneumothorax ! s'était écrié le patron. Si tu avais mieux analysé la radiographie, tu aurais vu les lésions qui grignotaient les côtes ! » Longtemps après cet épisode, elle avait eu l'impression de payer les pots cassés.

Léna avança au milieu du cercle de l'assemblée, fixa Brochant d'un regard de défi et lui demanda s'il était fier de la manière dont il s'était comporté avec l'étudiante. Un silence tomba sur l'assistance. Le professeur prit un air amusé. À la surprise générale, il changea de sujet, s'enquit auprès de la surveillante d'un problème administratif en suspens et passa au patient suivant. À la fin de la matinée, après que le dernier malade eut été examiné, le patron pria Léna de le suivre dans son bureau, il avait à lui parler.

Léna avançait dans le couloir au milieu des bruits de voix qui avaient chassé le silence de messe imposé par la visite. Les médecins, s'entretenant entre eux, faisaient comme une haie de blouses blanches sur son passage. Elle sentait les regards glisser sur elle. Elle ignorait à quoi s'attendre. Elle nourrissait des sentiments contradictoires envers cet homme, admirait son savoir encyclopédique tout autant qu'elle exécrait ses méthodes. Elle avait toujours regretté qu'on ne sélectionne pas médecins et professeurs aussi sur leur capacité d'empathie, leur bienveillance, leur prédisposition à l'écoute. Au concours d'entrée en deuxième année de médecine, l'âme humaine n'était soumise à aucune appréciation. Après les épreuves de physique et de mathématiques, il aurait fallu un examen de conscience.

Léna s'était toujours demandé ce que Brochant pensait d'elle. Elle ne connaissait pas les raisons exactes qui avaient poussé le professeur à la choisir comme praticien hospitalier des années auparavant. Leurs relations restaient privées de la prodigalité que l'homme témoignait aux autres confrères.

Une fois dans le bureau, Brochant la pria de s'asseoir et s'installa au fond du fauteuil en cuir, seul véritable luxe du lieu hormis l'épaisseur de la porte matelassée plongeant la pièce dans un calme de veille d'armes.

« Léna, je souhaitais faire un point avec vous, dit-il d'un ton posé qui jurait avec sa sévérité coutumière. J'ai l'impression… comment dire ? »

Il hésita, la fixa du regard comme s'il cherchait la réponse à sa question dans l'expression du visage de son interlocutrice.

« J'ai l'impression que vous n'êtes pas vraiment heureuse dans mon service. »

Heureuse n'était pas un mot de son vocabulaire.

« Vous êtes toujours sur la réserve », poursuivit-il, des accents de franchise insoupçonnée dans la voix.

Et il ajouta, jovial :

« Excepté ce matin, bien sûr. »

Elle rougit.

« Vous savez, la vie sociale, c'est important », ajouta-t-il en ôtant ses lunettes et en enveloppant Léna de son regard myope.

Elle n'avait jamais rien trouvé de confraternel dans les relations professionnelles, ne mélangeait pas travail et vie privée, refusait les invitations de ses collègues à sortir – à tel point qu'elle n'en recevait plus.

« La cohésion du groupe est essentielle à la bonne marche d'un service, même si – il sourit à nouveau – elle doit s'opérer contre un seul homme. Laissez-moi ajouter autre chose, dit-il avec un air plus grave. Comme vous l'avez démontré ce matin, vous désapprouvez mes méthodes ; cela, je peux le comprendre. Ce que je ne saisis pas, c'est que vous vous montriez à ce point naïve. »

Elle laissa échapper un petit rire nerveux, répéta : « Naïve ?

— Léna, pensez-vous que je sois assez monstrueux pour m'amuser de l'aversion que je suscite, assez stupide pour ne pas savoir qu'on me hait, assez pervers pour jouir de mes colères ? »

Elle n'aimait pas qu'il braque ses yeux sur elle comme pour lui faire avouer un délit.

« Cela m'attriste de devoir vous expliquer, à vous, une de mes plus brillantes assistantes, que c'est l'unique moyen de mener à bien la direction de mon service. »

Il prit un instant de réflexion et poursuivit :

« Je ne jubile pas d'être détesté. Je sais que, si je relâche la pression, je favoriserai le laisser-aller et le laisser-aller conduit à l'erreur médicale. Je ne me sens pas le droit d'autoriser de jeunes blancs-becs frais émoulus de la faculté à agir comme bon leur semble. Le risque est trop grand, vous comprenez ? »

Son visage prenait des expressions de sincérité inédite.

« Vous pourriez leur faire confiance, tout simplement, dit-elle.

— Confiance, le grand mot est lâché ! »

Oh, expliqua-t-il, il avait été jeune, lui, aussi. Il avait péché dans sa pratique par excès de confiance, par arrogance, par ignorance, et son arrogance, son ignorance, ses excès de confiance, tous les oripeaux de sa jeunesse lui avaient fait commettre deux ou trois homicides mis sur le compte d'une pratique inexpérimentée, passés par pertes et profits sur l'autel de sa formation.

« Et puis, reprit-il, je dois préparer les internes à des horreurs bien pires que les petits sévices que je leur impose. À l'âge où leurs homologues étudiants attardés en maths ou en lettres planchent encore sur les bancs de la faculté, eux ouvrent des ventres et installent des chimios. »

Elle avait face à elle un autre homme.

« Alors, de grâce, Léna, accordez-moi un minimum de lucidité, ne voyez pas mon comportement comme une pulsion sadique. C'est du spectacle, Léna, un mauvais spectacle, parce que je n'ai aucun talent d'acteur, mais un spectacle ! »

Il s'interrompit à nouveau, puis dit, d'un ton plus léger :

« Et je dois aussi donner du lustre à notre affaire, rendre vivant l'exercice hospitalier, sinon, quoi ? Vous rêveriez d'une visite à voix basse, recueillie, compatissante devant le triste état de nos malades ? Moi, je ne dirige pas un mouroir ! Je veux que ça respire et que ça bouge ! Je suis injuste, violent, caractériel, je suis ma propre caricature, et alors ? C'est ainsi que je nous sauve du désespoir, un grand mot, également, j'en conviens. Si vous connaissez un autre moyen, donnez-le-moi, mais sinon, je vous en prie, participez, souriez, pleurez, exprimez-vous, rentrez-moi dans le lard ! De grâce, soyez vivante, Léna ! »

Elle se sentit soudain désemparée, minable, une cloche, une pauvre cloche.

« Je peux vous poser une question plus personnelle ? » demanda-t-il.

Elle dit oui du bout des lèvres.

« Pourrais-je savoir pour quelles raisons vous avez choisi médecine ? »

Elle douta avoir réellement eu le choix. Elle songea que son père, et le père de son père, et Pavel, son arrière-grand-père, avaient peut-être décidé à sa place. Ou bien tout avait commencé dans le désert d'Alexandrie, un des membres de la tribu des Thérapeutes possédant des dons divinatoires avait inscrit Léna Kotev dans le Grand Livre de la Médecine. Et, comme elle se sentait en confiance, elle avoua, réalisant l'incongruité de son propos en même temps qu'elle prononçait ces mots :

« J'ai choisi médecine par esprit de famille. »

Il éclata de rire, un rire joyeux, sonore, qui lui donna l'air doux.

« La famille est importante pour tout le monde, Léna ! Mais tout le monde ne fait pas médecine, fort heureusement ! Dites-moi la vérité. On ne devient pas *cancérologue* pour des raisons familiales ! Je vais vous dire ce que je crois. Pour pratiquer notre spécialité, il faut aimer la souffrance, celle des autres et peut-être aussi la sienne propre, oui, peut-être faut-il aimer souffrir. Et si vous voulez le fond de ma pensée, c'est pour cela que vous excellez dans votre métier. »

Il y eut un nouveau silence au terme duquel Brochant s'excusa de la tournure personnelle qu'avait prise la conversation. Après quoi il suggéra qu'il était l'heure d'aller déjeuner.

Berlin, 1924

Dans le salon cossu de son petit deux-pièces, Mendel écoutait un disque de Strauss sur son gramophone en se remémorant le deuxième acte du *Chevalier à la rose*. La veille, en compagnie de son ami Herbert, il avait, pour la première fois, gravi les marches de l'Opéra de Berlin. Il s'était laissé transporter par la beauté du texte de Hofmannsthal, avait été ému aux larmes à l'instant où, sur scène, le jeune Octavian, une rose à la main, avait fait chavirer le cœur de Delphine.

Après le spectacle, on s'était retrouvés au milieu d'une petite foule d'élégants, hommes fumant le cigare, femmes dans leur vison argenté, leurs bijoux étincelant sous l'éclat de la lumière, descendant prudemment les escaliers du Staatsoper Unter den Linden en tenant des deux mains leur immense chapeau, entrant précautionneusement dans les voitures de luxe les attendant sur l'Opernplatz, leurs jambes jouant un ballet à l'instant de s'asseoir sur le siège arrière. Mendel s'était demandé ce que son père aurait pensé de lui s'il l'avait vu, vêtu du costume de cérémonie prêté par Herbert, côtoyant la haute société berlinoise. Pavel Alexandrovitch aurait-il éprouvé de la fierté ou aurait-il été déçu que son aîné aille se perdre au milieu de cet apparat ?

On s'était ensuite attablés au café Schön et Herbert avait commandé deux coupes. C'était la première fois que Mendel goûtait du champagne. Il avait trempé les lèvres comme un habitué, s'était efforcé de ne montrer aucune surprise tandis que les bulles déposées sur sa langue opéraient dans son crâne comme un feu d'artifice. Après quoi on était allés jusqu'à la Weinmeisterstrasse où, à chaque coin de rue, des femmes à moitié nues les avaient alpagués : « Toi, le beau brun, tu ne serais pas le cousin de Rudolph Valentino ? » Devant le Café national, Mendel avait décliné l'invitation à poursuivre la soirée lancée par Herbert. Son ami n'avait pas à se présenter à l'hôpital le lendemain matin. Il avait abandonné médecine et travaillait à la UFA. Il avait tenu un petit rôle dans le *Docteur Mabuse* de Fritz Lang et obtenu un poste d'assistant dans *La Mort de Siegfried*, le nouveau film du réalisateur.

« Moi je t'apprends la vie, expliquait Herbert, toi, tu m'apportes quelque chose qui n'a pas de prix et que je ne possède pas.

— Qu'est-ce que toi, Herbert von Schelning, l'arrière-petit-fils du conseiller occulte de Bismarck, petit-fils du banquier de Guillaume Ier, tu ne posséderais pas ?

— Le sens du tragique.

— Le tragique n'a aucun sens.

— Si, un sens profond que j'ignore parce qu'on a cru m'en protéger, mais dont je pressens qu'il pourrait m'aider à aller plus loin dans l'existence. J'ai beau chercher : ni l'absinthe, ni la coco, ni même l'opium ne me sont d'aucun secours. Vous ne mesurez pas la chance que vous avez.

— Tu ne vas pas recommencer !

— Si tu savais comme je t'envie ! Toi, ton peuple ! Vous êtes dans l'Histoire. Vos artistes, votre intelligence ! Mahler était juif, Einstein l'est, Karl Kraus aussi.

— Walther Rathenau l'était...

— Rathenau, c'est différent... Cet imbécile se prenait pour un Allemand. »

L'assassinat de Walther Rathenau en juin 1922 avait été un traumatisme pour la nation entière. Le ministre des Affaires étrangères de Weimar, signataire du traité de Rapallo, fils du fondateur d'AEG, l'homme qui avait effacé une grande partie de la dette de guerre de 1914-1918, avait été assassiné en pleine rue ! D'anciens officiers de la marine, membres de l'Organisation Consul, avaient tiré sur lui. Mendel se souvenait précisément de l'instant où il avait appris la nouvelle. Sortant du tramway, il avait entendu un vendeur de journaux à la criée lancer « Rathenau tué de plusieurs balles ! » L'effervescence habituelle de la rue avait laissé place à une sorte d'hébétement collectif. On parcourait la une, comme sonné, sous le choc. On se parlait entre inconnus. Une peur confuse peuplait les esprits. On pressentait que quelque chose d'essentiel était arrivé, d'une portée encore inégalée – un ministre de la jeune République ! Mais on ne savait quel sens donner à l'événement. L'assassinat était l'aboutissement d'une campagne antisémite inédite dont Rathenau était le symbole. Certains s'interrogeaient toutefois : pouvait-on qualifier le crime d'antisémite, puisque c'était la République, avant tout, qui était visée ? Rathenau n'avait-il pas provoqué les extrémistes en négociant le traité de Rapallo avec l'URSS et ses criminels bolcheviques ? Un homme, allemand depuis quelques générations seulement, pouvait-il participer à la destinée de l'ancestrale et grande nation sans risquer de susciter une haine bien légitime ? L'arrogance naturelle du personnage, ses manières aristocratiques ne collaient-elles pas trop avec la caricature que les extrémistes faisaient des Juifs ? Toutes ces questions sans réponse restaient suspendues dans l'air lourd de la ville en émoi – ce meurtre était le trois cent cinquantième assassinat politique en Allemagne depuis la fin de la guerre, six ans auparavant.

Herbert et Mendel avaient accompagné leur camarade de faculté, Manfried Wasserberg, petit-cousin de Rathenau, aux obsèques. Une foule immense d'un million de personnes s'était retrouvée pour rendre hommage à l'homme d'État et suivre le cortège funéraire avançant sous une pluie battante, au son d'une marche funèbre dont la musique semblait monter vers le ciel pour recouvrir la ville entière. Communistes, sociaux-démocrates, bourgeois de Berlin, enfin unis, au coude-à-coude, signifiaient leur refus de l'intolérable. On était repartis rassérénés. Weimar était sauvée !

Trois coups furent frappés à la porte. Mendel stoppa le gramophone et alla ouvrir. C'était la logeuse pour son courrier. Il remercia, prit les deux lettres. Elle dit :

« Monsieur Kotev, m'accorderiez-vous une faveur ? Pourriez-vous me donner le timbre de la grosse enveloppe ? Ce n'est pas tous les jours qu'on en reçoit de Moscou. »

Le plus délicatement possible, il décolla le timbre et le lui tendit, il ferma la porte, considéra l'enveloppe, étudia l'écriture appliquée avec laquelle était notée l'adresse au dos. Il ne connaissait personne à Moscou. Il décacheta et lut.

« Moscou, le 21 novembre 1924,
Cher monsieur Kotev, mon cher Mendel, mon frère...,
J'ignore comment je devrais débuter cette lettre. Et convient-il de te tutoyer d'emblée ou bien de dire "vous", comme à un étranger ? Faut-il d'abord me présenter ? exposer les raisons qui me conduisent à toi ? Mes lèvres brûlent de dire ce que je viens d'apprendre. S'il ne tenait qu'à ma seule personne, j'aurais déjà frappé à ta porte pour t'annoncer la nouvelle.

Cette lettre dérangera-t-elle une existence bien établie, finira-t-elle à la poubelle ou sera-t-elle relue cent fois ? Pardonne si ces lignes ressuscitent ce que tu croyais à jamais enterré. Je ne suis pas venue réveiller les morts.

J'ai vécu en ignorant ton existence. Je répondais à un nom qui n'était pas le mien. Je croyais que mon père et ma mère étaient mes géniteurs. J'avais les préoccupations des camarades de mon âge. Je passais mon temps aux réunions du Komsomol, vivant avec l'espoir que la révolution embellirait nos vies. Je défilais avec les Jeunesses communistes. Je lisais Marx et Gorki. Je n'avais ni frère ni sœur. Je parlais peu à mes parents, gardais secrets mes chagrins et mes joies. Il m'arrivait aussi parfois de relire Tolstoï et de m'attendrir sur le sort d'Anna Karenine, de la princesse Zassekine, du prince André ou bien d'aller flâner seule le long de la rue Ilyianka, près de murailles de Kitaï Gorod.

Un soir, lors d'une réunion des Komsomol, un débat enflamma les esprits. Il s'agissait de choisir entre les positions de Staline et celles de Trotski. La révolution devait-elle s'accorder une pause ? Être mondiale ou se tenir dans un seul pays ? Les avis étaient tranchés. La plupart des camarades considéraient le concept trotskiste de révolution permanente comme le dernier avatar du menchevisme. Quant à moi, j'admirais Trotski, sa froide détermination, son intelligence hors norme. Je l'avais aperçu, lors d'un défilé commémorant les journées de 1917, vêtu de son uniforme de l'Armée rouge. À ses côtés, Boukharine et Kamenev paraissaient des nains et Staline un moujik empoté. J'avais alors crié un « Vive Trotski ! » qui

avait été repris par quelques camarades. Vassili Goul-
danov demeuré silencieux avait plus tard glissé à mon
oreille : "Tu as tort de t'emballer ainsi. Trotski est un
homme mort pour nous !"

La motion B recueillit ma seule voix. Après le
dépouillement, Vlassili lança : "Camarade Natalia
Pavlovna, es-tu sûre que ton engagement n'a pas
d'autre motivation que l'esprit révolutionnaire ?" Je
ne saisis pas le sens de sa remarque et je niais être
habitée par autre chose que l'intérêt supérieur de la
classe ouvrière. Je repartis furieuse.

Le lendemain soir, j'accompagnais mon ami Boris
Koutzensky à une représentation de la troupe
théâtrale des Blouses bleues qui jouait une pièce de
Maïakovski. L'affluence était telle que Boris préféra
renoncer à entrer. Nous nous assîmes sur un banc
devant la statue de Pouchkine. J'évoquai la soirée
de la veille, interrogeai Boris sur les insinuations de
Vlassili Gouldanov.

Boris m'expliqua que Vlassili, comme beaucoup au
Komsomol, se demandait si mon soutien à Trotski
n'était pas le fait d'un tropisme des origines. Je ne
compris pas ce qu'il voulait dire. Il se montra surpris.
Je ne savais donc rien ? Je lui demandai ce qu'il fal-
lait savoir. Il m'expliqua alors ce que j'étais sans doute
la seule à ignorer. Ma vie reposait sur un mensonge.
Je n'étais pas la fille de ceux qui se prétendaient mes
parents. Ma famille avait été massacrée dans un
pogrom. J'avais été sauvée, recueillie, adoptée et
élevée à Moscou.

Je rentrai chez moi, animée par une terrible colère. Je haïssais mes parents, je haïssais le parti, je haïssais mes amis. J'avais été trahie. Comment avaient-ils pu, tous, mes parents, le parti ? Le parti ne ment pas !

Je trouvai ma mère et mon père dans le salon, fis comme s'ils n'existaient pas et courus dans ma chambre. Je n'ouvris pas quand mon père frappa à la porte, passai les jours suivants, cloîtrée. Je me demandais comment j'avais pu être à ce point aveugle. Mon teint si clair, la couleur de mes yeux que ma mère mettait sur le compte d'une grand-mère disparue.

Le premier dîner auquel je consentis à participer eut la solennité d'un conseil de famille. Mon père parla, d'un ton grave, le regard rivé au sol, lui qui ne baissait les yeux devant personne. Il semblait réciter un texte appris de longue date.

" Pardonne-nous, ma fille, de t'avoir caché la vérité. Nous redoutions de te perdre en signant nos aveux. Nous avions raison d'avoir peur, nous avions tort de mentir. Nous ne nous sentions pas coupables en te cachant la vérité. Quel mal avions-nous fait ? Recueillir une enfant, lui donner notre amour ? Nous avions pris l'habitude de mentir au jour le jour, un mois chassant l'autre, le mensonge était devenu une habitude et l'habitude avait acquis la force d'une évidence. Bientôt, on ne distinguait plus le faux du vrai. Nul ne pouvait douter que tu étais sortie du ventre de ta mère. L'âme humaine est ainsi faite. Notre peur immense était à la mesure de la joie infinie que tu nous procurais. Ma petite fille adorée, nous t'avons recueillie quand tu avais deux ans. Ta

famille a été assassinée. Ton village natal a été décimé par un pogrom. Tu t'appelles Natalia Pavlovna Kotev. Tu es née à Ludichev. Maintenant, notre destin est entre tes mains. Pardonne à tes parents. "

Ainsi parla mon père.

Mendel, ne sois pas surpris, ni froissé que je continue à l'appeler papa. Olga et Vladimir resteront les seuls parents que je reconnaîtrai jamais, tant pis si je blesse la mémoire de nos pères. Nous sommes les enfants de ceux qui nous chérissent, ceux qui nous ont soignés quand nous avions la fièvre, ceux qui ont changé nos langes, nous ont élevés, grondés, embrassés. Je crois aux liens des larmes plus qu'à ceux du sang.

Plusieurs semaines après l'annonce, je refusais toujours de manger autre chose qu'une soupe, je ne parlais à personne.

Comment expliquer à ceux de mes amis qui l'ignoraient encore que j'étais soudain devenue juive ? Les camarades du parti d'origine juive rompaient avec leurs traditions. Les dirigeants même avaient choisi des pseudonymes pour faire mentir leurs origines. Kamenev s'appelait Rosenfeld, Zinoviev, Apfelbaum, et Trotski lui-même se nommait Lev Davidovitch Bronstein. Dans mon esprit, Trotski n'était pas plus juif que je ne l'étais devenue subitement, par la révélation de mes origines. Les pogroms étaient le symbole d'un temps révolu. La Russie soviétique n'en connaîtrait plus jamais. Et les Juifs eux-mêmes disparaîtraient comme disparaîtraient toutes les religions à l'avènement du socialisme.

Peu à peu, je recouvrai mes esprits. J'étais après tout simplement le produit de la société à venir, quelqu'un de libre, sans attaches, née dans un ancien temps barbare, un arbre sans racines, oui, le monde nouveau pouvait engendrer un tel miracle, un être libéré de toute entrave.

Quelques mois plus tard, papa m'accompagna jusqu'à Ludichev, visiter l'endroit où j'étais née, interroger les habitants. Un homme m'a raconté ce qui s'était passé lors du massacre de notre famille. Mais cela, Mendel, le récit de cette atrocité, je ne veux pas le retranscrire.

L'homme avait aussi évoqué ton histoire. Tu étais parti pour Berlin à l'âge de douze ans. Une fois de retour à Moscou, j'ai fait des recherches. J'ai retrouvé ta trace. Cela a été un nouvel événement dans mon existence. Je n'étais plus seule. D'autres questions se pressaient à mon esprit quand je songeais à toi. Que signifiait au juste être nés du même ventre ? Nous n'avions en commun ni joies, ni peines, ni disputes, ni complicité, ni rivalité — seulement la mémoire commune d'une atroce souffrance. Resterions-nous des étrangers ou bien les liens du sang nous uniraient-ils comme par magie ? J'imaginais à quoi tu pouvais ressembler. Frère et sœur devaient bien partager un même air de famille, quelque chose avait dû se transmettre, la couleur des cheveux, la forme de la bouche, le regard, peut-être ? Certains soirs, je rêvais que nous allions surmonter l'épreuve du passé. Il y avait une morale à la pire tragédie. Nous allions bâtir sur les ruines, réunir la famille Kotev.

Un jour prochain, je prendrai le train jusqu'à Berlin,

Je t'embrasse, mon frère.

Natalia Pavlovna Kotev. »

Il lut et relut la lettre, vit défiler des époques, eut l'impression d'avoir deux vies, l'une ployant sous le souffle d'une violence sans nom, l'autre d'où se levaient des prodiges. Il marchait le long des quais en contrebas de trains en attente, voyageait à Moscou, à Berlin, à Ludichev, traversait de longs fleuves charriant de grands mystères, s'enfonçait vers l'est où le jour se levait, découvrait les matins d'une Europe fertile, pays de l'innocence, terre humaine remplie de rêves et de désirs et chargée d'allégresse, continent reniant le long des routes amères son orgueil et tout sentiment de gloire trempée de sang.

Il fit taire les voix désolées du passé, sortit de son étui la plume J Pen de son père, prit du papier et répondit à sa sœur. Soignant son écriture, il avait l'impression que sa mère était dans son dos, répétait les conseils qu'elle prodiguait naguère : « Applique-toi, mon garçon, dessine bien chaque lettre, fais tes lignes bien droites. » Une fois achevée la lettre, il aurait aimé y glisser une photo de famille, mais il n'en avait aucune. Il alla chercher dans un tiroir un portrait de lui qu'Herbert avait pris un jour qu'ils se promenaient dans Berlin et que son ami essayait un appareil révolutionnaire avec un boîtier portable. Il glissa la photographie dans l'enveloppe.

À l'aube, il était encore éveillé sur son lit, contemplait la naissance du jour à travers la fenêtre, comme quand, enfant, il voyait se lever sur Ludichev les premières lueurs.

Paris, 2015

Roulant au volant de sa voiture sur le chemin du cabinet du psychiatre, elle réfléchissait aux sujets qu'elle pourrait aborder. Depuis quelque temps, déjà, il lui semblait tourner en rond. Cinq longues années de consultation n'avaient en rien permis de démêler l'écheveau du fil du passé. Quand elle s'était ouverte de ce constat d'échec auprès du médecin, l'homme avait répondu qu'il y avait sans doute encore beaucoup de grain à moudre. Elle avait détesté l'expression.

Elle appuya sur la sonnette, la porte s'ouvrit, elle entra dans la salle d'attente, se trouva face aux six chaises, toujours inoccupées, disposées de part et d'autre d'une petite table. Elle hésitait chaque fois sur le choix de la chaise. Lorsqu'elle optait pour celle du milieu, au bout de quelques instants, elle trouvait l'endroit déplacé, allait s'asseoir en face. Lorsqu'elle avait relaté son dilemme au psychiatre, l'homme n'avait pu s'empêcher de sourire. Elle lui avait demandé s'il la jugeait paranoïaque. « Je ne suis pas là pour vous juger », avait-il répondu. Elle avait toujours considéré son obsession du pire et sa manie de surinterpréter comme des signes avant-coureurs d'un détraquement de son psychisme. Elle finirait comme sa mère, en entendant des voix.

Un patient sortit du bureau. Il avait l'air hébété, comme sous le coup de l'entretien. Le médecin le suivit sans échanger une parole avec lui, ni tourner un regard en direction de Léna. Les deux hommes se murmurèrent un au revoir à la porte et se séparèrent. Le docteur se retourna et, d'un geste de la main, invita Léna à entrer.

Assise face à lui, elle l'observa pendant qu'il consultait son calepin de notes. Puis, elle l'entendit dire de cette voix douce, un peu trop haut perchée dont elle s'était mise au fil du temps à apprécier le timbre, de la même façon que si elle avait fini par se laisser apprivoiser :

« Souhaitez-vous que l'on reprenne la conversation où nous l'avions laissée la semaine dernière en parlant de votre mère ? »

Elle hésita. Ses yeux se fixèrent sur le cadre au mur, comme s'il pouvait détenir un élément de réponse à la question posée. C'était une gouache aux teintes ocre occupée en son centre par un ovale blanc à la contemplation de laquelle elle aimait s'adonner parce qu'il émanait de la toile toute la douceur d'un songe. Parfois, la peinture parvenait à la sortir de l'abattement dans lequel son propre récit l'avait plongée pour la ramener vers des pensées plus apaisantes, comme une simple caresse sur la paume de la main peut d'un coup ralentir les battements du cœur. Le tableau avait-il été fixé à cet emplacement parce que la toile tranquillisait l'esprit en même temps qu'il libérait la parole ? De l'autre côté du mur, une sculpture en bronze aux formes massives, d'aspect brut et primitif, s'associait, dans l'esprit de Léna, au contrepoint de la peinture et représentait l'avatar d'une menace qui se confondait avec l'obscur danger de la plongée dans les profondeurs du passé à laquelle elle était astreinte. Si la toile opérait une forme de consolation, la sculpture engendrait un sentiment de frayeur et semblait réveiller une peur ancestrale. Un jour qu'elle s'était inquiétée du trouble qu'elle suscitait, le psychiatre avait répondu : « N'est-ce pas Rodin qui a dit "La forme vient de l'intérieur" ? »

Elle aimait à penser qu'ici tout fut porteur de sens, que chaque élément de mobilier, franges des rideaux, couleur des murs, boîte à stylos, faisait partie d'un vaste processus destiné à favoriser la guérison du patient même si le terme de patient et celui de guérison lui paraissaient inappropriés dans son cas, non qu'elle se sentît saine d'esprit, mais l'affection dont elle souffrait semblait au-dessus de toute mesure thérapeutique. Parfois, en quittant le cabinet, elle songeait à cette accusation que sa mère lançait à son père : « Toi, il faudrait te greffer un cœur ! » Sans doute, pour la guérir, elle, faudrait-il lui greffer une âme vierge.

Toutefois, elle caressait encore l'espoir qu'un soir, dans le surgissement d'un crépuscule d'été, lui apparaîtrait de façon aussi lumineuse que l'ovale du tableau face à elle l'exacte représentation de sa vie, consignée dans ses moindres méandres. Les mystères de l'existence seraient enfin résolus, chaque acte expliqué, justifié, dépouillé de toute part d'ombre. Au-delà de ses propres jours, l'histoire des siens dévoilerait ses secrets. Elle sortirait du cabinet et, marchant sur le trottoir de la petite rue, eurêka ! elle aurait tout compris, le sens de sa vie et le sens de l'Histoire, les drames personnels successifs et le grand récit familial, tout serait illuminé, de la mémoire du premier des Kotev au souvenir de la dernière d'entre eux.

Elle répondit que, cette fois, elle ne voulait pas parler de sa mère et, ayant prononcé ces mots, elle fut capable à nouveau de fixer l'homme dans les yeux, comme si elle avait remporté un succès imaginaire, victoire sur son passé ou sur elle-même. Elle chercha quelque chose de léger à raconter et se remémora le samedi précédent, quand elle avait passé l'après-midi dans un magasin de chaussures sans parvenir à décider laquelle des paires choisir. Elle moqua ses hésitations et la manière dont elle avait tergiversé entre deux modèles. Elle ignorait toujours selon quel critère choisir, avait-elle besoin de la paire la plus élégante, la plus confortable, celle qui donnait le galbe le plus effilé à ses jambes, la plus discrète, la plus voyante, d'ailleurs avait-elle réellement besoin de nouvelles chaussures ? Au final, elle optait immanquablement pour une paire semblable à celles qu'elle possédait déjà, celles dont la forme lui rappelait les escarpins que portait sa mère. Lorsqu'elle les essayait, lui revenait en écho le bruit du claquement des talons quand elle était enfant et que sa mère s'apprêtait à sortir vers dix heures du soir sans raison apparente et sans jamais manquer de venir l'embrasser dans son lit en lui souhaitant bonne nuit, mais en refusant chaque fois, de dire où elle allait seule, à cette heure tardive, ni quand elle reviendrait.

Elle s'interrompit puis lâcha :

« Finalement, je ne tiens jamais mes résolutions. »

Puis elle avoua :

« Mais je crois qu'en réalité j'aimerais reparler de ma mère. »

Le psychiatre eut un assentiment de la tête qui l'encouragea à chercher un autre souvenir. Après un instant, elle se revit dans la cuisine de l'appartement familial, assise face à sa mère, entendit la conversation se dérouler comme si chaque mot avait été gravé dans son esprit. Sa mère lui demandait le plus gaiement du monde :

« Dis, ma chérie, toi aussi tu me crois folle ?

— Tu n'as rien d'une folle, maman.

— Mais on ne sait pas si l'on est fou, n'est-ce pas ?

— On le devine. Les autres vous le font sentir.

— C'est exactement ce que font les voisins.

— Les voisins ne se rendent pas compte.

— Il y a ces choses qui me traversent la tête.

— Tu as la tête bien pleine, et c'est tant mieux !

— Cela me réveille en pleine nuit.

— De simples cauchemars !

— J'ai l'impression que je ne tourne pas rond. Tu sais ce qui me comblerait ? Quand tu seras médecin, que tu découvres un médicament qui efface les souvenirs.

— Les mauvais souvenirs ?

— Les mauvais et les bons. Je crois que les bons me font encore plus mal... tous les souvenirs !

— Et si papa avalait le médicament par erreur. Tu imagines ? Il n'aurait plus rien à raconter !

— Entre nous, ça ne serait pas si mal...

— Mais, tu sais, ne te sens pas obligée... de découvrir le médicament.

— Je ne me sentirai jamais obligée. Mais tout cela m'intéresse. Tu sais que c'est vers ça que j'aimerais m'orienter.

— Vers mes souvenirs ?

— Vers la psychiatrie.

— Alors tu me soigneras ?

— Tu n'as pas besoin d'être soignée.

— Je suis sûre que tu feras une excellente psychiatre. De toute façon, quel que soit le domaine, tu excelleras. Tu es tout l'inverse de moi.

— Ne parle pas comme ça, maman.

— Tu le sais bien. Moi, je n'ai rien pu faire de ma vie. J'ai toujours couru à la catastrophe.

— Tu n'as pas eu de chance. Mais le vent peut encore tourner.

— Le jour où le vent tournera, il ramènera mes cendres. »

Elle eut l'impression qu'en tendant les doigts elle pourrait caresser le visage de sa mère, toucher ses lèvres, prendre sa main. Mais quand il se fut agi de relater ce souvenir au médecin, elle demeura muette, comme sidérée. Le silence s'éternisa. Le psychiatre finit par dire, d'un ton doux et apaisant, qu'il ne fallait pas forcer les choses, qu'on pourrait reparler de sa mère la fois suivante. Elle approuva, d'un hochement de tête. On avait l'éternité devant soi.

Berlin, 1924

Natalia Kotev aperçut le contrôleur dans le couloir et sortit lui demander si le train arriverait prochainement à destination. Une demi-heure, répondit l'homme. Elle retourna dans le compartiment et, s'y trouvant seule depuis le dernier arrêt, tira de sa valise sa trousse de toilette, se recoiffa, lissa sa jupe et son chemisier froissés par le voyage. Après quoi, elle s'accouda à la fenêtre et regarda le paysage défiler au-dehors. Depuis quelque temps, les forêts, les collines étaient remplacées par des habitations. Au milieu des champs s'élevaient des maisons de bois devant lesquelles baignaient des flaques d'eau grandes comme des ruisseaux ; où des enfants jouaient. Elle pensait trouver plus grand, plus beau encore que Moscou, et voilà des taudis. Les maisons laissèrent place à des bâtiments en construction, d'une laideur sans pareille. Le train ralentit. On passa devant de hauts immeubles en brique sur lesquelles des panneaux publicitaires immenses vantaient des produits. Puis ce fut un enchevêtrement de rails, et enfin, partout autour d'elle, des wagons à l'arrêt. Le train entra en gare. Elle était à Berlin.

Elle prit sa valise, quitta le compartiment, descendit du wagon, traversa le quai, se retrouva dans le hall de la gare, tourna la tête à droite puis à gauche. Son attention fut attirée par un homme posté au milieu de la foule, immobile, dans un costume sombre, un chapeau de feutre sur la tête, ne montrant pas le moindre signe de fébrilité ou d'appréhension quand elle brûlait de l'intérieur. C'était son frère, Mendel, elle en était certaine ! Mais si c'était plutôt le type juste devant, gras, chauve, un bouquet de violettes à la main, ce petit homme, quand elle attendait un géant ? Une vieille dame s'approcha de l'individu, se saisit des fleurs, non, assurément, personne d'autre ne ressemblait à l'idée qu'elle se faisait d'un frère. Elle se précipita. L'homme ouvrit grand ses bras.

Ils marchaient dans Berlin, frère et sœur réunis. Ils avaient vécu ensemble quelques mois, des lustres auparavant, en des temps qui semblaient immémoriaux, loin d'ici, dans un autre univers, au monde ancien du shtetl. La Grande Guerre et la Révolution soviétique se dressaient en travers du chemin de leur enfance. Des millions de cadavres jonchaient cette route. Sous ce grand tas de morts gisait toute leur famille.

Ils portaient les vestiges des espérances, des amours, des passions et des prières des leurs. Ils représentaient la dernière trace vivante du passé, la fierté posthume d'une lignée.

Ils arpentaient tous deux aujourd'hui les trottoirs de la Leipzigerstrasse. En ce jour de retrouvailles, ils se moquaient du passé. Si ce n'était une pointe d'accent russe, on aurait pu croire un Berlinois de souche à voir ce grand gaillard au regard déterminé, à la démarche sûre. Elle, c'était une fille de la révolution, qui vibrait plus encore que ses camarades du Komsomol en entonnant *l'Internationale*, croyant avec ferveur dans les lendemains qui chantent, grisée du vent d'espoir qui soufflait sur Moscou.

Mendel n'avait jamais montré un tel enthousiasme à traverser les rues de Berlin. Les murs et les façades fredonnaient sur son passage la vaillante aventure de Weimar sur la route du renouveau. Il réalisait combien il appartenait à cette ville. Et il avait l'impression, devant sa sœur qui semblait boire ses paroles, d'être devenu quelqu'un.

Il commença par le Scheunenviertel, là où, en 1904, le cousin de sa mère, Alfred Moss, l'avait accueilli. Il avait grandi sur la Rosenthaler Strasse, dans ce quartier pauvre habité par des dizaines de milliers des Juifs venus de Pologne, de Lituanie, d'Ukraine, de Russie, ayant fui la misère, les massacres et les guerres. Ils s'étaient rassemblés ici avec l'espoir d'une vie meilleure, dans cette ville promise à la paix et la prospérité, en ce pays béni qui n'avait jamais vraiment connu la fièvre antijuive depuis les émeutes du Yep, un siècle auparavant. Ni affaire Dreyfus ni un seul pogrom, mais on vivait cependant sous la menace d'orages de haine qui s'abattaient de temps à autre comme cette campagne antijuive lancée par l'empereur Guillaume II et son entourage pendant la guerre de 1914-1918. On avait prétendu que les Juifs ne participaient pas à l'effort de guerre, alors que par milliers ils s'étaient engagés, allemands de naissance ou pas. Et, pendant que l'on se massacrait dans les tranchées, le pouvoir avait pris le temps d'établir le recensement des Juifs dans l'armée allemande, avec l'intention de démontrer au peuple allemand que le compte n'y était pas. On n'avait jamais publié les chiffres parce que les résultats démentaient les allégations impériales, le compte y était, les Juifs crevaient dans la boucherie, comme tout le monde, mais non, on avait laissé planer le doute pour détourner sur eux le vent de colère populaire qui pouvait souffler contre l'empereur Guillaume II. Mais que représentaient ces attaques, ses sous-entendus, en regard des enfants assassinés, des vieillards empalés au shtetl ?

Mendel faisait la visite des ruelles du Scheunenviertel, c'était là qu'il avait passé son adolescence, entre deux échoppes et deux boucheries cachères. On comptait des synagogues à chaque coin de rue, chacun sa chapelle et son rite, sa petite salle en soussol, où l'on gelait l'hiver, on étouffait l'été. Pour prier, mieux valait se rendre dans la Grande Synagogue de Berlin, sur Oranienburger Strasse, mais il fallait alors endurer le regard de la grande bourgeoisie juive allemande qui vous faisait comprendre qu'on n'était pas du même monde. On leur faisait un peu honte, avec nos manières, nos accents à couper au couteau, nos histoires de shtetl, nos vieilles fripes. On n'était pas à sa place dans le splendide édifice, le plus beau monument de Berlin, avec sa coupole recouverte de feuilles d'or et ses immenses arcades, on se serait cru dans l'Alhambra. « Et sais-tu, Natalia, le jour de l'inauguration de la Grande Synagogue, le 5 septembre 1866, pour le nouvel an juif, Otto von Bismarck, qui était alors ministre de Prusse, était assis, au premier rang, une calotte sur la tête, là, comme je te vois, Natalia ! »

Depuis vingt ans qu'il y vivait, il avait vu Berlin se métamorphoser, devenir plus folle, plus belle, plus illuminée, la plus agitée des capitales. Pourtant les rues crasses du Scheunenviertel n'avaient pas changé, les immeubles étaient en ruine, les cages d'escalier prêtes à s'effondrer, de grosses mares croupissaient sur le bitume. On pouvait se croire à Varsovie, avec ces Juifs en caftan, ces carrioles en travers de la rue où se vendaient pêle-mêle objets de liturgie, tissus, horloges. Il était fier de dire à sa sœur : « C'est là que j'ai grandi ! », mais il éprouvait cette fierté parce qu'il avait quitté ce quartier, en était sorti. Nul ne pouvait s'enorgueillir de vivre dans ces taudis. En souvenir de cette époque, chaque lundi après-midi, il venait tenir le rôle d'infirmier au petit dispensaire du 46 de la Max-Beer Strasse.

Ils descendirent la Münzstrasse pour se rendre sur l'Alexanderplatz. Il voulait maintenant lui montrer le cœur vivant du monde. Elle s'extasia devant les restaurants, la devanture des magasins, les affiches publicitaires gigantesques ! Vous n'aviez qu'à tendre la main pour acheter ce que vous vouliez. Dans les rues adjacentes se tenait un spectacle permanent. Là, un montreur d'ours, entouré d'une kyrielle d'enfants extasiés par les prouesses de la bête dansant au rythme des ritournelles qu'un orgue de Barbarie jouait.

On monta dans le tramway pour aller jusqu'à la Potsdamerplatz. Et ce fut un nouvel éblouissement devant la place recouverte de fleurs, les voitures innombrables, les tramways, les omnibus, tout cela orchestré parfaitement. Il lui montra, fièrement, comme s'il était pour quelque chose dans son édification, le premier feu de circulation d'Europe, oui, avant Paris, avant Londres, une sorte de tour au milieu de la place ! Elle s'émerveillait de cette agitation perpétuelle, tandis que Moscou semblait si silencieuse sous la neige ! Elle n'avait jamais vu autant de voitures à la fois, voulait s'attabler à toutes les terrasses. Ils marchèrent le long des avenues où s'élevaient les vitrines des grands magasins. Ils admirèrent les façades de Tietz, de Wertheim, de Sparmann, elle n'avait jamais contemplé pareille richesse. Ils reprirent le tramway, firent une pause dans une maison qui servait du thé russe sur la Kleitstrasse – elle ne le trouva pas bon du tout, faillit le recracher, ils éclatèrent de rire, payèrent, quittèrent les lieux. On reprit le tramway, il lui montra les théâtres, les cinémas sur le Kurfürstendamm, elle acheta une carte postale sur la Tauentzienstrasse.

Ils flânaient maintenant sous les tilleuls d'Unter den Linden. Des branches tombantes irradiait une forme de quiétude. Ils descendirent jusqu'à l'Opernplatz, puis, à l'angle de Friedrichstrasse, s'attablèrent au Victoria Café. Elle s'avoua ravie par cette traversée, dit avoir vu des splendeurs, mais confia n'avoir pas parcouru une partie de l'Europe pour une visite guidée de Berlin. C'est un voyage dans le passé qu'elle avait entrepris. Elle voulut d'abord savoir une chose :

« Gardes-tu un souvenir de moi ? »

Il eut beau chercher dans son esprit, rien ne lui revenait.

« Tu as dû me prendre dans tes bras, me bercer, tu étais l'aîné et moi la benjamine. Rappelle-toi ! »

Il fixa le fond de ses yeux dans l'espoir d'y trouver une lueur qui aurait survécu au temps, comme la lumière des étoiles est leur mémoire vivante. En vain.

« Ça n'est pas possible qu'il ne te reste rien ! »

Il parvenait à se remémorer des atmosphères, des cris. Les visages de sa mère et de son père restaient ancrés dans sa mémoire comme ceux de ses frères et sœurs les plus âgés. Pour le reste, il y avait des figures un peu floues et il ignorait ce qui appartenait à ses propres souvenirs ou bien à ce que le cousin de son père qui avait passé quelques années à Ludichev avait pu lui raconter. Il revoyait la maison, ça, oui.

« Décris-la-moi. »

C'était une demeure simple, assez vaste, aux murs épais, au toit de chaume, une grande cour devant la maison, des buissons, un puits au milieu du jardin, beaucoup d'enfants jouaient dans ce jardin.

« Tu dois te rappeler encore ! Tu es la mémoire vivante des Kotev ! »

Un souvenir occupait une place à part dans sa mémoire, remontait au jour où il avait pris le train de Ludichev pour Berlin. Il avançait sur le quai d'une gare entre son père et sa mère. Il quittait sa famille, le monde de l'enfance. Il portait, ce jour-là, un pantalon court, une chemise blanche boutonnée jusqu'en haut, des chaussettes sombres lui montaient aux genoux. Son père l'avait accompagné dans le compartiment et avait glissé sa valise dans le porte-bagages au-dessus de la banquette. Sa mère, restée sur le quai, pleurait à chaudes larmes. Père et fils s'étaient retrouvés l'un en face de l'autre les yeux baissés, ne parvenant pas à affronter la tristesse dans le regard de l'autre. Pavel Alexandrovich Kotev avait sorti de sa poche un écrin, en avait montré le contenu à son fils. Il s'agissait du porte-plume de marque J Pen avec lequel il rédigeait ses ordonnances. Il avait refermé l'écrin, le lui avait tendu, l'avait prié d'en prendre soin. Le garçon l'avait glissé dans sa poche. Le père avait posé une main sur la tête de son aîné et, les paupières à demi closes, semblant s'adresser au ciel tout autant qu'à son fils, avait murmuré une prière, sorte de bénédiction censée protéger le jeune garçon au long des années, lui donner force et courage, transmettre la foi ancestrale. Le geste avait fait office d'embrassade. Le père était sorti, avait traversé le couloir, descendu les marches, s'était installé aux côtés de son épouse, face au compartiment. Mendel avait baissé la vitre autant qu'il le pouvait. Ses parents étaient immobiles, face à lui, en contrebas, leurs yeux levés en sa direction, comme implorant quelque chose. Un coup de sifflet avait été lancé. Le bruit des machines avait enflé. De la fumée avait envahi le quai. Ils demeuraient silencieux, face à face, figés et solennels, fils, père et mère, pour le dernier adieu. Mendel avait tendu le bras par la vitre ouverte, mais son bras s'était agité dans le vide, incapable d'attraper les doigts tendus vers lui. Des baisers de la main avaient été échangés. Ses baisers n'avaient rien de la douceur habituelle. Mendel s'était soudain écrié, en direction de ses parents : « Quand je reviendrai, je serai professeur ! » Son père avait esquissé un sourire. Sa mère continuait de pleurer. Le train s'était ébranlé. Son père, d'un air grave, avait prononcé quelque chose, mais ses mots s'étaient perdus dans le vacarme. « Que dis-tu, papa ? » s'était écrié Mendel. Il était déjà loin.

Natalia l'écoutait, des sanglots dans la gorge. Elle l'enviait. Elle aurait tant aimé posséder un tel souvenir. Mais non, elle ne possédait rien, aucun adieu, aucun visage, aucune parole. Elle espérait qu'un jour son frère se remémorerait un détail la concernant, quelque chose d'infime, c'était important qu'elle ait vécu dans la mémoire de quelqu'un, cela donnait une authenticité à son histoire, une légitimité à sa vie, tu comprends, n'est-ce pas ?

Oui, il comprenait. Il ferait ce qui était en son pouvoir, convoquerait une à une les figures du passé pour les faire parler. De la pénombre d'une pièce finirait bien par apparaître un couffin au fond duquel un nourrisson sourirait aux anges.

« Oui, c'est juste cela que je veux ! Une image, un simple souvenir de moi. »

Paris, 2015

La matinée dans le service s'était passée sans encombre ni accrocs ou éclats de voix. Au réveil, déjà, Léna avait éprouvé cette forme de plénitude ressentie les jours où la nuit avait été paisible. Le calme de son profond sommeil se dispensait tout au long du jour et cette sorte de grâce captée dans l'air ambiant dissipait le voile de brume qui d'ordinaire traînait dans ses pensées. Chez elle, certains matins étaient radieux pour un rien tandis que d'autres, sans raison, stagnaient sous des odeurs de fièvre.

Elle marchait dans le couloir l'esprit léger lorsqu'elle vit le docteur Blondin avancer dans sa direction. Elle ne songea pas à passer son chemin comme elle y veillait chaque fois qu'elle croisait ce type qu'elle avait toujours trouvé détestable et qui faisait l'unanimité contre lui. L'homme se posta face à elle et lui demanda si elle avait un instant. La clémence du jour l'inclina à ne pas refuser la main tendue.

« En premier lieu, déclara-t-il, j'aimerais que tu ne prennes pas mon propos pour une attaque personnelle. »

Elle assura ne rien envisager de tel.

« Tu sais bien, précisa-t-il, que je me suis remis du fait que tu aies obtenu le poste de praticien hospitalier que je visais. »

Elle expliqua ne nourrir aucun doute là-dessus et d'ailleurs, comment seulement imaginer le contraire ?

« Ma question est simple : crois-tu avoir obtenu ton poste parce que tu es meilleur médecin que moi ? »

Elle fit non de la tête, et c'était sincère.

« Je vais te dire le fond de ma pensée. Je crois plutôt que tu as eu ce poste parce que tu es une femme et que, sans l'avouer explicitement, la direction a opté pour le modèle idéologique en vogue, la parité, la féminisation de la profession. »

Elle se retint d'éclater de rire.

« Certains y voient la panacée. Pour moi, c'est la cause de tous les maux. »

Elle eut envie de décamper.

« Tu ne nieras pas que, s'il n'y a plus de chirurgiens, c'est parce que la gent féminine a peur du sang et préfère passer ses nuits au côté de ses enfants plutôt que faire des gardes à l'hôpital ? »

Elle tenta de garder son calme.

« Et comme vous êtes plus studieuses que nous – ne nie pas, Léna, c'est un fait avéré ! –, votre taux de réussite est meilleur que le nôtre au concours d'entrée en médecine ou à celui de l'internat. Voilà pourquoi il n'y a plus d'hommes ! C.Q.F.D. ! »

Elle se demanda s'il fallait mettre ces propos sur le compte de la haine ou de la bêtise.

« Mais la question de ton poste demeure… Pourquoi ne m'écoutes-tu plus ? Tu ne veux pas affronter la vérité en face ? Que regardes-tu derrière moi ? »

Elle avait reconnu, au fond du couloir, avançant vers elle sans la voir, la silhouette de l'homme qui avait bouleversé sa vie cinq ans auparavant et qui, une fois à une dizaine de mètres d'elle, fit un grand sourire, accéléra le pas. Elle le fixa des yeux, se demanda s'il fallait l'ignorer, eut l'idée saugrenue de lui sauter dans les bras et, une fois qu'il fut à sa hauteur, lui tendit froidement la joue. Ils restèrent à s'observer durant un bref instant de silence au terme duquel elle demanda la raison de sa présence. Après un temps d'hésitation, il répondit qu'il rendait visite à un confrère. Elle ne chercha pas à savoir qui.

« Décidément, je dérange ! » s'exclama Blondin avant de quitter les lieux.

Ils se dévisagèrent à nouveau sans rien dire, comme si chacun cherchait à saisir la trace d'une émotion sur la figure de l'autre. Puis Vincent rompit le silence en proposant à Léna d'aller déjeuner. Elle prétendit ne pas avoir le temps. Il l'invita à dîner un soir prochain. Elle accepta sans réfléchir. Ils prirent rendez-vous pour le jeudi suivant, échangèrent leurs numéros, se séparèrent.

Elle alla dans son bureau, se prépara un café. À l'instant de se servir, elle vit que sa main tremblait. Elle se sentit furieuse contre elle-même, oh, comme elle se détestait ! Elle s'était comportée comme une gamine, un peu plus elle se serait blottie contre lui !

Elle but un grand verre d'eau, ouvrit la fenêtre, respira profondément, retrouva son calme en songeant qu'elle pouvait annuler à tout moment et ne plus jamais revoir ou entendre parler de cet homme responsable de tous ses maux. Le père de sa stérilité.

Durant l'après-midi, l'activité du service fut suffisamment intense pour qu'elle n'eût pas le temps de penser à cette rencontre. Le soir venu, elle décida de sortir et se rendit à la conférence sur Walter Benjamin à laquelle elle avait été conviée.

La salle était aux trois quarts pleine. Des couples discutaient entre eux, une personne faisait lever une rangée entière pour rejoindre sa place. Léna s'assit loin de la scène pour pouvoir partir facilement si l'exposé se révélait ennuyeux. Elle ôta son manteau, sentit le regard de son voisin sur ses jambes, les recouvrit aussitôt.

L'organisateur de l'événement monta sur l'estrade, remercia l'assistance, présenta le conférencier assis à sa droite, dit quelques mots de son livre puis lui donna la parole. L'auteur promena ses yeux sur l'assistance, s'empara d'un micro et commença son discours.

« Bonsoir, et d'abord merci de vous être déplacés. Je m'étonnais tout à l'heure, voyant cette salle presque remplie, de ce que la vie d'un homme finalement assez méconnu du grand public, qui vécut seul une

grande partie de son existence, dont les livres n'avaient, de son vivant, qu'une audience limitée, et qui aujourd'hui encore ne compte qu'un public assez confidentiel, puisse attirer tant de gens. Je songeais aussi qu'il n'y avait personne à l'enterrement de Walter Benjamin. Et je m'interrogeais pour savoir si nous apprenions des leçons du passé. »

Elle se demanda si la question valait pour elle. Chez les Kotev, le passé n'était pas une vue de l'esprit. Les disparus étaient invités à la table des vivants, conversaient avec eux, prodiguaient des conseils. Les morts ne disparaissaient pas, leur épopée hantait les consciences, leur expérience nourrissait la pratique quotidienne. Rien n'était irrévocable, rien ne serait jamais fixé à l'avance. Le meilleur était toujours possible, le pire toujours envisageable. L'avenir était derrière soi tout autant que tracé devant. On pouvait être et avoir été.

« Peut-être la pensée de Walter Benjamin nous aide-t-elle à comprendre cet aujourd'hui ? Benjamin n'appartient pas au monde d'hier. Il n'a rien à voir avec la nostalgie de Vienne. Le Berlinois est à l'opposé des Viennois. Éloigné de Zweig et de Rilke comme l'Alexanderplatz l'est de l'Heidenplatz. Benjamin ne possède rien de la mélancolie noire. Ce sont les grandes épopées, les brumes du romantisme allemand qui balayent son œuvre. Benjamin n'est pas de la Mitteleuropa, n'appartient à aucune chapelle. »

Se situait-elle du côté de Vienne ou du côté de Berlin ? Son grand-père avait vécu dans la capitale allemande, mais un fond de mélancolie inspirée de son âme russe pouvait prendre, dans sa tonalité la plus légère, des accents de nostalgie viennoise. Elle se laissait porter par les événements. Le destin avait toujours choisi pour elle. Elle devait son titre de docteur à un héritage familial. Elle était juive par sa mère et médecin par son père.

« Walter Benjamin est un voyageur inlassable, un homme sans terre, mais pas sans racines. Il étreint le vent de la liberté mais n'est jamais soumis à l'air du temps. Son œuvre même est habitée de contradictions, de renoncements. Sa pensée est irréductible, sa radicalité tendre. Walter Benjamin est un passeur et un homme qui ne fait que passer. Il traduit Proust, il aime Marx et il aime Moïse. Il erre physiquement, et sa pensée balance, entre néokantisme et positivisme, entre théologie et marxisme, de Goethe à Kafka, de Baudelaire à Ravel. Certains ont l'oreille absolue, il possède l'intelligence absolue. Il comprend. Il prédit. Il se trompe, il trébuche, se relève. Il arpente le monde. Il admire Kafka et il finira comme K, sans jamais parvenir à atteindre son propre château, ce village perdu dans les Pyrénées espagnoles. »

Son grand-père et son arrière-grand-père avaient aussi éprouvé la barbarie des hommes. Par quelle aubaine de l'Histoire se verrait-elle accorder un sort plus enviable que ses aïeuls ? Qu'avait-elle de meilleur qu'eux pour se voir épargner les souffrances qui avaient été le lot de leur vie ? Quel prodige la préserverait du malheur ? Quel bon génie veillait sur

l'époque ? Le progrès de l'humanité ? Son grand-père
Mendel y avait déjà cru.

*« On a beaucoup parlé du cosmopolitisme viennois.
On se trompe, je crois. Il n'y avait pas plus viennois que
les Viennois. Pas plus provinciaux qu'eux. Vienne n'est
qu'une lointaine et méprisée province d'Allemagne. Les
écrivains viennois en exil vivaient dans le culte d'une
Autriche imaginaire, sublimée, qui en réalité n'a
jamais existé que dans leur esprit et dans leurs livres.
La plupart ne se remirent pas d'avoir perdu le
Sachertorte et le Burgtheater. Ils sombrèrent dans un
déracinement mortifère. Le Berlinois ne connaît pas
de racine. L'Alexanderplatz n'appelle pas à la nostalgie. Walter Benjamin n'est d'aucune époque ou peut-
être du temps qui vient. Son incroyable période de
fécondité littéraire pendant la période la plus doulou-
reuse de son exil force l'admiration. Comment,
traqué, banni, en fuite, avec son statut de réfugié
précaire, est-il parvenu à construire une telle
œuvre ? »*

Le visage de Vincent surgit dans ses pensées. Elle
revécut mot pour mot la scène de leurs retrouvailles.
Elle n'avait pas vu d'alliance à sa main. Peut-être
était-il marié et ne portait-il pas d'alliance, comme
certains hommes le faisaient ? Elle ne songeait plus à
l'éventualité d'annuler leur dîner. Elle ne ressentait
aucune colère désormais. Elle avait simplement envie
de le revoir. Elle se dit qu'elle le laisserait choisir le
restaurant. Elle vérifierait sur le Net le genre de clientèle du lieu, lirait la carte des menus pour ne pas

hésiter entre deux plats comme elle le faisait toujours. Et c'était déjà comme si elle avait quelque
chose à prouver, voulait lui montrer qu'elle avait
changé.

Des applaudissements éclatèrent dans la salle et la
tirèrent de sa rêverie. L'écrivain avait fini de parler.
On fit passer un micro dans l'auditoire. Quelqu'un
s'en saisit pour faire remarquer que l'intérêt de
Walter Benjamin à l'égard du drame baroque allemand n'avait peut-être pas été assez développé dans
le livre du conférencier. Un autre déclara que seule
une lecture marxiste de l'œuvre du philosophe faisait
sens. Un troisième recommanda de lire l'opuscule de
Hannah Arendt sur le penseur. On passa à une
séance de dédicace. Léna s'installa dans la file. Quand
vint son tour, elle précisa : « Pour Tobias Kotev. »
Elle dit à l'auteur que c'était son père et qu'il était
né à Berlin dans les années 1920. L'homme voulut
en savoir plus, commença à l'interroger sur sa
famille. Elle ne s'éternisa pas dans ses explications.
Elle se sentait fatiguée. Au-delà de susciter l'impatience, la confrontation avec Vincent avait ravivé les
blessures, mis à nu la cicatrice barrant son ventre
tout autant que la plaie qui meurtrissait son âme.

Berlin, avril 1932

Le dernier patient venait de quitter son bureau, situé au deuxième étage, bâtiment B, de l'hôpital de la Charité de Berlin, et Mendel put savourer un instant de calme, confortablement installé dans le fauteuil Art déco que lui avait offert quelques mois auparavant Herbert von Schelning en remerciement des soins prodigués pour son diabète.

Sur la photographie encadrée, disposée devant lui, sa femme, Gilda, et son fils, Tobias, posaient devant le cinéma où se jouait *L'Ange bleu*. On avait croisé ce jour-là l'acteur Emil Jannings, qui incarnait le professeur Raat épris de Dietrich dans l'histoire, auprès de qui on avait sollicité un autographe mais dont aujourd'hui Gilda refusait de voir les films parce qu'on le disait sympathisant du parti nazi. En médaillon, Natalia, la sœur de Mendel, fixait l'objectif sur un portrait remontant à 1924, époque de sa première et dernière visite à Berlin. Depuis, le frère et la sœur s'écrivaient régulièrement, se parlaient de temps à autre au téléphone. Mais Mendel, pris par ses responsabilités, n'avait jamais pu tenir sa promesse d'aller à Moscou. Natalia avait entamé des études de médecine à l'Université moscovite. Accaparés par les affres de la vie quotidienne, on reportait toujours les retrouvailles.

Depuis la venue de Natalia, Berlin s'était métamorphosée. Le souffle d'extravagance qui flottait sur la capitale s'était dissipé. Un vent de haine déversait des traînées d'exécration sur la ville. Tous les espoirs levés sous Weimar s'étaient envolés dans le ciel berlinois où désormais tournoyaient des oiseaux de malheur et des aigles à deux têtes. D'est en ouest, de la Münzstrasse à la Wilhelmstrasse, s'affrontaient membres du NSDAP et troupes du Rote Front. Les premiers, constitués en véritable organisation paramilitaire, prenaient régulièrement le dessus sur les seconds, pourtant aguerris aux combats de rue. Les blessés se comptaient par centaines, on ramassait des morts. Sur l'Alexanderplatz, des foules venaient vibrer aux harangues lancées depuis la tribune par des orateurs exaltés aux tons d'imprécateurs qui, en d'autres temps, auraient été internés à l'asile. Dans les ruelles du Scheunenvierten, les Juifs vivaient dans la crainte des charges des SA, étaient insultés, passés à tabac, traînés dans la boue, mais ceux des beaux quartiers de Charlottenburg ne dormaient pas plus tranquilles. À la nuit tombée, depuis son salon, le rideau d'une fenêtre discrètement écarté, on fouillait du regard l'obscurité afin de saisir d'où provenaient les cris montant de la rue où l'on avait aperçu, la veille, des ombres se faufiler dans un silence d'embuscade pour peindre le long des murs des appels au meurtre.

Cent cinquante mille Juifs berlinois craignaient qu'un orage de fer et de sang ne s'abatte sur leur tête, suspendaient le cours de leur avenir au résultat d'un vote tandis qu'une autre partie du peuple, dont les troupes enflaient au fil des consultations électorales, trépignait, avide de retrouver esprit de discipline et devoir d'obéissance d'antan, nourrie par un siècle d'éducation à l'allemande. On aspirait au spectacle des parades militaires qui, jadis, enchantaient les dimanches en famille ; au son des fanfares, le long des allées d'Unter den Linden, comme la vie était douce, on allait faire le tour de la Siegessaule, écouter, ravis, le martèlement des bottes sur le pavé, rythmé par les tambours. Les parades militaires étaient aux Berlinois ce que la musique d'opéra était aux Viennois, le bal musette aux Français.

Deux petits coups furent frappés à la porte du bureau. Mendel répondit d'entrer.

« Professeur, voici la presse du jour, annonça la secrétaire.

— Merci Martha.

— Votre épouse a téléphoné. Elle m'a demandé de vous rappeler le dîner de ce soir. Elle a précisé que maître von Glick serait bien là. »

Elle posa la pile de journaux sur le bureau et prit congé.

Mendel songea à la soirée organisée par son épouse. Il exécrait les mondanités, se justifiait auprès de Gilda par le fait que les gens de Ludichev n'organisaient pas de cocktails. « Tu es allemand aujourd'hui ! Nous sommes un pays civilisé. Avec des contraintes et des distractions de nation civilisée, et le dîner entre amis fait partie de ces joies-là ! »

Gilda venait d'une vieille famille juive berlinoise, les Hirschfeld, dont la branche maternelle comptait un banquier du prince de Westphalie. Mendel devait faire oublier la mésalliance auprès de l'entourage de son épouse, ses origines d'étranger orphelin, le quartier du Scheunenvierten où il avait grandi et où les membres de sa belle-famille n'avaient certainement jamais mis les pieds. Les Hirschfeld étaient là depuis des générations. « Nous sommes allemands avant tout », expliquait Max Naumann, un ami de la famille qui dirigeait der Verband Nationaldeutscher Juden, l'Association des Juifs nationaux allemands. « Nous avons payé le prix du sang, douze mille soldats juifs allemands morts au champ d'honneur ! » Et Max Naumann rappelait avec beaucoup d'émotion dans la voix la mémoire d'Albert Ballin, le fondateur, juif, de la compagnie de navigation Hamburg-Amerika, ami personnel du Kaiser et proche de Walther Rathenau, qui s'était suicidé le 9 novembre 1918 parce que l'Allemagne avait été défaite – un héros, à défaut d'un exemple !

Ce soir, maître von Glick serait donc là. Au dernier dîner au domicile de l'avocat, sur la Behrenstrasse, Mendel s'était durant toute la soirée retenu de quitter les lieux. Von Glick était un des avocats de la famille von Papen, à laquelle Mendel vouait un profond mépris. Von Papen, et avec lui Schleicher et l'ensemble de la droite nationaliste, pensaient manipuler Hitler et ne faisaient que le servir. Mendel entendait encore la femme de von Glick expliquer autour de la table :

« J'ai voulu voir ce que Hitler pensait réellement, j'ai lu *Mein Kampf.* Eh bien, tout à fait entre nous, je n'ai rien trouvé d'extraordinaire. Quelques excès, bien entendu, mais comme dans tous les écrits de jeunesse.

— Ma chérie, avait glissé son mari, ce n'est peut-être pas le lieu.

— Pourquoi donc, Victor, est-ce que chez nous ça ne serait pas le lieu ? »

Gilda avait posé sa main sur celle de Mendel comme pour lui rappeler de garder son calme. Elle n'était pas dupe mais la tournure des événements imposait selon elle de ravaler sa fierté. On pourrait avoir besoin d'un homme proche du pouvoir, pour une raison ou pour une autre, obtenir un passeport, bénéficier d'une protection administrative. Elle avait rendu l'invitation pour ce soir.

Mendel prit le premier journal posé sur son bureau – le *Montag Morgen* – et plongea dans sa lecture. Il s'arrêta sur une interview de Trotski donnée depuis son exil en Turquie et qui commentait la situation politique en Allemagne.

« Croyez-vous à la possible victoire du fascisme en Allemagne ?

LT : Si les organisations les plus importantes de la classe ouvrière poursuivent leur politique actuelle, je crois que la victoire du fascisme sera assurée presque automatiquement, et cela dans un laps de temps relativement court. Je pense que le Parti communiste doit proposer au Parti social-démocrate et à la direction des syndicats libres la lutte commune contre le fascisme. À l'opposé du "Front de Fer" décoratif et inanimé, le front unique de la classe ouvrière contre le fascisme devrait avoir un caractère concret pratique et combatif. Sa position de départ serait la défense de toutes les institutions et de toutes les conquêtes de la démocratie prolétarienne et, dans un sens plus large, la défense de la civilisation contre la barbarie. Le problème du sort de l'Allemagne est le problème du sort de l'Europe et pour une large part celui du sort de toute l'humanité pour une longue période historique. »

Au bas de l'article, Willi Münzenberg, dirigeant du Parti communiste allemand, répondait à la proposition d'union formulée par Trotski :

« Cette théorie est celle d'un fasciste et d'un contre-révolutionnaire entraîné dans une faillite totale. C'est en vérité la pire, la plus dangereuse et la plus criminelle des théories que Trotski ait formulées au cours de ses dernières années de propagande contre-révolutionnaire. »

Le journal revenait ensuite sur l'élection présidentielle du 10 avril passé. Analystes, artistes, intellectuels devisaient sur les conclusions à déduire de la victoire de Hindenburg sur Hitler. Certains voyaient là le signe que les nazis étaient aux portes du pouvoir. D'autres, comme Victor Klemperer, considéraient que c'était la preuve que ce pouvoir resterait à jamais hors de portée, grâce à la coalition toujours victorieuse de la droite modérée et des gauches non communistes.

Le dimanche précédant l'élection, se promenant avec son fils au Lustgarten, Mendel était tombé sur une foule amassée devant l'édifice du parc. Levant les yeux sur le balcon du bâtiment, il avait vu Adolf Hitler, dans son manteau marron, s'approcher du micro disposé à sa hauteur avec la lenteur solennelle d'un acteur faisant son entrée sur scène, contempler le public acquis devant lui, puis s'animer soudain de gestes déchaînés, sa voix vociférant des incantations vers le ciel, sous les hurlements de la foule scandant son nom. Mendel avait saisi la main de Tobias et pris la direction de la sortie du parc.

On frappa à nouveau à la porte.

« Professeur Kotev, annonça Martha, maître Friedman est arrivé. »

Le plus souvent il rencontrait Werner Friedman au café Josty, où l'homme avait ses habitudes et sa table, la première dans la galerie, entre les piliers de marbre, sous les grands lustres de cristal. D'un geste de la main, Werner pouvait faire taire l'orchestre qui jouait à l'autre bout de la salle. Les garçons lui donnaient du « Monsieur Werner », exécutaient une sorte de ballet dès qu'il franchissait le seuil de l'établissement. Un premier l'aidait à ôter son manteau au col agrémenté de vison ou de renard argenté. Un second lui tendait un siège. Un troisième lui servait une coupe de champagne de son cru favori. L'avocat était toujours vêtu d'un costume trois-pièces sombre à fines rayures claires, confectionné sur mesure à prix d'or chez Wertheim. Il portait une chevalière à l'auriculaire droit. Malgré la proximité de son bureau dont les fenêtres donnaient sur la Wilhelmstrasse, il était inévitablement en retard au rendez-vous, usait toujours de la même excuse, prétextait s'être trouvé nez à nez avec un de ses clients, empêché de faire un pas en direction de la sortie à cause de l'insistance de l'individu, quelqu'un d'éminent qui appartenait au gratin berlinois – tout ce que Weimar comptait d'intellectuels, d'hommes politiques, d'artistes et de banquiers frappait à la porte du cabinet Friedman. Quand il se laissait aller à en énumérer la liste, les noms fondaient dans sa bouche avec la même onctuosité que le chocolat blanc dont il était grand amateur et qu'il faisait venir spécialement de Genève. Les Brecht, Feuchtwanger, Emil Ludwig, Wasserman, Tucholsky, Ernst Toller, Max Reinhart... « Ça n'est pas de ma faute si les auteurs ont besoin d'un bon avocat. Le seul problème, c'est que la plupart n'ont pas les moyens de s'en payer un. Alors je fais crédit et ils reviennent... »

Mais, certaines fois, comme aujourd'hui, Werner retrouvait Mendel à l'hôpital, et c'était le médecin plus que l'ami qu'il venait voir pour un problème de santé le plus souvent imaginaire, mais auquel Mendel prêtait toujours une oreille attentive. Dans l'exercice de son métier, Mendel considérait toujours la doléance la plus insignifiante avec le même soin qu'une fièvre à 40°. Un de ses professeurs affirmait : « Il n'y a pas de petites douleurs, ni de gênes, de mal de ventre, de mal de tête, il n'y a que des symptômes. » Mendel tentait inlassablement de débusquer la maladie, un simple voile dans le regard pouvait annoncer une attaque cérébrale, une douleur au poignet gauche et c'était l'infarctus.

Werner Friedman pénétra dans la pièce avec sa mine des mauvais jours, ses joues mal rasées, ses paupières gonflées et tandis que d'ordinaire ses entrées avaient toujours quelque chose de fracassant, de théâtral et d'un rien hystérique, il marmonna un « Bonjour » et prit un siège.

« Quelque chose ne va pas ? s'émut Mendel.

— Quelque chose va ? »

Sur un ton alarmiste, Werner évoqua la situation politique, aborda l'élection de Hindenburg. Le vote du 10 avril ne faisait à ses yeux que retarder l'échéance. Un vieillard de quatre-vingt-cinq ans était le dernier rempart contre l'accession des nazis au pouvoir. Cet homme, qui avait participé à la bataille de Sadowa en 1866 et avait fait la guerre de 1870 contre Napoléon III, tenait entre ses mains le destin de l'Allemagne de 1932, le sort de Weimar, le salut de la République. Autant croire au miracle ! Après quoi Werner se plaignit que ses affaires n'allaient pas au mieux. C'était à se demander, soupira-t-il, si l'humanité avait encore besoin d'avocats. Le droit n'était plus respecté à Berlin. Quant aux amours, mieux valait oublier ! Il en venait à chercher ses compagnons dans les allées des parcs à la nuit tombée, devait se plier au rituel des « bonsoir » murmurés, on demandait du feu, on approchait sa cigarette vers le briquet tendu, on se jaugeait en une fraction de seconde à la lueur de la flamme, on partait l'un à la suite de l'autre. Comme il détestait ça ! Il regrettait le temps des bars de Berlin, les travelos étaient les reines de la nuit, le champagne coulait à flots. Aujourd'hui les descentes répétées des Chemises brunes saccageant les lieux, frappant à l'aveugle, rendaient trop dangereuses ces quêtes de plaisirs en vous transformant en cibles vivantes.

« Juif, homosexuel, démocrate, je ne ferai pas long feu quand Hitler prendra le pouvoir ! Mais je ne suis pas venu pour parler politique, Mendel. Je suis là parce que je souffre. Je vois ton regard moqueur, tu te dis : " Ça y est, il recommence, comme chaque fois, avec ses problèmes de santé qui n'en sont pas mais sont des problèmes de cœur et des soucis d'argent." Cette fois, je souffre sincèrement. J'ai mal ! Au ventre, en bas, à droite. C'est du sérieux. »

Mendel examina Werner avec le plus grand soin, l'ausculta, palpa l'abdomen et, comme à l'ordinaire, trouva l'examen entièrement négatif.

« C'est plus fort que moi, tu comprends, expliqua Werner qui avait retrouvé son air jovial, j'imagine toujours le pire. Avant d'entrer ici, j'ai le cancer ou l'angine de poitrine ou la maladie de Charcot. Mais dès l'instant où je pose le pied dans ton bureau, c'est comme si j'étais guéri. Allez, je t'invite au café Josty ! »

Au-dehors, sur le chemin du café, son enthousiasme retomba quand, passant devant une colonne Morris, il tomba sur une affiche du NSDAP invitant à un meeting et appelant à de nouvelles élections. La réunion était interdite aux chiens et aux Juifs.

À vingt heures, on prit place autour de la table, Gilda et Mendel à chaque extrémité, les autres disposés de manière que maître von Glick fût suffisamment éloigné de Mendel mais qu'il ne fût pas à côté de Kurt Mayer, dont Gilda redoutait autant les emportements soudains que les grands rires sonores éclatant en cascade. Elle l'avait vu quitter un dîner parce qu'un des convives avait osé placer sur le même plan le parti communiste et le parti nazi, comparaison insupportable aux yeux de Mayer pour qui renvoyer dos à dos Adolf Hitler et Ernst Thälmann constituait une insulte au bon sens.

Vers vingt heures trente, la gouvernante desservit les assiettes creuses, la soupe avait fait l'unanimité.

Maître von Glick se mit à évoquer la santé déclinante du peintre Max Liebermann, dont il avait eu, des années plus tôt, à prendre la défense dans une affaire de faux tableaux.

« Il est soigné par le professeur Sauerbruch, précisa-t-il, il ne pourrait être entre de meilleures mains. La chirurgie à thorax ouvert, c'est lui ! »

Mendel déclara qu'il n'aimait pas Sauerbruch, arguant qu'il se méfiait d'un homme qui avait, à quelque temps d'intervalle, guéri l'assassin de Kurt Eisner et redonné vie à Hitler en l'opérant d'une balle à l'épaule gauche après le putsch de Munich.

« Vous auriez laissé mourir Hitler en 1923 ? s'étonna Mme von Glick, sur le ton du regret.

— Je me serais posé la question », répondit Mendel, par pure provocation.

Il ne pensait pas un mot de ce qu'il disait. Dans sa pratique quotidienne, il était conduit à traiter quantité de membres ou de sympathisants du parti nazi qui ne manquaient jamais de lui expliquer qu'une fois le parti au pouvoir on démettrait les médecins juifs de leurs fonctions.

« Maître von Glick, intervint Gilda d'une voix que l'appréhension faisait trembler, vous m'aviez dit que vous aviez été invité à l'avant-première de *Lumières de la ville*, quand le film a été présenté à Berlin. Racontez-nous : comment est-il, ce monsieur Chaplin dans la réalité ?

— Formidable ! J'étais à la réception donnée à l'hôtel Adlon, j'avais Chaplin et Dietrich réunis sous mes yeux !

— Ont-ils eu une aventure ensemble ? demanda Gilda.

— Marlene est bien trop vieille pour Chaplin, ironisa Mayer.

— J'ai également participé à une rencontre entre Einstein et Chaplin à Berlin, poursuivit von Glick, c'était un autre grand moment.

— Les deux génies juifs du siècle, commenta Mayer.

— Avec tout le respect que je vous dois, corrigea von Glick, il me semble que Chaplin ne l'est pas. On croit qu'il l'est parce que la presse l'a mis sur sa liste des Juifs honnis de la planète.

— Vous voulez dire, la presse nazie...

— Oui, bien entendu, mais dans *Der Stürmer,* Julius Streicher n'a fait que reprendre une vieille légende venue des États-Unis et selon laquelle Chaplin s'appellerait Israël Thornstein.

— Vous lisez *Der Stürmer* ? s'étonna Mayer.

— Je m'informe, c'est tout. Et puis, pour tout vous dire, je ne m'effraie pas des sottises publiées dans ce journal. Streicher n'est qu'un clown, et j'ajouterai quelque chose qui vous fera sans doute plaisir vu vos origines, Hitler lui-même est un pantin. Le jour où il aura remis un peu d'ordre dans notre pays, nous lui couperons les ficelles et il disparaîtra comme il est apparu.

— Rassurez-moi, dit Gilda, Chaplin n'est pas juif mais Einstein l'est bien, n'est-ce pas ? Les nazis peuvent tout nous prendre, mais qu'on nous laisse Einstein !

— On vous le laisse bien volontiers ! » lâcha Mme von Glick.

Et elle avoua tenir Einstein en piètre estime, ne pas comprendre l'engouement autour de sa personne, un pacifiste qui insulte la nation, un bolchevique préparant la révolution, un plagiaire qui avait volé toutes ses théories au professeur Lenard !

« Philipp Lenard, ça c'est un patriote, ça, c'est un Nobel allemand ! surenchérit maître von Glick. Cher docteur, vous n'avez rien contre les Allemands ?

— Il se trouve que, jusqu'à nouvel ordre, j'en suis un, dit Mayer.

— Bien, très bien, poursuivit von Glick, parce que vos propos peuvent parfois laisser penser le contraire. Méfiez-vous, nous, les Allemands, nous sommes assez peu sensibles à cet humour qui est le vôtre, ces plaisanteries sans queue ni tête, tournant tout en dérision, qui n'ont rien à voir avec l'esprit allemand.

— Mais je suis né à Berlin ! répondit Mayer.

— Vous m'en voyez ravi, répliqua von Glick. Berlin est la plus belle ville du monde ; vous en conviendrez un jour ou l'autre. »

Gilda prit la parole, d'une voix faussement décontractée, pour demander qui avait été au cinéma dernièrement.

« Moi, s'égaya madame von Glick, j'ai assisté à une projection du film *Grand Hôtel*. EX-CEP-TION-NEL ! Greta Garbo et Joan Crawford ensemble ! Le film est adapté de la pièce qui se jouait il y a deux ans à Berlin, au théâtre de la Nollendorfplatz.

— Nous l'avions vu ! s'enflamma Gilda. C'était FOR-MI-DA-BLE !

— Je ne vais plus au théâtre, expliqua Mayer. C'est comme avec les romans, j'ai l'impression de perdre mon temps. Je lis essentiellement la presse. Mais, en ce moment, les nouvelles sont si mauvaises que je n'arrive plus à ouvrir un journal.

— Je ne vois pas en quoi les nouvelles sont mauvaises, lâcha maître von Glick.

— Dans le film *Grand Hôtel*, reprit Gilda, vous rappelez-vous qui joue le rôle du baron von Geigern ? J'avais adoré ce rôle dans la pièce.

— John Barrymore, répondit Mme von Glick. Il jouait aussi dans *Moby Dick* un merveilleux capitaine Achab.

— Il me tarde de voir *Grand Hôtel*, nous irons, n'est-ce pas, Mendel ? »

Le regard adressé à son mari semblait chercher du réconfort.

« J'ai lu dans un journal, intervint Mayer, que Vicki Baum, l'auteur de la pièce et du roman dont a été tiré le film *Grand Hôtel*, a décidé de quitter l'Allemagne. Selon elle, l'élection de Hindenburg ne va faire qu'envenimer la haine.

— Pourquoi quitte-t-elle notre pays ? interrogea von Glick, sur un ton de stupéfaction.

— Vous demandez pourquoi ? se récria Mayer.

— On ne fuit pas l'Allemagne en 1932 quand on n'a rien à se reprocher.

— Pour un artiste, tenta Gilda, tout se passe en Amérique.

— Vous avez tellement raison ! déclara Mme von Glick, moi aussi, j'ai l'âme bohème et je rêve d'aller un jour à Hollywood.

— Ma chérie, de grandes choses nous attendent ici ! prophétisa maître von Glick.

— Vous savez, j'étais sur le Kurfürstendamm à Roch Hachana dernier, déclara Mayer d'une voix censée imposer le silence.

— Roch Hachana ? dit Mme von Glick.

— Le Nouvel An juif, expliqua Gilda.

— Et que s'est-il passé ? demanda Mme von Glick, précisant qu'elle était alors à l'étranger.

— Raconte ! » pressa Mendel, comme si le récit de ce drame pouvait éveiller les consciences.

L'événement s'était produit le 12 septembre 1931, à la fin du jour, en plein centre de Berlin, dans le quartier Ouest, à Charlottenburg, non loin du château, de ses jardins splendides et de son belvédère, sur l'avenue Kurfürstendamm, les Champs-Élysées berlinois, qui comptait les cafés les plus en vue, le Café Wien, le Zigeunerkeller, et qui n'avait rien à envier à Broadway à la nuit tombée, quand le tramway déversait des foules de spectateurs et de badauds allant d'un même pas envahir salles et terrasses. D'un angle de l'avenue Kurfürstendamm partait la Fasanenstrasse, rue commerçante, toujours animée, qui comptait une vieille et splendide synagogue.

Le 12 septembre 1931, un millier de SA avaient déferlé sur l'avenue, en direction du lieu de culte, en ce soir du Nouvel An juif, veille de Roch Hachana, soir d'entre les soirs célébrant la création du monde, mille SA, une légion, armés de barres de fer, couteaux à la ceinture, partis du haut de l'avenue et descendant, hurlant à pleins poumons leur cri de guerre : « Tuons-les tous ! » Durant deux heures, ils frappèrent, matraquèrent, blessèrent, rouèrent de coups tout ce qui, de près ou de loin, ressemblait à l'idée qu'ils se faisaient d'un Juif. Le chef de la police de

Berlin s'était fait porter pâle ce jour-là, et aucun policier n'intervint, les victimes se retrouvèrent par centaines dans les hôpitaux. Ce fut là le premier pogrom ayant jamais eu lieu dans un pays démocratique. Theodor Wolff, le rédacteur en chef du *Berliner Tageblatt*, écrivit dans son éditorial du 14 septembre 1931 : « *Cela ne saurait continuer ! Tous les Allemands doivent former un front commun et clouer les agitateurs au pilori.* »

« Rien qu'à évoquer ce moment, j'en frémis, conclut Mayer.

— Cela dépasse l'entendement, concéda Mme von Glick. Mais j'ai une question sans doute un peu naïve : est-ce que vous n'exagérez pas toutes ces monstruosités ? »

Un silence consterné glaça l'assistance.

« Puisque je vous dis que j'y étais ! s'écria Mayer.

— Puisque vous le dites, alors…

— Il est peut-être temps d'en venir au dessert, lança Gilda. S'il vous plaît, Liza, voulez-vous porter les tartes ?

— Oh oui, s'enflamma Mme von Glick, j'ai très envie de sucré ! »

On finit de dîner, on servit verveine et café. Il se fit tard. Maître von Glick et sa femme prirent congé. Les autres demeurèrent un instant silencieux, jusqu'à ce que Kurt Mayer finisse par dire :

« Finalement, ce n'était pas une trop mauvaise soirée. »

Gilda se leva brusquement, courut vers sa chambre. Mendel la rejoignit un instant plus tard et la trouva allongée sur le lit, secouée de sanglots.

Paris, 2015

Léna posa le dernier dossier de la journée sur une pile d'autres. Le dîner avec Vincent était prévu à vingt et une heures, elle hésitait à entreprendre un travail quelconque qui pût la mettre en retard. Elle mettait un point d'honneur à ne jamais faire attendre, détestait ceux de ses confrères qui, sans la moindre gêne, transformaient leur salle d'attente en hall de gare. Cela avait un rapport avec l'honneur, le respect des autres, le respect de soi. Elle était dans tous ses états lorsqu'elle voyait son père lambiner. Son père se croyait au-dessus des contingences matérielles, rien ne lui importait vraiment, excepté sa propre personne, son propre intérêt, son propre bien-être. Elle avait rompu avec des hommes parce qu'ils arrivaient toujours en retard. Ou était-ce parce qu'ils ressemblaient trop à son père ? Et n'était-ce pas la raison initiale pour laquelle, au départ, ces hommes l'avaient séduite ?

Son obsession du retard semblait être le reflet d'une angoisse plus profonde, traduisait une peur immense qui englobait toutes les peurs, la peur de l'opinion générale, la peur de mal faire, la peur d'enfreindre la loi, la morale, les convenances, la bienséance, la peur de s'engager, la peur d'être remarquée et la peur d'être mise à l'index, la peur des espoirs misés sur sa personne, la peur d'être récompensée et la peur de ne pas l'être, la peur de manquer de monnaie ou bien de répondant. Au milieu du pont de Bir-Hakeim, elle était chaque fois prise d'une peur panique, et quand elle avait enfin rejoint l'autre rive elle était forcée de constater que rien ne pouvait inspirer une telle crainte au milieu du pont. Mais, la fois suivante, elle avait oublié qu'elle était en sécurité sur le pont et oublié même de ne pas emprunter le pont de Bir-Hakeim. Et sans doute était-ce l'autre partie de son problème, elle renouvelait les mêmes erreurs, n'apprenait rien de l'existence, vivait dans un éternel recommencement, mêmes causes, mêmes conséquences, petits maux, grands moyens. Personne n'aurait cru cela d'elle. On disait, Léna est solide comme un roc. Tu parles ! Elle avait appris à dissimuler l'étendue de ses faiblesses sous une impassibilité de bon aloi, elle était sans cesse à l'affût dans une sorte d'état de veille qui la laissait épuisée. Oh, comme elle enviait son père qui se moquait d'être aimé ou d'être détesté, pouvait sortir dans la rue mal fagoté, raconter tout sur ce qui lui passait par la tête. Elle redoutait d'exprimer le fond de sa pensée, craignait d'être trahie par un excès de sincérité, vivait sous la menace de ses propres émotions.

Elle ôta sa blouse, se lava les mains dans le lavabo du bureau, observa les traits de son visage dans le miroir, se trouva l'air fatigué, le teint pâle, des cernes, décida de repasser à son appartement. La circulation était assez fluide, elle se retrouva rapidement chez elle, s'accorda trente minutes, se glissa sous la douche, demeura immobile, les paupières closes, la tête en arrière, l'eau presque brûlante s'écoulant le long de son corps. Elle songea aux événements de la journée. Quelques remarques de patients puis une brève conversation avec la surveillante lui traversèrent l'esprit. Après quoi elle se rappela sa dernière nuit. Elle se revit assise sur son lit, cherchant le sommeil, elle avait pris un livre, les personnages s'entremêlaient, les lignes ondulaient sous ses yeux, les mots se mélangeaient, le paragraphe sur lequel elle se concentrait devenait une mare de phrases, du bla-bla, un horrible bla-bla. Elle avait renoncé à lire et s'était résignée à prendre un second somnifère. Rarement une insomnie résistait à un somnifère. Elle en avait conclu depuis longtemps que son manque de sommeil équivalait à un demi-comprimé, cinq milligrammes de Xolétapram. Elle songeait : si mon organisme fabriquait cinq milligrammes de Xolétapram, je dormirais comme un bébé sans avoir besoin de ces cochonneries. Elle se consolait ainsi de prendre chaque soir sa dose, mais ne parvenait pas à effacer toute trace de culpabilité, considérait cette prise médicamenteuse comme une prise de guerre de son psychisme détraqué, au même titre que les antidépresseurs qu'elle avalait depuis cinq ans sur recommandation du psychiatre, médication dont elle n'avait osé s'ouvrir à personne. Elle gardait à l'esprit la réaction de son père quand elle avait évoqué la possibilité de suivre un tel traitement.

« Toi, Léna, prendre du Prozac ? Ce sont les malades qui prennent des médicaments ! Ah, ne me parle pas de la dépression ! Le mal du siècle, tu parles ! Je l'ai connu, moi, le mal du siècle, en Allemagne, c'était autre chose, crois-moi ! Non, ce dont tu pâtis, toi et ta génération, c'est à peine un petit bobo, le bobo du siècle. Allez, tu vas me faire le plaisir d'arrêter de souffrir ! »

Elle sortit de la douche, enroula une serviette autour de la taille, se saisit d'une brosse, se coiffa. Elle baissa le regard, s'arrêta sur ses seins, les jaugea, là, dans le miroir, les trouva beaux, magnifiques ses seins, deux pleines poires, lourdes, majestueuses. D'un geste, elle fit tomber sa serviette au sol, contempla son corps, ses cuisses, jugea que c'était bien. Elle finit de se sécher, se glissa dans une robe noire à peine décolletée, hésita entre deux paires d'escarpins, choisit celle aux talons les moins hauts, mit son manteau et sortit.

Elle s'immobilisa devant la façade du restaurant, inspecta la salle du regard à travers la baie vitrée, aperçut Vincent vers le fond de la salle. Il tapotait l'écran de son téléphone. Ses épaules paraissaient aussi carrées que dans son souvenir. Elle aimait son élégance affûtée. Elle réalisa qu'en levant la tête il pouvait la surprendre dans cette position, dans le froid, immobile, combien elle aurait l'air sotte, elle recula d'un pas, tomba sur son image dans le reflet, choisit de dénouer ses cheveux et se demanda soudain si elle ne commettait pas une erreur en espérant, sous les lustres clinquants d'un restaurant à la mode, retrouver intacts les vestiges du temps.

« Vous n'entrez pas, mademoiselle ? »

C'était la voix du voiturier devant l'établissement, elle aima s'entendre appeler mademoiselle, et fit taire ses doutes.

Elle traversa la salle au milieu du cérémonial orchestré par l'élégance des tenues, le cliquetis des couverts et l'éclat des visages. Une fois face à Vincent, elle lui tendit la main et s'assit. Elle tâcha de soutenir ce regard qu'elle voyait traversé par une lueur de tristesse qu'elle ne lui connaissait pas. Elle songea qu'il avait changé, trouva que c'était bon signe.

« Alors ? » lança-t-il.

Elle éclata de rire devant l'incongruité de la question, eut l'impression qu'il rougissait.

« Je pensais que tu annulerais le rendez-vous, avoua-t-il.

— Moi aussi.

— Toi aussi, tu pensais annuler ou alors, toi aussi tu pensais que j'annulerais ? »

Elle se sentit flattée qu'il cherchât à saisir le fond de sa pensée. Elle répondit avoir en effet pensé ne pas venir. En revanche, elle ne voyait pas de motifs qui auraient pu, lui, le conduire à refuser ce dîner.

« L'eau a coulé sous les ponts, dit-il.

— Beaucoup d'eau. »

Elle avait l'impression d'être restée sur la rive.

« Tu étais plus prolixe avant, reprit-il sur un ton de reproche.

— Moi, prolixe ? Tu dois confondre.

— Tu commentais l'actualité à tort et à travers, ou bien tu parlais de ton père, ou bien des Cosaques, ou bien des nazis. Tout était toujours si sombre.

— Tu ne peux pas comprendre.

— Ah oui, j'avais oublié... » soupira-t-il.

La serveuse vint prendre la commande. Et ayant étudié le menu la veille sur le site du restaurant, Léna choisit sans une hésitation. Il prit comme elle.

« Ton père, comment va-t-il ?, demanda-t-il.

— Pour quatre-vingt-neuf ans, il se porte à merveille.

— Il ne m'aimait pas beaucoup, ton père.

— Pas moins que mes autres petits copains. »

Un silence se fit.

« Tu crois qu'on serait ensemble à l'heure qu'il est, si je n'étais pas parti ? dit-il.

— On est ensemble à l'heure qu'il est », répondit-elle un peu sèchement.

Le portable de Vincent sonna, il la pria de l'excuser, répondit.

« Oui, ma chérie... Non ma chérie, quand tu es chez ta mère, c'est elle qui décide... Très bien, ma chérie, à samedi... Moi aussi, je t'aime. »

Il rangea son téléphone, s'excusa à nouveau.

« Donc, tu as une fille, dit-elle.

— Une petite beauté.

— J'aurais bien aimé aussi avoir une fille.

— Tu as un garçon ? »
Elle fit non de la tête. Il prit un air gêné.
« Oh, tu sais, dit-elle, je vis avec... Enfin, je vis sans. »

La serveuse apporta les assiettes et fit goûter le vin. Après quoi, ils discutèrent de choses et d'autres, ils donnèrent leur avis sur la saveur des plats, échangèrent leurs adresses de restaurants préférés, parlèrent des films qu'ils avaient vus, de spectacles auxquels ils avaient assisté. Peu à peu, elle sentait ses défenses tomber, ne cherchait plus à le contredire. Elle l'écoutait raconter ce qu'il était devenu, rapportait ce qu'elle faisait. Ils n'évoquaient le passé que par anecdotes.

« Tu oublies toujours tes clés ?
— Je suis toujours un peu distraite.
— Je me souviens d'une fois où on les avait cherchées des heures. Nous avions fini par les trouver dans ta poche.
— On ne cherche jamais au bon endroit. »

Ils remplirent et vidèrent leur verre de vin, terminèrent leurs assiettes, s'accordèrent sur le fait de partager un dessert, se décidèrent pour un crumble. On desservit la table, on apporta le gâteau. Tandis que Léna approchait sa cuillère pour goûter, Vincent lui saisit la main, la fixa du regard, lui demanda si elle acceptait de venir chez lui maintenant. Elle répondit oui sans réfléchir.

Ils descendaient la rue d'un pas rapide, les yeux au sol, aucun ne se hasardait à un mot ou un geste qui eût dissipé le parfum de connivence flottant entre eux. Elle marchait à sa gauche, emmitouflée dans son manteau, résistant à la tentation de lui tenir le bras, de réchauffer ses doigts à son contact. Voilà une éternité qu'elle n'avait pas marché ainsi auprès d'un homme, elle pourrait d'un même élan traverser tout Paris avec l'insouciance des promeneurs du dimanche, passer une nuit blanche le long des Grands Boulevards ; d'ordinaire, les nuits blanches, elle cherchait le sommeil.

Elle était déterminée à ne lui opposer aucune résistance, s'abandonner sans retenue, rattraper le temps perdu. Mais, au petit matin, avant de le quitter, lumière serait faite sur le passé. Elle rapporterait par le détail, ce jour, cinq années et demie auparavant, le 8 avril exactement, où sa vie avait basculé, décrirait la chambre d'hôpital, les murs blancs entre lesquels son corps avait été meurtri, la fenêtre par où s'était envolée une part de ses espérances. Elle irait à confesse à l'aube.

Sur la rue de Rivoli, il héla un taxi, lui tint la porte ouverte, s'engouffra derrière elle, donna son adresse au chauffeur.

« C'est comme si vous y étiez… Vous avez passé une bonne soirée ? À vous observer dans le rétroviseur, ça m'en a tout l'air. Je jurerais que vous êtes allés au cinéma. Vous, monsieur, vous avez l'air d'avoir adoré le film. Et madame, je lis le même bonheur dans vos yeux. C'est tellement bien d'aller au cinéma ensemble après des années de mariage. Avec ma femme, on n'y va plus depuis des lustres. Mais vous, vous n'êtes pas le genre à rester devant la télé, je me trompe ? N'y voyez aucune jalousie de ma part, il y a ceux qui sortent et il y a ceux qui ramènent ceux qui sortent. Vous préférez prendre par les quais ? »

En les distrayant, le chauffeur leur évitait le malaise qui aurait pesé sur le trajet, sachant où ils allaient, ce qu'ils se promettaient de faire. On se serait retrouvés comme deux jeunes gens ridicules d'empressement et de désir contenu.

Ils arrivèrent. Une pluie d'orage s'était mise à tomber. Ils coururent vers l'entrée de l'immeuble, pénétrèrent sous le porche, il lui mit la main dans les cheveux, les agita pour les sécher. Elle repoussa son poignet avec douceur. Ils prirent l'escalier. De temps à autre, il se retournait comme pour s'assurer qu'elle n'avait pas fui.

Chez lui, tout était d'un agencement méticuleux, chaque meuble, chaque objet semblait n'être pas là par hasard, tenir sa place dans un savant dispositif délivrant un message d'harmonie et de sécurité. Elle songea au divan abîmé de son appartement, au tapis usé et au buffet sans âme sur lequel s'entassait le courrier. Elle demanda s'il voulait lui offrir un verre. Il s'approcha, fit non de la tête, l'attira contre lui, l'embrassa. Elle releva la tête et dit :

« C'est là que tu amènes toutes tes conquêtes après dîner ? »

Il répliqua :

« Tu es certaine de vouloir rester ? »

Elle ne se sentait plus sûre de rien.

Ils firent l'amour et, par instants, elle reconnut dans son étreinte certains gestes, un regard appuyé, quelque chose dans l'empreinte de ses bras. Elle remontait le temps blottie contre son corps.

Tard dans la nuit, il s'endormit. Elle retrouvait son odeur chaque fois qu'elle respirait. Les images du passé tournoyaient dans sa tête, semblables aux chevaux d'un carrousel. Elle s'interrogeait sur la manière dont elle révélerait son secret, elle avait peur qu'il ne se méprenne sur ses intentions, n'y devine la marque d'une rancœur ou, pis, qu'il se croie partie prenante du drame tandis qu'elle ne cherchait pas l'ombre d'un coupable, n'exigeait aucun mot de compassion, désirait seulement partager le rappel du jour dont son corps conservait la trace.

Au matin, ils firent à nouveau l'amour. Elle y trouva tout autant de plaisir.

Il prépara le petit déjeuner dans la cuisine. La pièce donnait sur un balcon. Elle ouvrit la fenêtre, posa la pointe de ses pieds nus sur le carrelage encore humide, vêtue du tee-shirt qu'il lui avait prêté pour la nuit et qui lui descendait jusqu'à mi-cuisses. Elle eut froid, rentra, but un grand café, grignota une biscotte. Elle lui trouva l'air triste, demanda la raison de son soudain mutisme.

« C'est parce que j'ai quelque chose à te dire, avoua-t-il.

— Et cela te rend silencieux ? » dit-elle en se moquant.

Il eut un rire forcé. Elle confia qu'elle aussi avait une nouvelle à lui apprendre. Il sembla surpris, comme si cette annonce remettait en question un plan mûri de longue date.

« C'est quelque chose qui me concerne ? demanda-t-il.

— D'une certaine manière.

— Je préférerais commencer en premier, si tu n'y vois pas d'inconvénient, demanda-t-il.

— Tu as toujours voulu être le premier. Cela fait aussi partie de ton charme. »

Il ajouta que son propos n'avait rien de plaisant.

« Peut-être le petit déjeuner n'est-il pas le meilleur moment pour annoncer une telle nouvelle ?

— Cela se saurait, s'il existait un moment idéal pour les mauvaises nouvelles. »

Il se tenait un peu voûté. Un voile ternissait son regard.

« Je t'ai menti », avoua-t-il.

Sa première pensée fut qu'il était encore marié. Elle s'en voulut de s'être montrée si naïve, de croire encore au conte de fées. Elle trouva une maigre consolation dans le fait de ne pas avoir révélé son secret. Dans la tombe, son secret !

Il lui prit la main, elle n'osa retirer ses doigts.

« Tu te souviens, quand nous nous sommes revus », poursuivit-il, avec des intonations de tristesse.

Elle fit oui de la tête. Elle sentit son cœur se serrer.

« Dans ton service, tu te souviens ? »

Elle déclara, relevant la tête :

« Tu marchais dans le couloir…

— Du service de cancérologie…

— Et, quand je t'ai demandé ce que tu faisais là, tu m'as dit...

— ... que j'allais voir un confrère.

— Mais j'ai cru, dit-elle d'une voix vacillante, que tu allais voir un ami. C'est cela, n'est-ce pas, tu retrouvais un camarade de promotion ? »

Il baissa les yeux, fit non de la tête, puis sembla se ressaisir, eut un sourire forcé et dit, d'un ton faussement léger :

« Tu sais, c'est un de ces cancers que vous avez appris à traiter. J'entrerai plus tard dans les détails. Changeons de sujet, si tu veux bien. Raconte-moi ce que tu voulais m'annoncer. C'est plus joyeux, n'est-ce pas ?

— Oh, mon histoire ? répondit-elle, c'est sans importance. Une autre fois, peut-être. »

Berlin, 10 mai 1933

Place de l'Opéra, on vient brûler les livres. Les flammes lèchent le ciel que les bûchers dressés au cœur de l'Opernplatz dorent de reflets rougeâtres. Une clameur saccadée, poussée par une foule exultant d'ivresse, fait trembler les vitraux de la cathédrale Sainte-Edwige. Les fenêtres du Staatsoper Unter den Linden, où Voltaire vit danser la Barbarini, scintillent à la lueur du brasier en reflétant la multitude amassée devant le bâtiment, masse fervente, unie, tout entière à sa joie et brûlant d'impatience, attendant l'heure promise, vingt heures trente précises. C'est le jour des Cendres, place de l'Opéra.

Le chaudron humain acclame les parades dont le lent défilé régale les regards et les cœurs impatients contemplant, comme face à un puissant fleuve, la marche aux flambeaux menaçante et funeste qui vient de traverser Berlin sous les hourras, colonne interminable d'étudiants habillés impeccablement, chemise blanche, mocassins, croix gammées en brassière, régiments de SA aux uniformes bruns, étendards sur l'épaule, espoirs de tout un peuple triomphant, hurlant d'une même voix leur grand chant de victoire, tous enivrés de haine, et scandant des slogans qui s'élèvent dans l'air et grondent dans la nuit. Place de l'Opéra, on vient brûler les livres.

Des tonnes de pages et d'encre sont rassemblées ici, vingt mille ouvrages empilés dans des caisses de bois, à l'arrière des camions, sur Unter den Linden, montagnes d'œuvres prêtes à l'embrasement, on a fait le ménage les jours précédents, nettoyé Berlin et tous ses environs, saisi tous les écrits coupables de chaque librairie, chaque bibliothèque. Tous les livres écrits par les Juifs, Zweig, Freud et Einstein, Werfel et Döblin, et ceux des communistes, socialistes, démocrates, tous promis aux flammes.

Cent jours seulement que Hitler est au pouvoir et, déjà, plus un livre écrit par un Juif ne sera disponible en Allemagne. Tout est allé très vite. Le 1ᵉʳ juin 1932, von Papen, parvenu à faire tomber Brüning, est nommé chancelier et lève la mesure de dissolution des SA. Le 2 décembre 1932, Schleicher remplace von Papen et échoue à former un gouvernement stable. Le 30 janvier 1933, Hindenburg est convaincu par von Papen de nommer Hitler à la Chancellerie. Le soir même, une gigantesque marche aux flambeaux de SA défile dans Berlin et, voyant ce spectacle depuis sa fenêtre, le peintre Max Liebermann dira : « Je ne peux même pas manger autant que j'ai envie de dégueuler. Je n'ai plus envie de voir ce nouveau monde qui m'entoure. » Un mois plus tard, le 28 février, au lendemain de l'incendie du Reichstag, un décret de Hindenburg suspend toutes les libertés individuelles. Le 15 mars, le IIIe Reich est proclamé. Le 20 mars, Himmler ouvre le premier camp de concentration à Dachau, dans les environs de Munich. Le 1er avril est lancée la campagne nationale de boycott des magasins juifs. Le 7 avril est décrétée la Loi sur la réhabilitation de la fonction publique qui chasse tous les Juifs de la fonction publique et exclut deux mille médecins juifs, dont la plupart de ceux exerçant à l'hôpital central de la Charité de Berlin. Le 2 mai, les syndicats sont dissous. À compter du 10 mai, lire un écrit coupable, l'emprunter, le vendre, le faire circuler sera passible d'une condamnation pénale.

Pour leur défilé triomphal, les étudiants sont accompagnés par leurs professeurs, enseignants émérites venus vêtus de leur toge, avaliser l'inhumation de l'« esprit non allemand », maîtres exemplaires, cautions morales, socle du savoir et de la connaissance sur lequel s'édifiera le Reich au-dessus des charniers de pages, le nazisme est une œuvre collective, pas le projet solitaire d'un dément, chacun dans son rôle, à sa place, peuple gangrené par la folie, vouant obéissance au chef, exprimant librement sa voix, uni dans la célébration, animé par une haine immense, née ni en un jour ni en cent, mais transmise au fil du temps, une jeunesse ne devient pas incendiaire en un claquement de doigts. Hommes mûrs dans leur costume trois-pièces, femmes élégantes des beaux quartiers, ouvriers venus en train depuis la grande couronne, tout ce que l'Allemagne compte de meilleur, de plus purement allemand est présent en ce joli mois de mai qui dresse des bûchers, le Tout-Berlin est là, communiant au grand soir. On va brûler les livres, place de l'Opéra.

Dans toutes les places de toutes les villes allemandes, la messe sera dite devant une semblable affluence, avec une pareille ferveur et un même engouement. La Königsplatz à Munich, la Schlossplatz à Breslau, le Römerberg à Francfort s'embraseront à l'heure dite. À Hambourg, les festivités seront reportées au 15 mai pour cause de mauvais temps. Au même instant, dans l'ensemble du Reich, quand l'ordre sera donné, tous les écrits du Peuple du Livre seront réduits en cendres. Une question de minutes, maintenant. On communie, on s'impatiente. Des chants de guerre s'élèvent, graves, sombres, violents, prières adressées au nouveau maître de l'Allemagne, en rythme saccadé et battant la mesure, appel au meurtre spirituel entonné par la foule, nouvel hymne national : On va brûler les livres, place de l'Opéra !

Le jeune Tobias regardait le spectacle dans un mélange de fascination et d'effroi. Le garçon voyait se dresser autour de lui des géants, vêtus de pardessus en cuir ou d'uniformes dont les silhouettes fondues dans la nuit lui donnaient l'impression d'être dans une forêt sauvage.

Près d'une tribune au loin étaient disposés des projecteurs et Tobias se demanda si le spectacle serait retransmis aux actualités cinématographiques. Parfois, le crépitement des flammes du grand feu parvenait jusqu'à lui, mais la plupart du temps, la clameur qui s'élevait couvrait jusqu'à son propre souffle. Tobias savait qu'il n'était pas le bienvenu sur l'Opernplatz. Son père lui aurait interdit de mettre le nez dehors. Mais, depuis une semaine, Mendel et Gilda Kotev étaient trop occupés à faire les valises pour le surveiller. Dimanche prochain, on quittait l'Allemagne. La décision était arrêtée.

« En vacances, papa ?

— Non, pas en vacances.

— Pour combien de temps, papa ?

— Le temps que ce diable de Hitler ne soit plus au pouvoir, fiston. »

Tobias était venu une première fois dans l'après-midi sur la place de l'Opéra et il avait été intrigué par le manège des camions de SA et d'étudiants transportant des troncs d'arbres. Un attroupement s'était fait autour d'eux, on les regardait s'affairer dans un climat bon enfant, certains les encourageaient avec des « Sieg Heil ! » Tobias s'était approché d'une fille à peine plus âgée que lui qui contemplait la scène. Il l'avait interrogée sur ce qui se préparait. La fille l'avait regardé fixement et avait répondu : « Tu ne le sais donc pas ? Ce soir, on brûle les Juifs. » Puis elle était partie dans un éclat de rire, avait tendu sa main et dit qu'elle s'appelait Ilse. Après quoi elle lui avait demandé s'il viendrait aussi, parce qu'elle serait là, avec ses parents, elle aimerait bien le voir. Ensuite on irait jouer sous les tilleuls pendant que les adultes brûleraient ce qu'ils trouveraient sur la place.

Tobias avait réussi à se glisser parmi la foule jusqu'au deuxième rang. Il n'avait pas trouvé Ilse. Il restait pour le spectacle, ça n'était pas tous les jours qu'on dressait un bûcher place de l'Opéra. Tobias avait cependant bien conscience que l'événement n'était pas bon pour sa famille, comme tout ce qui se tramait depuis quelque temps dans le pays. Quelques semaines auparavant, le cousin de sa mère, Richard, avait été jeté par la fenêtre de sa classe à l'université parce qu'il avait refusé les injonctions lancées par les SA d'interrompre son cours de philosophie. En avril, les vitrines de tous les magasins juifs de la ville avaient été badigeonnées, et des hommes en uniforme, pancarte à la main, avaient prévenu ceux qui souhaitaient entrer que l'heure était venue de boycotter les ennemis de l'Allemagne. Quand lui-même était allé acheter de nouvelles chaussures avec sa mère, on l'avait laissé entrer parce que des Juifs pouvaient bien acheter chez d'autres Juifs, on s'en moquait. Tobias avait remercié le SA à l'entrée du magasin, il avait réellement besoin de nouvelles chaussures vu que ses pieds, comme tout le reste chez lui, ne cessaient de grandir.

« Ne dis pas merci au SA, Tobias ! avait grondé sa mère.

— Mais c'est toi qui m'as appris à toujours remercier. »

Gilda lui avait caressé les cheveux en souriant et avait murmuré : « Oui, tu as raison finalement. Restons polis. »

Toutefois, l'événement le plus marquant pour la famille Kotev s'était déroulé au mois de mars, quand les médecins juifs de l'hôpital de la Charité de Berlin avaient reçu l'interdiction de pratiquer et avaient été expulsés des lieux.

Tobias contemplait les flammes devant lui et ne pouvait s'empêcher de trouver le bûcher splendide. L'été dernier encore, il avait participé à une activité en forêt avec les enfants de son âge. On avait fait un feu, on avait dansé autour, puis on avait mangé le soir en grillant des pommes de terre. Il avait adoré les odeurs de pins, les étincelles mêlées aux cendres sous le vent. À l'époque, on ne le traitait de sale Juif qu'occasionnellement. En février, trois mois auparavant, quand il avait voulu à nouveau s'inscrire dans un camp de vacances, cela lui avait été interdit. Les Juifs avaient été déclarés nuisibles pour la jeunesse allemande. Tobias avait préféré cacher sa déception à son père. Il avait menti en prétextant qu'il n'aimait pas dormir en plein air. Son père était déjà suffisamment inquiet par les mesures en préparation à l'encontre des médecins juifs. Tobias ne voulait pas être un souci supplémentaire à cause d'une nuit à la belle étoile. Des nuits à la belle étoile, il y en avait plein, alors que des pères, on n'en a qu'un.

Une voix au micro exige le silence, la foule obtempère.

C'est l'instant attendu. On salive de joie. On va brûler les livres place de l'Opéra. Une colonne d'étudiants, en chemise blanche, approche du feu, ils portent chacun entre leurs bras une pile d'une dizaine de livres, avancent au pas vers le bûcher. Soudain, de la tribune, une voix s'élève :

« Contre la guerre des classes et le matérialisme, pour la communauté nationale et un idéal de vie ! Je jette dans les flammes les écrits de Marx et de Kautsky ! »

Un étudiant s'avance face au feu, jette la pile de livres dans les flammes.

« Sieg Heil ! hurle la voix au micro.

— Sieg Heil ! » reprend la foule.

Des milliers de bras se tendent. La place entière exulte. Les livres partent en fumée.

Tobias assistait au spectacle, conscient que sa seule présence était une insulte à la ferveur collective, redoutant que les étudiants ne le saisissent pour le jeter au feu, lui aussi. Il ne voulait pas finir sur un bûcher, il ne voulait pas finir comme les livres. Il remonta le col de sa veste, baissa la tête, enfonça sa casquette sur son front.

Ses parents lui avaient fermement recommandé de ne parler à personne du grand départ. On ne prendrait aucun meuble. On n'emporterait pas l'argenterie, les bijoux serviraient sans doute de rançon à la frontière. Il avait l'impression de vivre dans un film, d'être le héros d'une histoire extraordinaire. On ne paierait pas la rançon. Son père s'y opposerait. Il ne connaissait pas homme plus courageux que son père.

« On ne fuit pas, Tobias, lui avait expliqué Mendel. Nous, les Kotev, nous ne fuyons devant personne. Nous partons, de notre plein gré. Nous laissons Berlin aux chiens qui la dirigent, et à ceux qui ont élu ceux qui la dirigent.

— Mais qu'allons-nous devenir, papa ?

— Français... Mon père était russe. Moi, j'aurai été allemand. Toi, tu seras français.

— Comme Jules Verne ?

— Oui, comme Jules Verne et Zola et Blum et Jaurès.

— C'est mieux d'être français ?

— Mieux que quoi, Tobias ?

— Mieux que russe et allemand.

— Nous verrons bien. Allez, emporte ce qui te tient le plus à cœur.

— Je peux prendre tous les jouets que je veux ?

— Prends le jouet que tu préfères. »

Il était allé dans sa chambre et avait sorti un à un tous les jouets de la malle, le bilboquet en bois, cadeau de ses cinq ans, le train miniature, reproduction de l'Orient-Express, la balle en cuir, déjà recousue par deux fois, deux armées de soldats de plomb, un sac de billes, un jeu de fléchettes, deux voitures modèles réduits reproduisant une Mercedes et une Rolls-Royce. Quand les jouets furent tous disposés face à lui, il se tint tenu debout face à eux et déclara :

« Jouets, mes chers jouets, je m'adresse à vous. Vous m'avez toujours accompagné, jouets, vous êtes mes compagnons les plus fidèles, je n'ai pas eu la chance d'avoir un frère, ni même une sœur. J'ai vécu avec vous les instants les plus heureux de mon existence, grâce à vous, je ne me suis jamais ennuyé, même les jours d'hiver, j'ai pu vous confier mes malheurs et vous êtes les seuls à savoir que je suis amoureux d'Ethel Altenberg. Jouets, on me demande de choisir lequel j'emporterai dans mon voyage à Paris, puisque nous quittons l'Allemagne parce que nous sommes juifs et qu'ici on nous déteste alors que papa m'a assuré que nous n'étions coupables d'absolument rien, et comme mon père est incapable du moindre mensonge, c'est donc une grande injustice qui nous est faite. Ce soir, papa m'a demandé de choisir parmi vous. Sachez, mes chers amis, que jamais je n'ai eu la moindre préférence et si, certaines semaines, j'ai pu jouer exclusivement avec l'un de vous, puis subitement, sans véritable raison, l'abandonner pour un autre, c'était sans mauvaise intention, je vous aime tous autant, et tous autant, je souffre de vous laisser ici. Voilà pourquoi je ne choisirai pas, je n'emporterai aucun d'entre vous en voyage. Je ne veux pas que ceux qui restent soient tristes ou jaloux, qu'ils m'en veuillent ou en veuillent à celui que j'aurai choisi. Et pourtant, je sens que maintenant plus encore, je vais avoir besoin de vous, puisque là où je vais je ne connais personne. J'imagine bien entendu que les Français ont des jouets mais vous savez bien que ce n'est pas pareil. Les vrais jouets, on les possède depuis longtemps, on les reconnaît à ça, un peu comme les vrais amis. Je ne choisirai donc pas entre vous. Je ne veux pas vous blesser. Je ne veux pas que vous pensiez que, durant toutes ces années, j'ai eu une préférence, cela gâcherait notre amitié. Je vais vous ranger tous dans la malle. Le nouveau propriétaire vous trouvera, puisque nous avons finalement vendu l'appartement, "pour une bouchée de pain", a dit ma mère qui voit toujours tout en noir tandis que mon père a dit : "Sois contente d'avoir trouvé acquéreur." Je suis sûr qu'un autre enfant jouera avec vous. Je sais que pour vous aussi, ce ne sera pas comme avec moi, mais je vous demande d'être aussi bons, et joyeux, et heureux avec lui que vous l'avez été avec moi. Jouets, je penserai à vous, toujours, vous serez à mes côtés. Adieu, mes chers amis. »

Et Tobias avait remis un à un les objets dans la malle, avec un mot pour chacun, qui rappelait un souvenir précis de leur existence commune. Après quoi il avait refermé la malle et était sorti de sa chambre. Croisant son père dans le couloir, il s'était vu demander :

« Alors Tobias, tu as choisi ce que tu vas emporter ?

— Non papa, tu sais, j'ai passé l'âge d'avoir des jouets. »

Un homme s'avança à la tribune. « Goebbels, Goebbels ! » s'écria la foule, semblant le reconnaître. L'homme prit la parole :

« Le siècle de l'intellectualisme juif poussé à l'extrême est révolu et la Révolution allemande a rouvert la voie à l'être allemand. Cette révolution n'est pas venue d'en haut, mais de la base. Elle est donc dans le meilleur sens du terme l'accomplissement de la volonté populaire… »

Les intonations de sa voix claquaient et ses accents faisaient frémir. La foule écoutait religieusement. Le feu continuait de brûler. Les cendres des pages voltigeaient en l'air. À la tribune, l'homme poursuivit :

« Au cours des quatorze dernières années, vous, la communauté étudiante, avez dû subir dans un silence honteux l'humiliation de la République de novembre, les bibliothèques se sont remplies des livres ignobles et sales des auteurs juifs de l'asphalte... »

À la droite de Tobias, une femme d'une trentaine d'années contemplait le spectacle, au bras d'un homme en costume, cigare entre les lèvres.

« Les révolutions qui sont authentiques ne s'arrêtent nulle part. Aucun endroit ne doit être épargné. C'est pourquoi vous faites bien de choisir cette heure de la nuit pour confier aux flammes l'anti-esprit du passé. Mais des ruines s'élèvera triomphant le phénix d'un nouvel esprit, que nous portons en nous, que nous appelons de nos vœux, et auquel nous donnons le poids décisif... »

La semaine précédente, les camarades de classe de Tobias s'étaient rués sur lui pour le rouer de coups après que le professeur Grund eut fait son premier cours sur les races, expliquant qu'il y avait jusqu'à nouvel ordre des races supérieures et inférieures. En rentrant, Tobias avait préféré dire à sa mère qu'il avait fait une mauvaise chute. Gilda l'avait regardé avec un air triste, son silence pire qu'une réprimande.

« L'ordre ancien gît dans les flammes, l'ordre nouveau s'élèvera des flammes de nos cœurs. Là où nous nous retrouvons ensemble, là ou nous allons ensemble, c'est là que nous nous engageons pour le Reich et son avenir. Puisque vous vous arrogez le droit, vous autres étudiants, de jeter au brasier ces scories de l'esprit, vous devez aussi assumer le devoir d'ouvrir la voie à un esprit allemand véritable qui remplacera ces ordures. »

Tobias estima en avoir assez vu et assez entendu. Il décida de quitter les lieux, se faufila hors de la foule, marcha un moment vers Platz am Zeughaus, tourna sur Oberwall et continua le long du trottoir. Mais à l'angle avec Werderstrasse, deux SA lui barrèrent le passage. Sa surprise fut telle qu'il ne songea pas à fuir. Ils l'attrapèrent par l'épaule et le jetèrent au sol.

« Dis-nous comment tu t'appelles.

— Tobias, Tobias Kotev.

— Très bien, Tobias. Quel métier exerce ton père ?

— Médecin, il est médecin.

— Et toi, que veux-tu faire plus tard ?

— Médecin, également, nous sommes médecin de père en fils. Moi, je veux devenir chirurgien.

— Un chirurgien juif, voyez-vous ça ? Dis-nous, Tobias, tu écris de quelle main ?

— Droite, je suis droitier.

— Donne-moi ta main, petit. »

Il tendit le bras.

« Tu sais, petit, le nouveau Reich n'a plus besoin des services des médecins et des chirurgiens juifs. Et donc toi, tu n'auras plus besoin de te servir de ta main droite. »

Le type sortit un couteau de sa poche, tira la lame de son fourreau. De l'autre main, il prit un grand mouchoir blanc et ordonna :

« Mets le mouchoir dans ta bouche, petit ! »

Et, comme Tobias n'obtempérait pas, l'autre fourra lui-même le mouchoir entre ses dents.

« Tu vas souffrir un peu, mais ton père te soignera à ton retour. C'est un bon médecin, n'est-ce pas, ton père ? »

L'un maintint fermement le poignet de Tobias sur le bitume, l'autre leva le couteau en l'air, d'un coup bref et violent, avec la dextérité d'un boucher, trancha l'index droit du garçon à hauteur de la première phalange, après quoi, prestement, il prit le mouchoir d'entre les dents de l'enfant et fit un garrot à l'extrémité de la phalange qui pissait le sang. L'autre stoppa d'un geste une voiture qui traversait la rue, montra une plaque au conducteur, fit monter Tobias, et demanda qu'on le déposât à l'hôpital le plus proche. « Heil Hitler ! »

Sur l'instant, la première idée qui traversa l'esprit de Tobias fut de se demander si ses rêves de devenir chirurgien s'étaient envolés là, dans le ciel de la place de l'Opéra, au milieu des cendres des livres. Avait-on jamais vu un médecin opérer avec un doigt manquant ? Puis il songea à la tristesse de son père quand il apprendrait la nouvelle. Il espéra qu'il ne lui en voudrait pas trop. Après quoi, il s'évanouit de douleur.

Troisième partie

Nice, 1943 – Moscou, 1953 –
Paris, 2015

Nice, janvier 1943

Mendel traversa la petite pièce enveloppée d'ombre qui, au 12 rue Maccarani, faisait office de salle d'attente et aux murs de laquelle le propriétaire avait laissé accroché deux peintures, une reproduction de *Scène de chasse à courre* dont Mendel aurait juré avoir vu l'original à l'Alte Nationalgalerie, et une toile figurant la façade de l'hôtel Negresco. Sur la petite table en bois du milieu de la pièce était jetée une pile de journaux. Mendel prenait soin, chaque soir, de replacer au-dessus l'exemplaire du journal *Le Petit Niçois* en date du 12 novembre 1942, titrant sur l'arrivée des Italiens à Nice.

Une clarté vive inonda la pièce lorsque Mendel ouvrit les persiennes. Dans moins d'une heure, la salle d'attente serait pleine, les dix chaises prises d'assaut. On patienterait jusque dans le couloir, les mères tentant à grands cris de faire taire leurs progénitures, des hommes en caftan priant dans la cage d'escalier. Le cabinet ne désemplissait jamais. Les enfants présentaient des signes de malnutrition, les hommes souffraient de pneumonie, les femmes manquaient de fer. La pièce n'était que l'arrière-salle d'un espace plus vaste où plus de vingt-cinq mille Juifs venus de toute l'Europe s'étaient réfugiés, rescapés de la grande traque, damnés du continent agglutinés par le destin, amassés au plus loin qu'il était possible d'aller, repoussés en cet îlot de paradis, dernière extrémité de terre. Ailleurs, des steppes de l'Oural aux montagnes des Pyrénées, c'étaient les Allemands.

Mendel ouvrit grand la fenêtre et inspira le parfum qui montait de la cour plantée de cerisiers, de mimosas et d'orangers. La gardienne de l'immeuble lui avait promis un panier de fruits pour le printemps. Elle s'était toujours montrée conciliante. Avant l'arrivée des Italiens, la vie était suspendue à une affaire de voisinage, le monde divisé entre ceux qui vous cachaient et ceux qui vous livraient, ceux qui vous donnaient asile, ceux qui vous promettaient l'inconnu de l'exil.

Il sortit de sa veste un paquet de cigarettes aux trois quarts vide, en alluma une et savoura l'instant. Le sommet des collines était inondé de lumière. Berlin paraissait si loin. L'essentiel des jours qu'il y avait passés semblaient appartenir à une autre vie que la sienne. Tout cela avait-il seulement existé, le somptueux appartement de la Krausenstrasse, la chaire de professeur à l'hôpital de la Charité, toute la symphonie orchestrée de sa vie berlinoise ? Il aura vécu trois existences. Le temps de l'enfance à Ludichev. L'époque de splendeur et de déchéance berlinoise, 1905-1933. Et la décennie d'exil en France dont le prochain mois de mai fêterait le triste anniversaire.

On avait connu quelques heures insouciantes au milieu des années 1930, fêté des 14-Juillet en dansant dans des guinguettes, décoré des appartements avec l'illusion qu'on y vivrait définitivement. Mendel exerçait alors dans de petits dispensaires sans l'autorisation officielle que son statut de médecin étranger lui interdisait d'obtenir. Il gardait le souvenir d'une année 1937 radieuse. Puis était survenue la Nuit de Cristal, le père et le frère de Gilda avaient été assassinés, l'essentiel de ses amis déportés à Dachau. Le rideau était tombé. L'un des premiers à avoir quitté l'Allemagne, il avait retrouvé ici ceux qui étaient partis après lui, tous les derniers bannis ayant pu fuir avant que les portes du Reich ne se referment pour toujours. Pessimistes et optimistes rassemblés au grand soleil.

« Je suis en sûreté à tes côtés, répétait Gilda, on croirait que tu as une boussole pour avancer dans la tempête. » L'exil l'avait changée, posé un air mélancolique sur son visage. Quelque chose s'était brisé en elle le jour où l'on avait quitté l'appartement berlinois, un matin de mai 1933.

Il jeta le mégot de sa cigarette, quitta le balconnet, ferma la fenêtre, enfila sa blouse, s'assit à son bureau, sortit du tiroir le grand cahier noir dont seules quelques pages restaient encore vierges. Il nota sur une feuille volante : « Cahier à spirale » et prévit de se rendre à la papeterie du boulevard Gambetta où il se fournissait d'ordinaire. En plongeant sa plume

J Pen dans le flacon d'encre, quelques gouttes seulement en tombèrent. Il en scruta le fond et nota : « Encre, trois flacons. » Au-dessous, il ajouta : « Ordonnances ++. » Il ne s'agissait pas à proprement parler d'ordonnances mais de feuilles à en-tête sans valeur administrative que le pharmacien de l'avenue de la Victoire acceptait sans poser de questions.

Il alla ouvrir la porte, se posta à l'entrée de la salle d'attente, feignit d'ignorer les appels du regard, les quelques mains tendues des habitués, demanda qui était le premier arrivé, vit une jeune femme se lever timidement au fond, lui fit signe de venir, la salua, lui proposa d'entrer et de s'asseoir.

C'était la fille de Sarah et de Simon Lutman. Quand il lui demanda si elle avait des nouvelles de son père, elle baissa les yeux. Il changea de sujet et puis l'interrogea sur la santé de sa mère.

« Cela dépend des jours, docteur. »

Il ouvrit le grand cahier noir, prit la plume, commença l'interrogatoire, âge, lieu de naissance, puis écrivit, en haut de la page :

Emma Lutman.

20 ans.

Née à Francfort.

Il leva la tête, sourit, demanda le motif de sa venue.

« Je me sens fatiguée, docteur. C'est à peine si j'arrive à me lever le matin. »

Il nota sur la feuille : *Asthénie.* Mangeait-elle à sa faim ?

« Je laisse les tickets de contrebande à maman qui en a plus besoin que moi. Mais, maintenant que vous le dites, c'est vrai que je n'ai jamais vraiment faim... »

Il nota : *Anorexie +.*

« Et puis, j'ai l'impression que je nage dans mes vêtements... »

Amaigrissement +.

« Je me sens lasse, aussi, c'est incroyable d'être si lasse. »

Asthénie++.

« Excusez-moi, voilà que ça me reprend... »

Toux ++.

« J'ai honte de vous dire ça, mais j'ai craché un peu de sang avant-hier soir... »

Hémoptysie ++++.

« Juste un filet... Cracher du sang, une fois, ça ne veut rien dire, n'est-ce pas ? Et puis, la nuit, je transpire énormément... »

Sueurs nocturnes +++.

« Vous pensez que maman m'a transmis sa tuberculose, n'est-ce pas ? Je n'ai pas peur, vous savez, maman et moi, nous partageons tout depuis qu'ils ont emmené papa. »

Il lui demanda de se déshabiller, lui indiqua le paravent. La jeune femme revint vêtue de ses sous-vêtements. Il prit son pouls, puis lui demanda de s'asseoir, examina ses poumons. « Dites 33... Plus fort... » Il l'ausculta, l'aida à se rallonger, lui palpa les aisselles et l'aîne, y trouva de volumineux ganglions, examina le ventre. Il avait terminé, elle pouvait se rhabiller. Elle retourna derrière le paravent. Il s'assit à son bureau, tira une des dernières ordonnances. Elle lança en enfilant sa robe :

« Docteur Kotev, vous pensez qu'un jour les Allemands vont arriver ici ? »

Il répondit non du bout des lèvres.

« Vous savez de qui je tiens ça, pour l'arrivée des Allemands ? Vous jurez de ne pas en parler à ma mère ? Un Italien, un soldat, maman deviendrait folle. »

Elle expliqua qu'elle l'avait rencontré sur la Promenade des Anglais. L'homme lui avait demandé de prendre la pose à ses côtés. Elle avait accepté à la condition que le soldat lui remette la photo. Ils s'étaient revus le surlendemain, devant le Negresco, elle dans sa plus jolie robe, lui dans son uniforme, avec son ridicule casque à plume. Le soir, il l'avait conduite au Vroum, dans le Vieux-Nice. Évidemment, elle n'en avait pas soufflé mot à sa mère.

« Vous ne direz rien non plus, docteur ? »

Mais elle n'avait pas cédé à ses avances, juré ! Jamais elle ne pourrait aller avec un Italien, par respect pour son père qui détestait Mussolini presque autant que Hitler. Elle l'avait éconduit quand il avait tenté de l'embrasser. Il était resté correct, l'avait raccompagnée jusque chez elle, un vrai gentleman.

« Selon Marco, dès que les Allemands l'auront décidé, les Italiens devront partir et nous laisser entre leurs pattes. »

Mendel répondit ce qu'il disait toujours dans ces cas-là :

« Les Italiens ne nous abandonneront jamais. »

Elle lui adressa un sourire reconnaissant.

« Merci docteur, maman a raison de dire que vous êtes la bonté incarnée. »

Il réfléchit au traitement qu'il pouvait proposer. L'auscultation évoquait une lésion caverneuse du sommet du poumon droit qui n'était pas de bon augure. Le mot « sanatorium » lui effleura l'esprit. Il songea aux temps où l'on pouvait se faire soigner, en Autriche, en Suisse, prendre le train, s'éloigner, une cure, les Alpes, l'air pur. Et maintenant la souricière.

« Peut-être, expliqua-t-il, cela vous ferait-il du bien d'aller quelque temps dans l'arrière-pays. À Saint-Martin-Vésubie ou à Beuil. Au grand air.

— Partir ? Vous plaisantez ! Laisser maman seule ? Non, non, l'air de la mer me fera autant de bien que l'air des montagnes. Vous savez, docteur, la tuberculose, je m'en fiche ! Moi je n'ai peur que des Allemands. »

Il lui prescrivit une cure d'aspirine. Elle remercia, expliqua qu'elle n'avait pas d'argent pour payer, elle n'avait pas osé demander à sa mère.

« Vous savez, maman serait morte d'inquiétude de savoir que j'ai attrapé la maladie. »

Au moment de sortir, elle jeta un dernier regard en sa direction :

« Docteur, vous avez l'air plus pâle que vos patients. Pourquoi ne viendriez-vous pas, avec Marco et moi, au Vroum, samedi prochain ? Je suis sûre que vous êtes un excellent danseur. »

Puis elle quitta la pièce en refermant derrière elle.

Des coups furent frappés à la porte. Le visage d'Esther Rozenblum parut dans l'entrebâillement. La vieille dame demanda si elle dérangeait.

« Non, bien entendu, dit-il. Asseyez-vous, madame Rozenblum. »

Paris, 2015

Au début, songeant à la maladie de Vincent elle s'était sérieusement demandé si le sort ne s'acharnait pas. Quoi, elle n'aurait pas droit au bonheur ? Une forme de malédiction pesait sur elle ? Pour quelles raisons ne pouvait-elle connaître la paix, jouir simplement de l'instant ? Puis elle cessa de songer à sa propre personne. Elle se remémora une des maximes de son père : « La seule justice sur terre, c'est que le malheur est équitablement réparti entre tous les hommes. »

Ils se revirent à plusieurs reprises puis, peu de temps avant la première séance de chimiothérapie, Vincent lui expliqua vouloir affronter l'épreuve seul. Il ne se sentait pas le droit de lui imposer sa maladie, ne voulait pas se montrer devant elle dans un tel état d'affaiblissement. Une fois qu'il serait guéri, alors, oui, si elle était toujours partante, ils pourraient se retrouver. Il proposa, à contrecœur, de ne pas se revoir avant qu'il ne fût rétabli. Il parla de six mois. Cela semblait une éternité. Elle accepta du bout des lèvres.

Elle s'enquérait de son moral en lui téléphonant, s'informait des avancées du traitement auprès du confrère qui le suivait à l'IGR. Un jour, elle brava l'interdit, se rendit chez lui. Il n'ouvrit pas. « Je ne veux pas que tu me voies dans cet état, ai-je besoin de te faire un dessin ? » avait-il clamé au téléphone, alors qu'elle était sur le palier et qu'elle entendait sa voix derrière la porte. Elle n'avait pas renouvelé l'expérience.

Elle reconduisait sa promesse de semaine en semaine. Et, à chaque appel, Vincent insistait à nouveau pour qu'elle tienne sa résolution. Il réservait les retrouvailles pour des époques plus heureuses, quand il serait redevenu lui-même. Il ne voulait pas que cette maladie fût un autre mauvais souvenir entre eux, espérait repartir sur de bonnes bases, parlait de pari sur l'avenir. De guerre lasse, sans tirer un trait sur le passé, elle finit par se résoudre à mettre une parenthèse à leur histoire.

Cet après-midi-là, elle reçut un appel d'une camarade de promotion qu'elle n'avait pas vue depuis des années et qui lui donnait rendez-vous à la cafétéria de l'hôpital. Les deux jeunes femmes s'installèrent autour d'un café, sur la petite terrasse attenante où des tables étaient dressées sitôt qu'un coin de lumière éclaboussait le ciel. Il régnait là une atmosphère légère qui rappelait celle des premiers jours de printemps. Des patients en pyjama buvaient un verre, moquant les convenances, tout entiers au combat contre la maladie, pareils au général qui rassemble ses troupes dispersées face au seul flanc fort de l'ennemi. Près d'eux, des internes déjeunaient sur le pouce. Cette promiscuité singulière pouvait donner l'impression que malades et médecins formaient une grande et même famille, les uns dans leurs blouses blanches, les autres vêtus de vert, tous unis face à l'adversité. De la même façon que l'on parlait de parité dans la relation patient-médecin, le coton rendait en apparence les hommes égaux en droit. Mais les uns détenaient le savoir, les autres avaient la maladie.

Son amie Delphine avait certainement changé autant qu'elle, mais, dans l'esprit de Léna, elle gardait trait pour trait le même visage que deux décennies auparavant – ne retient-on pas à l'esprit la figure de ceux que l'on croise telle qu'au premier jour où on les a connus ? Son front était simplement creusé des rides de ceux qui vivent au soleil. Et Léna se souvint qu'à l'époque, déjà, Delphine avait le goût des voyages.

C'était, à l'époque de leurs vingt ans, le genre de filles que Léna jalousait tout autant qu'elles l'intimidaient. Delphine se montrait libre de ses pensées et libre de son corps, beauté et élégance incarnées, elle tournait la tête des garçons, en choisissait un pour quelques semaines, le quittait pour un autre. Elle n'était alors pas tout à fait une amie. En ce temps-là, déjà, Léna manquait trop de confiance en elle pour s'ouvrir à une relation d'entière connivence. La seule amitié qu'elle cherchait alors à gagner était celle de sa mère, et c'était comme une course contre le vent.

En premier lieu, les deux jeunes femmes regrettèrent d'avoir laissé passer le temps, de ne pas s'être donné de nouvelles. Si c'était à refaire, elles feraient autrement. Puis, elles se remémorèrent leurs premières années de faculté comme s'il s'agissait de souvenirs de lointaines vacances. Elles commencèrent par évoquer les séances de dissection, quand elles traversaient côte à côte des allées de cadavres, se retrouvaient au-dessus d'un corps à disséquer.

« Il y a une phrase de toi qui m'est restée, s'esclaffa Delphine. Tu m'avais demandé si, à mes yeux, ces cadavres avaient une âme ! »

À ces mots, Léna se rappela le parfum d'angoisse qu'elle respirait jadis en salle de dissection face à un corps dont il fallait trancher les chairs.

« Cela t'obsédait, je me rappelle ! " Est-ce que l'âme quitte tout entière le corps mort ou bien une part reste-t-elle ? " Tu as obtenu la réponse, après toutes ces années ? »

Elle répondit par la négative, déclenchant un éclat de rire de son interlocutrice. Et, voyant ce visage rayonnant, ces grands yeux noirs et vifs, ces joues rondes et pleines, ce teint resplendissant, Léna comprit la pointe de jalousie qui l'animait naguère.

« Moi, je ne crois pas à l'âme ! reprit Delphine. Si les hommes avaient une âme, mon père n'aurait pas passé sa vie à battre ma mère. »

Léna songea que son propre père n'avait jamais levé la main sur quiconque, n'aurait pas fait de mal à une mouche. Sa mère aussi possédait une âme, magnifique, cabossée, dont le désespoir avait fini par avoir raison en l'entraînant dans le vide.

On en vint à parler des premières nuits de garde aux urgences lorsque, confinées des dimanches entiers dans le haut lieu de la misère urbaine, elles faisaient l'apprentissage de la souffrance humaine. Au fil des heures, l'air devenait plus lourd, la sorte de jubilation qui animait les esprits au début de la matinée se dissipait pour laisser place à l'angoisse et au doute. On n'était pas de taille face à la complexité des cas qui arrivaient. On imaginait partout des appendicites, on diagnostiquait des attaques cérébrales imaginaires, on laissait passer des infarctus, puis l'interne venait redresser le diagnostic.

« On en a fait des bêtises ! » rit Delphine.

Il y eut un silence embarrassé parce que cette remarque en apparence anodine les ramenait toutes deux au souvenir d'un même drame. Cette nuit de garde, aux alentours de quatre heures du matin, les deux filles, qui avaient enchaîné examens cliniques et points de suture, étaient encore en poste, en compagnie d'un troisième étudiant, harassées, gardant à peine les yeux ouverts. Une infirmière était venue les prévenir qu'un SDF devait être examiné. Et, comme aucun des trois jeunes gens ne s'était dévoué, l'infirmière avait reparu quelques instants plus tard pour un rappel à l'ordre. On avait lancé l'idée de tirer à la courte paille et ce simple jeu qui ramenait aux délices de l'enfance avait sorti les esprits de leur indolence, redonné de l'entrain à chacun. Delphine avait été désignée par le sort. Arrivée dans le box, elle n'avait trouvé personne. L'homme avait quitté les lieux, sans doute fatigué d'attendre. Il avait été ramené au matin dans le service, au bord du coma. Un hématome extradural avait été diagnostiqué. Opéré en urgence il n'avait pu être sauvé.

Elles n'en avaient jamais reparlé. Léna se risqua à demander :

« Tu te sens coupable de quelque chose, toi aussi ?

— Cela ne le ramènerait pas à la vie qu'on se sente coupable, répondit-elle avant d'ajouter : allez, oublions le passé ! Raconte-moi ce que tu fais aujourd'hui ? Je suis sûre que tu es professeur ou quelque chose comme ça. Tu étais une des meilleures à la fac. »

Léna expliqua ce qu'elle était devenue. Le résumé de sa vie tenait en quelques phrases.

Delphine reprit la parole et déclara, un brin de fierté dans la voix, travailler dans l'humanitaire. Elle rappela qu'à l'époque elle y songeait déjà, expliqua avoir réalisé ses rêves, évoqua les plateaux désertiques, les campements de toile dressés au milieu des montagnes, raconta la misère, la pauvreté, la chaleur suffocante du jour, le froid glacial de la nuit, la faim, la malaria, les soirées constellées d'étoiles, les silences infinis, les corps amaigris, le regard des enfants, le courage des mères, la menace des armes, les multitudes tapageuses, les routes cahoteuses, rien n'avait de limites, ni les splendeurs, ni les drames. Aucune tristesse ne faisait écho à ses propos, rien n'était vu comme un signe accablant du destin. Et quand elle s'exprimait, brillait dans ses yeux quelque chose que Léna ne voyait plus depuis longtemps dans le regard de ses confrères et qui n'avait sans doute jamais illuminé le sien.

« Si je peux me permettre une remarque, avança Delphine, soudain plus grave : tu as l'air un peu triste. Tu n'avais pas cet air avant. »

Et, ayant prononcé ces mots, Delphine rougit comme si elle avait dit quelque chose qui ne se disait pas.

Léna ne sut quoi répondre. Le constat ne la choquait pas – on n'est jamais surpris de voir sa maison tomber en ruine quand on la sait bâtie sur du sable. Mais elle ne se souvenait pas d'avoir laissé dans les mémoires un autre souvenir qu'un accablement résigné.

« Évidemment, tu n'étais pas la plus drôle de la promotion, ni la plus insouciante ! ajouta Delphine. Mais quelque chose irradiait en toi. Tiens, j'ai un souvenir qui va te parler ! Je revois ta mère venir te chercher à la faculté, et toutes les deux vous sembliez deux sœurs, elle était belle, avait l'air si jeune que nous étions toutes jalouses ! Tu ne te souviens pas ? »

Elle fit non de la tête.

« Comment va-t-elle, ta mère ? »

Léna répondit qu'elle était décédée.

« C'est la vie », soupira Delphine.

Non, ça n'était pas la vie.

« Moi, je sais ce qui te ferait retrouver ton sourire d'autrefois ! »

Léna prêta l'oreille, curieuse et sceptique à la fois. Et intérieurement elle songea : cette fille est décidemment pleine d'extravagances.

« Pourquoi ne larguerais-tu pas les amarres ? Tu m'as dit que tu n'avais ni mari ni enfant. Rejoins-nous ! Monte dans ton service, frappe à la porte du patron, donne ta démission ! Il faut envoyer paître le vieux monde ! »

Envoyer paître le monde n'était pas vraiment dans son tempérament. Elle n'avait jamais enfreint ni l'ordre ni la loi. L'obéissance était sa nature première. Elle pouvait attendre des heures dans une file d'attente, se laisser dépasser sans broncher ni émettre la moindre remarque. Elle était née soumise à l'ordre des choses autant qu'au parfum des temps révolus.

« Tu prends tes cliques et tes claques et tu m'accompagnes ! Je pars pour une mission dans deux mois. Qu'est-ce que tu risques ? Allez, tu retrouveras ta joie de vivre ! »

Léna jeta un coup d'œil à sa montre, il était l'heure pour elle d'y aller.

« Les horaires, là-bas, on ne connaît pas », renchérit Delphine.

Léna se leva, embrassa sa camarade.

« Tu me promets d'y réfléchir ? Ce sera comme à vingt ans, bras dessus bras dessous ! »

Pendant qu'elle traversait l'interminable couloir de chambres menant à son bureau, Léna songea aux propos de Delphine, pensa à ses vingt ans. Elle était quelqu'un d'autre ! Peut-être devait-elle se réveiller

du long engourdissement où elle était plongée ?
Redevenir cette autre. Embrasser un nouveau destin.
Jeter le passé aux oubliettes. Briser les Tables de la
Loi. Larguer les amarres. Elle imagina les grands
camps de toile, les dunes gigantesques, se vit fendre
une foule qui lui tendait les bras en l'appelant
« Toubib » tandis qu'elle distribuait de quoi boire ou
manger. Toutes ces images d'Épinal que, à cet
instant, elle croyait bien réelles. Son regard se porta
au bout du couloir, sur la porte du bureau du professeur Brochant. Elle se sentit le courage et la détermination de pousser cette porte et d'annoncer sa
démission.

Tandis qu'elle marchait d'un pas plus résolu, une
voix lui parvint depuis une chambre. Passant la tête
par l'entrebâillement, elle vit une vieille dame allongée sur un lit qui, en l'apercevant, lui fit signe
d'approcher et dont le visage s'éclaira aussitôt que
Léna entra dans la chambre.

« Dites, ma jeune dame, pourriez-vous, s'il vous
plaît, me donner le bassin. Je n'ai pas la force de me
lever et l'infirmière ne répond pas. » Léna se rendit
dans la salle de bains, se saisit du récipient, retourna
au chevet de la dame, attendit qu'elle ait fini sa
commission, reprit le pot, retourna à la salle de bains,
vida le contenu dans les toilettes, rinça le récipient,
se lava les mains puis s'en retourna auprès de la
patiente.

« Merci, ma jeune dame, et excusez-moi, je n'avais
pas vu que vous étiez docteur.

— Vous n'avez pas à vous excuser », dit Léna.

La femme saisit sa main, pressa longuement ses doigts comme si elle voulait s'approprier un peu de son énergie.

« Heureusement que vous passiez par là », murmura-t-elle.

Léna lui sourit, effleura doucement sa joue, lui dit au revoir.

Elle se retrouva dans le couloir, poursuivit sa marche d'un pas mesuré, dépassa la porte du patron, continua jusqu'à son bureau où des dossiers l'attendaient.

Nice, mars 1943

Quand on interrogeait le jeune Tobias Kotev au sujet de son index, il évoquait le plus souvent une anomalie de naissance pour éviter de s'embarquer dans des explications laborieuses. Mais quand il s'adressait à une fille de son âge, il avouait volontiers la vérité. Il avait été attaqué par des nazis à Berlin le jour de l'autodafé, dix ans auparavant.

De l'avis général, le jeune Tobias Kotev savait raconter les histoires. Il s'attachait aux détails, agrémentait son récit de métaphores, ménageait son suspense, incarnait tour à tour tous les protagonistes. Lorsqu'il décrivait les flammes léchant le ciel de Berlin, le grondement de voix de Goebbels, la foule exultant, le regard cruel des SA posé sur lui, les yeux de la plupart des interlocutrices s'arrondissaient. À l'instant fatidique, leur cœur tremblait pour lui. Parfois, le charme opérait au-delà de toute espérance et alors, renversées d'émotion, les plus sensibles se saisissaient de la main de Tobias, en caressaient la cicatrice, y déposaient un baiser. Le malheur a du bon.

D'autres fois, Tobias était confronté à l'incrédulité, on mettait sa parole en doute, on l'observait d'un air étrange, comme s'il voulait en remontrer avec son infirmité. On savait les Allemands cruels mais on doutait qu'ils aient pu ainsi s'en prendre à un enfant. Ou bien on suggérait qu'en mai 1933 leur sadisme n'avait pas encore dépassé les bornes. Tobias, qui en avait vu d'autres, préférait laisser dire. Il avait toujours mieux à faire que convaincre les sceptiques.

La grande majorité de ses contemporains le croyait toutefois sur parole. On haïssait les Allemands, on savait de quoi ils étaient capables. Cela ne signifiait pas pour autant qu'on appréciait les Juifs. On pouvait les détester aussi, à des degrés moindres, pour des motifs différents. Il y avait deux poids, deux mesures. Souvent, on les jugeait trop nombreux. On leur reprochait d'occuper les chambres d'hôtel ainsi que les chaises sur la Promenade des Anglais. Leur présence aurait fait monter les prix des rares denrées disponibles en ces temps de guerre et de disette – étaient autorisés : un œuf par personne tous les mois, deux cent cinquante grammes de rutabagas et de navets par jour, soixante-dix grammes de viande par semaine. Le marché noir avait flambé, c'était peut-être de leur faute. Mais c'était une sorte de rancœur aimable, comme si le sens de la dénonciation n'avait pas pénétré la mentalité méridionale.

Tobias n'était pas le genre à se plaindre de son sort. Il savait que, partout ailleurs en France, il aurait dû voir inscrire le mot « juif » sur ses papiers d'identité. Les autorités françaises et les autorités allemandes se montraient extrêmement strictes sur les questions raciales. Les Italiens s'en contrefichaient. C'était dans leur tempérament.

Inscrire « juif » sur sa carte n'aurait toutefois pas dérangé Tobias. L'identité juive était la seule qu'il lui restait. On lui avait retiré l'allemande, et sans doute le moment n'était-il pas opportun de solliciter la française. Avant que les Italiens débarquent, le 11 novembre 1942, la ville sous autorité vichyssoise avait connu ces terribles rafles le 26 août. Les Kotev y avaient échappé de justesse, cachés au sous-sol de la villa de la famille Paccioni.

Sous la nouvelle puissance occupante, la vie avait bien changé. Les Italiens refusaient les exigences des autorités allemandes tout autant que celles des autorités françaises – qui, du point de vue d'un Juif étranger, étaient du pareil au même. On disait que Laval était vert de rage contre eux. Et Hitler ? Vert-de-gris ! ironisait Tobias, qui tentait de manier l'humour dans la détresse.

Il avait toujours eu la foi. Il était convaincu qu'une force supérieure régissait l'univers. Son père, Mendel, le dévisageait du coin de l'œil quand il mettait son taleth de lin sur ses épaules, enroulait les lanières en cuir de ses phylactères autour du bras gauche et autour de son crâne. Prier avait toujours apaisé Tobias. Ces choses-là ne s'expliquent pas.

Du temps de son vivant, son ami Joseph Bernstein s'étonnait que Tobias pût continuer à croire alors que Dieu, lui, avait abandonné les siens. Mais qui avait dit que c'était donnant-donnant ?

Depuis la venue des Italiens, les Juifs s'attablaient aux terrasses comme s'ils n'avaient rien à se reprocher. Tobias prenait à sa guise le trolleybus électrique, montait et descendait Cimiez pour le simple plaisir d'en contempler les avenues et les demeures. Il avait été écouter Charles Trenet au Perroquet avec son père. On avait vu *Volpone* au cinéma Édouard VII. Il se disait que l'acteur Harry Baur était juif et qu'il avait mystifié les autorités nazies en allant jouer à Berlin. Quel héros !

Gilda sortait rarement de chez elle. Elle restait enfermée même aux plus beaux jours, quand le soleil posait des myriades d'étoiles sur le bleu de la mer et faisait danser les volutes d'écume léchant les galets. Tobias ramenait des livres à sa mère qu'il avait achetés pour trois fois rien chez les bouquinistes du boulevard Jean-Jaurès. Quand Gilda relisait *Radetzkymarsch,* elle était heureuse. Le reste du temps, elle vivait dans la nostalgie, assise devant la fenêtre, l'air absent, semblant ne rien distinguer de la rue. Dans ses yeux on aurait pu voir défiler la porte de Brandebourg, la colonne de la Victoire, les rives de la Spree et le château du Charlottenbourg.

Mendel, son père, c'était tout autre chose, un Mensch, un bloc, un roc, d'une force, d'une détermination inébranlable et en même temps le plus doux des hommes. Quand Tobias passait le voir au cabinet, il ressentait une immense fierté devant les regards admiratifs des patients, la ferveur et la reconnaissance que suscitait son père. C'était un peu comme le Messie.

La plupart des amis de Tobias continuaient à
étudier au lycée, au Parc-Impérial, à Masséna, à
Calmette. Certains envisageaient d'aller à l'université, rêvaient d'exercer un métier, avocat ou tailleur
avec pignon sur rue, une fois la guerre terminée.
Mais qui pouvait dire comment tout cela finirait ?
Selon Gilda, on était voués à disparaître.

Tobias avait décidé de ne pas passer son baccalau-
réat. Il avait également renoncé à l'idée d'être docteur
malgré l'héritage pesant sur ses épaules. Il avait pris
cette décision pour une simple et unique raison : il
n'avait pas des mains de médecin.

Sa mère avait tenté de le raisonner. Les médecins
avaient essentiellement besoin d'une tête bien faite,
l'index, on s'en moquait quand on n'était pas chirurgien. Elle l'avait pris par les sentiments. « Ta vocation, Tobias. Où est passée ta vocation ? » La
question de sa vocation avait déjà été tranchée, dix
ans auparavant, place de l'Opéra.

Gilda revenait régulièrement à la charge, affirmant
que Tobias ferait un excellent psychiatre – et c'était
à ses yeux le plus beau métier du monde. Elle lui
faisait miroiter des conférences devant un parterre de
sommités, prédisait qu'il découvrirait de nouveaux
médicaments, peut-être – elle l'en croyait capable –
trouverait-il le traitement contre la schizophrénie
dont souffrait une de ses cousines.

« Tu seras le nouveau Freud ! Une maladie portera
ton nom, la kotévite, et l'allée d'un grand hôpital,
aussi ! »

Tobias ne ressentait ni l'envie ni le courage d'exercer parmi les fous. Son meilleur ami était cinglé, Joseph Bernstein, un Juif venu de Pologne avec qui il occupait son temps avant que cet imbécile ne mette tragiquement fin à ses jours.

Ils se retrouvaient, Joseph et lui, au petit matin, sur la colline de Gairaut. Joseph lui avait raconté qu'on pouvait d'un certain endroit apercevoir la Corse. Il s'agissait d'un effet d'optique les jours de très beau temps, à l'aube – un mirage, en quelque sorte. Les côtes corses obnubilaient Joseph Bernstein. Il avait projeté de s'y rendre, espérait de là rejoindre la France libre à Alger. Il avait entrepris d'acheter un bateau à un marin du nom de Fiori – le capitaine Fiori. Celui qui se présentait comme un ancien officier lui avait promis un voilier en parfait état, le plus beau, le plus solide des rafiots à bord duquel Joseph pourrait atteindre Bastia en quelques jours. Inutile de savoir naviguer, le bateau avançait tout seul. Joseph avait proposé à Tobias de l'accompagner. Mais Tobias avait décliné. Il souffrait du mal de mer.

Joseph avait placé toutes ses maigres économies dans l'achat du bateau. Il avait demandé le soutien financier du Centre juif d'entraide aux réfugiés et Hermann Frieder, le responsable du centre, avait donné ce qu'il avait pu, après avoir répété la phrase qu'il prononçait chaque fois que quelqu'un poussait la porte du 10, rue du Rocher : « C'est le Centre d'entraide qui a besoin d'argent. Cela va faire quatre mois que nous ne payons pas notre loyer. » En raclant les fonds de tiroir, Hermann Frieder avait conforté Joseph dans la faisabilité de son projet. Joseph avait pu clamer : « Si un type comme Hermann Frieder, qui travaillait à la Berliner Deutsche Bank, croit en moi, c'est que j'ai raison de persévérer. »

Les autres traitaient Bernstein de fou, de demeuré. On racontait qu'il avait perdu la tête depuis que sa femme avait été abattue sous ses yeux à Lyon par les SS.

Lui n'en démordait pas, les fous, c'étaient les autres ! Ceux qui attendaient sagement dans ce petit trou à rat dont le gros matou nazi ne ferait qu'une bouchée. Il était convaincu que les Allemands viendraient coûte que coûte chercher les Juifs, qu'ils tiendraient leur promesse de les exterminer tous, du nord de l'Europe au bord de la Méditerranée. « Mais les Boches ne m'auront pas, disait-il. Je suis le capitaine à bord. Je prends mon destin en main ! » Il n'avait jamais douté de la sincérité du capitaine Fiori. Il expliquait : « Crois-moi, je connais les hommes. J'étais clerc de notaire à Varsovie. »

Empruntant à la terre entière, il avait fini par rassembler la somme nécessaire. Un soir, place Garibaldi, il avait enfin pu remettre, sous le manteau, une enveloppe remplie de billets à celui qu'il pensait être son sauveur.

Et voilà, c'était le grand jour, ce matin-là il devait récupérer le rafiot. Il avait demandé à Tobias de l'accompagner. Il était dans un état de totale euphorie. Fiori lui avait donné rendez-vous le long d'une petite crique de Saint-Jean-Cap-Ferrat. Chaque fois qu'un bateau approchait, Joseph agitait les bras, s'écriait : « Le voilà ! Il n'est pas beau, mon *Elsa ?* » Il avait baptisé son bateau du nom de son épouse disparue sous les balles allemandes.

Joseph et Tobias avaient attendu le capitaine Fiori tout le jour. Et quand la nuit était tombée, Joseph avait lancé : « Fiori a dû se faire arrêter par les Italiens et s'être fait voler l'argent. Moi, je ne jetterai pas la pierre à cet homme. »

Le lendemain matin, la concierge du 3 rue Arson avait découvert le corps de Joseph, pendu au bout d'une corde.

On l'avait porté en terre au cimetière de l'Est.

Avant l'enterrement, Tobias avait proposé au rabbin qu'on jette les cendres de Joseph à la mer, comme pour réaliser ses dernières volontés. Le rabbin n'avait pas relevé.

Paris, 2015

Elle trouvait, depuis quelque temps, son père moins alerte qu'à l'ordinaire. Elle redoutait qu'il n'ait maigri. Il avait la mine fatiguée, le teint pâle, presque jaunâtre. Lors de sa dernière visite, elle n'avait pas osé le questionner sur ce qui n'allait pas. Ce soir, elle avait décidé d'en avoir le cœur net.

En entrant dans son appartement, elle le trouva affairé dans la bibliothèque.

« Je ne t'ai pas entendue, ma Lumière, dit-il, d'une voix un peu traînante. Viens, tu vas m'aider... »

Elle se posta face aux rayons, demanda ce qu'il y avait à voir et, tout en l'interrogeant, laissa glisser son regard sur le visage de son père afin de l'examiner.

« Tu ne constates rien ? » demanda-t-il en lui indiquant de la main une rangée d'ouvrages.

Elle fit non de la tête, s'attarda sur ses joues, ses paupières, puis ses yeux.

« Je crois qu'il manque un livre, dit-il avec l'air éploré des grandes catastrophes. Entre Alfred Döblin et Ernst Weiss, il y a un espace qu'il n'y avait pas avant. »

Elle constata que ses joues étaient plus creuses qu'à l'ordinaire, ses paupières cernées, ses orbites un peu excavées.

« Je te dis qu'il manque un livre et c'est tout l'effet que ça te fait ? s'exclama-t-il. Évidemment, pour toi, à partir du moment où on n'a pas un cancer, rien n'est grave ! »

Son père avait maigri, de manière irréfutable.

« Peut-être qu'il n'y a pas de livre en moins, mais simplement un espace en plus, répondit-elle, tentant de se rassurer, se disant qu'après tout, à l'âge de son père, on avait le droit de perdre quelques kilos.

— Si un espace s'est glissé dans la bibliothèque, c'est qu'un livre a été emprunté. Tu as emprunté un livre, récemment ? Tu aurais le droit, tout ce qui est à moi t'appartient, c'est juste que j'aimerais être au courant.

— Je ne t'ai pris aucun livre, papa, répondit-elle en songeant que finalement rien de terrible n'était à craindre, son père ne se plaignait de rien.

— Alors c'est la femme de ménage ! accusa-t-il. Je ne l'ai jamais aimée, Miranda. Moi, je voulais garder Maria.

— Maria est morte, papa, répliqua-t-elle, ravie de retourner aux petits tourments existentiels de son père.

— Eh bien, il ne fallait pas la remplacer ! Elle était irremplaçable, Maria ! Je lui préparais le café, on parlait pendant des heures, elle prenait toujours un sucre et demi. Je lui disais, " Maria, c'est trop ! " Elle n'en démordait pas. Et voilà, elle est morte. Je l'avais prévenue que le sucre n'était pas bon pour la santé.

— Elle a disparu dans un accident de la route, papa, corrigea-t-elle sans pouvoir s'empêcher de sourire.

— Tu sais ce que m'a dit Miranda la semaine dernière ? Qu'il serait possible de gagner de la place maintenant que les bibliothèques tenaient dans un petit écran. Je lui ai demandé ce qu'on ferait de mes livres, elle a répondu : " Oh, monsieur Kotev, les livres, aujourd'hui, ça ne vaut plus rien ! " Maria n'aurait jamais parlé ainsi ! »

Elle cessa de scruter son visage, voulut s'abandonner à la joie insouciante de la conversation présente.

« Je suis sûre que tu vas le retrouver, ton livre !

— Allez, tu as peut-être raison. Tu sais, ajouta-t-il, je fais le ménage dans mes affaires pour que, le jour venu, tu trouves tout en ordre. »

Elle ne releva pas.

« En rangeant mes papiers, j'ai retrouvé les lettres que ta mère m'avait envoyées avant notre mariage. Quand tu les liras, tu comprendras combien tes parents s'aimaient… Et puis, dans mon fatras, je suis tombé sur le courrier que la sœur de mon père, Natalia, m'avait adressé de Moscou après la guerre, quand elle avait retrouvé notre trace. Tu sais, j'aimerais vraiment que tu cherches si son fils, mon cousin Jankel, est encore vivant. »

Elle promit.

« Allons dans la cuisine. Tout ça m'a donné soif. »

Ils prirent place autour de la table. Découvrant le gâteau qu'elle avait rapporté de la boulangerie, il dit : « C'est gentil, tu m'as apporté une tarte, mais tu sais, je n'ai pas très faim depuis quelque temps... Assieds-toi, raconte-moi ce qui t'est arrivé récemment.

— Oh, il ne se passe pas grand-chose dans ma vie.

— Tu as tort ! À ton âge, il doit se passer des tas de choses !

— Toi, comment vas-tu, papa ? dit-elle pour changer de sujet.

— Je passe la nuit à me gratter, mais ça va.

— Tu te grattes... depuis quand ? demanda-t-elle, laissant percer une pointe d'inquiétude dans sa voix.

— Oh, cela doit bien faire trois semaines, un mois.

— Pourquoi tu ne m'as rien dit ?

— Oh, je te connais, reprit-il, tu t'en fais pour un rien ! Ça n'est rien de se gratter, n'est-ce pas ? »

Elle récapitula intérieurement : amaigrissement, anorexie, prurit. C'était, à l'âge de son père, les signes de quelque chose de grave.

« Tu as raison, dit-elle, en tentant d'afficher le plus grand calme. Pour le reste, tout va bien ?

— Oui, ça va bien. »

Elle poursuivit l'interrogatoire :

« Tu m'as dit que tu avais moins d'appétit ?

— Oh, tu sais, je redoute surtout de grossir ! Mais je me suis pesé hier. Eh bien, je suis devenu plus svelte qu'à vingt ans, je pèse soixante-neuf kilos, c'est encore mieux que soixante-quatorze, non ?

— Oui, c'est bien, de mincir, c'est bon pour le cholestérol », concéda-t-elle, la mort dans l'âme.

Maintenant qu'il s'était déplacé à hauteur de la fenêtre, elle remarqua que sa peau virait effectivement au jaune. Elle ajouta à sa liste « ictère », ce terme confortant ses pires pressentiments lui fit redouter à un cancer du pancréas.

« Mon cholestérol a toujours été parfait. Par-fait ! »

Elle n'osa pas lui poser la dernière question dont la réponse, ajoutant aux autres signes, confirmerait le diagnostic de la terrible maladie et creuserait dans son propre cœur un trou comme une tombe. Avant qu'elle n'ait prononcé un mot, son père ajouta de lui-même :

« Tu sais, je n'aime pas te parler de ces choses-là, mais, mes selles… elles sont devenues claires, et mon urine toute foncée. Léna, je crois que je me détraque tout seul. »

Les doutes étaient levés, un étudiant de troisième année aurait pu établir le diagnostic. Son père était affecté par l'un des pires cancers. Il lui restait une année à vivre, peut-être moins. Elle s'efforça de ne rien laisser paraître de ses craintes et de son angoisse, prit la main de son père, veilla à ne pas trop serrer pour qu'il ne devine pas, dans la force de l'étreinte, l'intensité de sa détresse. La nuit était tombée. Elle dit qu'elle allait rentrer, recommanda de ne pas s'en faire, elle allait s'occuper de tout. Dans quelques semaines, il aurait retrouvé l'appétit, la vaillance de ses vingt ans.

« Merci », fit-il dans un murmure.

Il l'accompagna jusqu'à la porte. Sur le perron, il la fixa d'un regard triste et il lui demanda pardon.

« Pardon de quoi, papa ?

— Tu sais très bien. »

Nice, mai 1943

Le dimanche après-midi, Mendel allait rejoindre Werner Friedman sur la terrasse du Westminster. On prenait un verre en contemplant la foule des badauds qui flânaient sur la Promenade des Anglais, goûtant le parfum d'insouciance flottant dans l'air salé de la mer. L'endroit prenait des airs d'allée du Tiergarten. Journalistes, écrivains, musiciens, médecins allemands s'y croisaient, vêtus de leurs plus beaux costumes, panama sur la tête. Des Juifs roumains, désinvoltes, confiants dans l'inviolabilité de leur passeport, croisaient les Juifs grecs, apeurés, rescapés des massacres de Salonique. De riches Juifs hollandais sortant du Negresco, l'air comblé, passaient sans les voir devant des Juifs polonais en haillons louant à cinq un meublé. Entre les mains des Allemands, tous auraient été logés à la même enseigne.

Ils savouraient l'existence, ce lieu était un monde à part, on considérait les Juifs comme des hommes, on refusait d'inscrire tout signe distinctif sur leur carte d'identité ou sur leurs vêtements, on refusait de les livrer, de les conduire sous bonne escorte à la gare et de les faire monter dans les wagons à bestiaux.

Les rabbins avaient adressé un message de reconnaissance éternelle au consul d'Italie.

> *À Alberto Calisse, Consul général d'Italie*
> *Che applicando le direttive del suo governo agli residenti e rifugiati nella zona di occupazione italiana in francia ha dato alta nobile prova di umanita e di giustizia*
> *Omaggio di perenne riconoscenza*
> *Nizza, 10 maggio 1943*

Mendel aimait se fondre dans cette foule, écouter les discours formulés dans d'innombrables idiomes dans les accents desquels il captait, çà et là, des expressions de yiddish, sa langue maternelle dont il saisissait à peine quelques mots. La langue de sa mère morte, langue morte de sa mère. Quelques semaines auparavant, le 19 avril 1943 précisément, Himmler avait décidé la liquidation du ghetto de Varsovie pour célébrer l'anniversaire de Hitler. Son cadeau au Führer pour ses cinquante-quatre ans. Chacun ses petites attentions : éliminer les derniers survivants des centaines de milliers de Juifs entassés et affamés dans cet espace clos, mettre un terme définitif à toute vie juive à Varsovie. « *Alles Gute zum Gerburtstag, Mein Führer !* » Mais les derniers des Juifs avaient rassemblé des fusils, fabriqué des grenades artisanales, troublé les festivités et fait reculer, pour l'honneur, l'armée du Reich venue fêter le glorieux jour en liquidant le Grand Ghetto. En quelques mois,

Nice était devenu un autre ghetto. Nulle mitraille n'y tonnait.

Mendel marchait le long du bord de mer, il ne se lassait pas de contempler le ciel. L'air saturé de lumière donnait aux façades des maisons et aux toits l'apparence de décors de rêve, illuminait les visages et enchantait les mines, réparait les blessures et guérissait les peines, cette lumière bleue tombée du ciel, translucide, aveuglante, commençait à dissiper le souvenir vieux de seulement quelques mois des trains en attente à la gare de Nice, bondés, prêts à partir au coup de sifflet pour une destination inconnue. Oui, l'air était si pur qu'on en oubliait l'été 1942, et ce sinistre jour d'août, le 26, où les Juifs apatrides avaient, dans ces rues-là, été raflés, deux cent soixante-dix-neuf femmes, douze enfants et deux cent dix-neuf hommes, d'abord massés à la caserne Auvare, puis conduits à la gare Saint-Roch de Nice – transfert facturé par le directeur de l'entreprise de transport à monsieur l'Intendant de police pour un montant de mille quatre cent dix-sept francs. Les personnes raflées – dont Mendel et sa famille auraient dû faire partie – avaient ensuite été transportées, hommes et femmes séparés, de la gare Saint-Roch à la gare du Bourget-Drancy, dans un convoi affrété par la SNCF constitué de trois voitures-voyageurs, de vingt-sept voitures à bestiaux aménagées avec de la paille, de cinq fourgons à bagages et d'une quatrième voiture-voyageurs destinée à une escorte policière. Départ Nice, arrivée Drancy, le 1er septembre 1942.

Mais c'était vieux de huit mois et aujourd'hui Mendel pouvait, allant à la rencontre de son ami, se laisser bercer par le flux des vagues dont le mouvement régulier et doux l'apaisait.

L'exil avait métamorphosé Werner Friedman, épaissi ses traits, clairsemé ses cheveux, terni l'éclat de son regard. Werner n'était plus que l'ombre du dandy qui allait entre les tables du café Josty serrer la main de quelque ministre de Weimar déjeunant dans un coin de la salle. Il portait dorénavant toujours le même trois-pièces, celui ayant résisté aux assauts du temps et aux voyages, dont les manches étaient élimées, le gilet trop serré pour le ventre bedonnant et gonflé par les excès d'alcool dans les vapeurs duquel Werner noyait son désespoir. « Je bois comme Joseph Roth pour ne pas finir comme Stefan Zweig », expliquait-il. En ce printemps 1943, il passait ses journées au bar, affalé dans un fauteuil du fond de la salle où les serveurs lui portaient des verres de mauvaise bière, les seuls qu'il pouvait désormais s'offrir.

De jeunes hommes se tenaient parfois encore aux côtés de Werner, l'air un peu perdu, comme gênés d'être là, venus trouver, en échange de petites compensations, de quoi se payer une chemise ou des disques de jazz et qui déchantaient rapidement. Werner leur offrait un verre avant de les inviter au cinéma Rialto ou de les conduire dans quelques bars de nuit. Ces garçons se faisaient de plus en plus rares. « C'est l'argent ou la beauté qui intéresse la jeunesse, se plaignait-il. De l'argent, je n'en ai plus. Ne parlons pas de la beauté, veux-tu. »

La figure de Herbert von Schelning, le compagnon des années 1920, revenait parfois dans les conversations. Herbert avait été pris dans une rafle des SA au lendemain de l'incendie du Reichstag. D'abord interné à la caserne de la Friedrischtrasse, il avait été ensuite déporté à Dachau. Avant son départ, Werner avait en vain usé des relations de la famille von Schelning pour le faire libérer. On s'était heurté au mutisme de la Gestapo. Herbert von Schelning avait été décapité.

Mendel traversa la terrasse du Westminster dont les tables étaient toutes occupées. On buvait, on riait, à dix autour d'une tasse de café. Il rendit son salut au groom qui lui tint la porte en lançant :

« Belle journée, n'est-ce pas docteur ? Vous êtes attendu. »

Assis au fond de la salle, Werner avait sa mine des mauvais jours. Ses quelques mèches de cheveux d'ordinaire soigneusement ramenées sur le devant du crâne étaient ébouriffées. Son regard vitreux semblait perdu au milieu des bouteilles vides sur la table. Ses lèvres esquissèrent à peine un sourire.

« Visiblement, tu n'es pas au courant ? dit Werner, une fois Mendel assis. Ils ont arrêté Theodor Wolff !

— Impossible, les Italiens n'arrêtent pas les Juifs.

— Mendel, ta naïveté me surprendra toujours ! Après tout ce que tu as pu voir, tout ce que tu as subi, tu crois que la nature humaine s'interdit encore quelque chose... Depuis des mois, les Allemands réclamaient la tête de Wolff. Les Italiens ont fini par céder. »

Theodor Wolff, l'ancien rédacteur en chef du *Berliner Tageblatt*, le cofondateur du Parti démocrate allemand, était la conscience des Allemands en exil. Il habitait à quelques pas du Westminster, sur la Promenade des Anglais.

« Je revois encore la une du *Völkischer Beobachter*, l'organe du parti nazi en 1930 : " Wolff sera le premier à être expulsé quand nous arriverons au pouvoir ! " Voilà, ils l'ont récupéré.

— Peut-être que les Italiens ne l'ont pas livré.

— Qu'est-ce que Mussolini ferait d'un vieux journaliste juif allemand ? Non, il est entre les mains de la Gestapo ! C'est ça qui défie l'entendement ! Que les Allemands dépensent tant d'énergie pour récupérer un type de soixante-quinze ans ! Qu'il n'y ait jamais prescription, pas de limite d'âge, une haine infinie, éternelle... Dire que je dînais avec lui la semaine dernière. Peut-être que je serai le prochain.

— Tu n'es pas Theodor Wolff.

— Je ne sais pas si je dois prendre cela pour un compliment... Dire qu'à une époque le monde se battait pour un rendez-vous dans mon cabinet. Maintenant, même la Gestapo ne lèverait pas le petit doigt pour moi ! Je ne vaux vraiment plus rien. Je suis au bout du rouleau. D'ailleurs, il faut que je vienne te voir au cabinet. J'ai une douleur à l'estomac depuis quinze jours. Je suis sûr que c'est grave... Ne souris pas !

— Je n'ai pas souri.

— Moque-toi ! Un jour, mon hypocondrie me tuera et tu auras l'air malin. Garçon ! Deux bières, s'il vous plaît ! Je me moque de tes sarcasmes. Demain je serai à ton cabinet à la première heure. Et je t'interdis de me refouler !

— T'ai-je déjà refoulé ?

— En pensée. Tu ne prends pas ma souffrance au sérieux. Personne n'a jamais pris ma souffrance au sérieux de toute façon. C'est à désespérer de souffrir. »

Des rires parvinrent depuis la terrasse. Un jeune homme était monté sur une table et s'était mis à danser. Autour de lui, on frappait dans les mains, on encourageait, on criait hourra ! Les deux amis regardèrent la scène en silence.

« On dirait qu'ils ne se rendent pas compte, lâcha Werner.

— C'est mieux ainsi, non ? Qu'y a-t-il d'autre à faire que de danser ? Où veux-tu que l'on aille ?

— En tout cas, on ne retournera plus à Berlin. Tu as vu que Hitler a déclaré la ville « judenfrei », avant-hier ! Il a réussi à la vider des cent cinquante mille Juifs qui y vivaient. Et Hitler a le sens des mots, si c'est « judenfrei », c'est que le dernier Juif berlinois a été déporté. Et ça n'aura pas été l'épouse de Max Liebermann. Martha s'est donné la mort au Véronal pour échapper à la déportation. Tu imagines, à plus de quatre-vingts ans ! »

Werner s'interrompit pour observer à nouveau les jeunes gens qui jouaient sur la terrasse.

Il reprit :

« Peut-être faudrait-il les prévenir ? Leur dire qu'un jour les Italiens vont partir. Que les Allemands ne vont pas laisser indéfiniment ce bout de terre empli de Juifs, qui est comme une provocation vivante. Ils vont débarquer dans six mois ou dans un an. Ils n'auront qu'à se baisser pour nous rafler. Peut-être faudrait-il leur dire que nous vivons nos derniers jours ?

— À quoi bon ? » répondit Mendel.

Paris, 2015

Elle avançait, désenchantée, dans les allées de l'hôpital, son père marchait à ses côtés et lui tenait le bras. Elle avait l'impression d'être dans un mauvais rêve. Scanner, échographie et bilan biologique, en confirmant son diagnostic, avaient scellé le sort des mois à venir, les lestant du poids de l'irrévocable. On avait rendez-vous ce jour-là avec le docteur Ville-main, une éminence sur la question du pancréas, un homme qui, en cet instant, personnifiait ses seuls espoirs et à qui elle attribuait des pouvoirs suprêmes, comme si, en dépit de toutes ses connaissances en la matière, elle pouvait croire qu'il existait un remède miracle capable de guérir l'incurable, d'obtenir la grâce des condamnés. Avant d'aller en consultation, on devait pratiquer une IRM cérébrale pour éliminer la possibilité d'une dissémination du cancer à l'encé-phale, qui assombrirait encore le pronostic et que laissaient redouter certains troubles signalés par Tobias, céphalées récentes, baisse de l'acuité visuelle. Léna espérait que ce ne fût rien. Son instinct lui disait que c'était quelque chose.

À l'entrée de l'hôpital, son père s'était attardé à contempler la façade aux briques rouges et les quelques statues ornant l'établissement. L'expression de son visage traduisait le même émerveillement que s'il s'était trouvé devant les vitraux de la cathédrale de Chartres. « Depuis le temps que je voulais voir l'endroit où tu travailles ! », s'était-il écrié comme si c'était le plus beau jour de sa vie.

Au service des admissions, on se rangea dans la file d'attente. Il flottait sur les visages un sentiment de résignation égayé seulement par la plénitude de quelques femmes enceintes dont le ventre rond attirait les regards.

« Je crois que c'est la première fois que je vais à l'hôpital pour quelque chose d'important, dit Tobias, jovial. Tu imagines quelle santé de fer ton père possède ! »

Elle sentait un pincement au cœur chaque fois qu'il s'exprimait.

Leur tour vint. Au guichet, après avoir énoncé son état civil, il se tourna vers Léna et lui lança :

« Bientôt quatre-vingt-dix ans ! Et je te promets d'aller jusqu'à cent. »

Elle se força à sourire. Et, sachant que son père, hélas, ne passerait pas l'année, elle répondit avec des airs de sincérité :

« Pour ton prochain anniversaire, nous ferons une grande fête.

— Tu sais ce qui me ferait plaisir ? Ça serait d'aller à Ludichev. J'aurais dû me rendre depuis longtemps là où mon père est né. »

Il s'interrompit puis lâcha :
« Il n'est pas trop tard, n'est-ce pas ? »

Ils longeaient maintenant une allée de bâtiments sans âme. Elle remarqua, en les croisant, la démarche aérienne de ses confrères médecins qui s'entretenaient entre eux, s'exprimaient par grands gestes, ignoraient le monde alentour, semblaient faire partie d'une autre humanité. À les voir ainsi, elle se demanda pourquoi ils lui semblaient si différents de la veille.

Un peu plus loin un interne la salua. Deux infirmières lui lancèrent un « Bonjour, docteur Kotev ! »

« Quelle célébrité ! » s'exclama Tobias, aux anges.

Il raconta que, petit garçon, il avait rendu visite à son père à l'hôpital de la Charité à Berlin : « On avait marché ensemble main dans la main. Je ne sais pas qui était le plus fier, mon père me montrant où il exerçait ou moi, devant tous ces gens qui le saluaient, l'honoraient d'un "Professeur" par-ci, "Mon cher collègue" par-là, et faisaient le geste d'ôter leur feutre sur son passage ?... Léna, tu as bouclé la boucle ! »

Elle aimait quand il la faisait voyager dans le temps, rapportant les grands récits du mythe familial, plongeant dans des époques et dans des lieux qui n'existaient plus que dans son esprit. Bientôt l'écho des vies lointaines ne lui parviendrait plus. Les voix d'antan allaient se taire pour laisser place au silence des morts. Plus jamais les histoires extraordinaires, adieu les contes de Kotev.

« Eh bien, un jour, ajouta-t-il, je retournerai à Berlin ! »

Il ignorait la gravité de son mal. Ou bien ne voulait rien savoir, ou posait des questions qui n'appelaient pas de réponse, ou bien, sans l'avouer, avait déjà tout compris. Elle ne savait comment lui apprendre la nouvelle. De quelle manière annoncer à son père qu'il lui reste quelques mois à vivre ? Elle ne voulait déléguer cette charge à personne, elle seule saurait mettre les formes et trouver la manière. Jusque-là les mots lui étaient restés dans la gorge.

Elle savait qu'entendant les termes de « cancer du pancréas » son père comprendrait aussitôt que ses jours étaient comptés, que tout traitement était vain. Léna avait toujours considéré que seule la foi en l'avenir permettait de tenir jusqu'à l'instant ultime. Quelle importance si cela relevait de faux espoirs ? Elle était parvenue jusque-là à garder le secret en usant des plus grossiers subterfuges, enrobant les faits, niant les évidences. L'exercice la mettait au supplice. Elle n'avait jamais su mentir. Autrefois, son visage s'empourprait dès qu'elle avait prononcé une contre-vérité. À l'époque, son père trouvait là un sujet de moquerie. Mentir, pour lui, ça n'était rien, la chose la plus naturelle au monde, un moyen de faciliter l'existence : « Tu es comme ta mère, trop entière », lui reprochait-il. Lorsqu'elle était adolescente, il lui louait les vertus du mensonge, voulait lui enseigner l'art de la feinte, la convaincre que les petits accommodements avec la vérité aidaient à mieux vivre en société, éviter les conflits, s'intéresser à des gens ennuyeux, paraître aimable aux yeux de tous.

« Je vais te donner quelques rudiments, expliquait-il alors. Mais attention, pas un mot à ta mère, elle serait furieuse contre moi ! Ça sera notre secret.

— Je ne sais pas tenir un secret.

— À quinze ans, il serait temps que tu apprennes ! Tu vas commencer par inventer quelque chose.

— Je ne sais pas inventer.

— Comment est-ce qu'on peut ne pas savoir inventer ?

— Tu sais bien que je n'ai aucune imagination.

— Force-toi ! Dis-moi sans rougir que tu as eu une mauvaise note en mathématiques.

— Pourquoi est-ce que j'aurais eu une mauvaise note en mathématiques ?

— Pour me mettre en colère !

— Tu es toujours en colère.

— Fais-moi croire... que tu ne seras jamais médecin.

— Tu sais bien que je serai médecin.

— Ou que tu as volé de l'argent dans mon portefeuille.

— Je dispose de tout l'argent de poche dont j'ai besoin. »

Elle aurait donné tout l'or du monde pour retrouver les clairs matins de ses quinze ans.

Lorsqu'ils furent entrés dans le service de radiologie, un de ses confrères, prévenu de leur arrivée, vint les accueillir et proposa à Léna d'assister à l'examen depuis la console d'interprétation. Elle eut un instant d'hésitation, se demanda si elle serait assez solide pour voir la réalité lui sauter au visage, affronter la dernière épreuve – une métastase au cerveau signerait une fin prochaine.

« Accepte ! intervint son père, je n'ai pas besoin qu'on me tienne la main ! »

Quand on vint le chercher un moment plus tard, il exhorta sa fille à ne pas s'en faire et suivit l'infirmière. Elle retrouva son confrère derrière la console, s'assit près de lui, guettant l'instant où son père entrerait dans la machine.

« C'est bien un néo du pancréas ? » demanda le radiologue d'un ton compatissant.

Elle acquiesça.

« Tu le fais suivre par Villemain ? »

Elle fit oui.

« C'est le meilleur sur la place. Mais il est un peu rude au premier abord. »

Elle répondit qu'elle savait.

La machine se mit à tourner. Voyant son père glisser à l'intérieur du tunnel de l'appareil, elle eut l'impression de lui dire adieu sur une gare.

Les premières images du cerveau commencèrent à apparaître à l'écran et elle sentit monter en elle une peur semblable aux terreurs de l'enfance, quand, sur son lit de petite fille, dans l'immobilité du soir, elle craignait d'être abandonnée. Sous ses yeux défilèrent le tronc cérébral et le cervelet, l'hypothalamus et l'hypophyse, la substance grise, la zone de l'intelligence, la zone des affects et, voyant passer la zone de la mémoire, elle songea : c'est là que résident les souvenirs de mon père, là que se cache la mémoire des miens. Mais, soudain, son attention fut attirée par les contours d'une masse blanche au milieu du parenchyme cérébral, une métastase dont la seule présence réduisait encore l'espérance de vie de son père. Au-dessus du premier nodule, sur le lobe frontal, un second surgit. À la fin de l'examen, le médecin tourna un regard désolé en direction de Léna, comme s'il s'excusait de ce qui avait été découvert.

Longtemps elle avait rêvé d'entrer au bras de son père dans la grande synagogue, vêtue de blanc, marchant fièrement sous les regards émus au son de la *Marche nuptiale* vers l'autel couvert de fleurs, répétant les gestes qu'avant elle les siens avaient accompli sous le dais, au milieu des cris de joie, un châle couvrant les têtes, la voix du cantor s'élevant en l'air, répondant « Amen » aux bénédictions, avant qu'un « Léhaïm ! » ne vienne soulever les cœurs d'allégresse. Ils avaient tous brisé le verre, Pavel et Rivka Kotev dans la petite synagogue en bois de Ludichev incendiée en même temps que Rivka périssait dans les flammes, Mendel et Gilda Kotev, dans la synagogue de Berlin sur la Oranienburger Strasse, avec son dôme resplendissant qui avait miraculeusement échappé au feu pendant la Nuit de cristal, Tobias et Clara Kotev dans la synagogue de Paris, rue Chasseloup-Laubat. Ce jour de joie ne viendra pas. Aucune célébration n'aura lieu. Ses lèvres ne prononceront jamais « À la vie ! » devant son père. Au lieu de l'allée fleurie vibrant sous la musique de Mendelssohn, elle l'accompagnera vers des lieux où plus rien n'a de charme, asiles de douleur au fin fond desquels le ciel n'accorde plus de faveur, où la vie s'abandonne, où la douceur d'exister n'est qu'un mot dérobé par le destin, où son corps est son propre bourreau, le plus puissant ennemi qui sème l'épouvante, déshonore l'existence, elle entraînera son père dans l'arène de ceux qui livrent leur dernier combat, leur volonté enfouie sous de vagues souvenirs, cherchant à puiser des forces inexistantes dans le plus reculé des tréfonds de leur être, ne trouvent que le spectacle désolé de feux déjà éteints et le vide terrible du fond des grands tombeaux.

Nice, octobre 1943

Le jeune Tobias Kotev monta à vive allure les escaliers menant à l'appartement de Werner Friedman et frappa à la porte. Il était en nage, avait l'air effaré. Werner Friedman lui ouvrit, le fit entrer, vérifia d'un coup d'œil si le garçon n'avait pas été suivi, referma à double tour derrière lui. Tobias commença à parler, débitant des propos décousus. Werner Friedman se sentait démuni, aurait aimé interrompre le garçon, lui proposer la maigre consolation d'un verre d'eau, essuyer les larmes sur ses joues, lui avouer qu'il connaissait déjà la nouvelle. Il avait perdu un ami.

« Ils ont tué papa, monsieur Werner ! Emma Lutman m'a tout raconté, elle y était, elle a assisté à tout, monsieur Werner... On avait pourtant prévenu papa de ne pas ouvrir le cabinet ! Mais papa est têtu comme une mule ! Il nous avait dit de partir chez les Marli, boulevard Maréchal-Foch, une chambre nous attendait mais lui devait rester encore un peu. "Un médecin, ça n'abandonne pas ses patients" qu'il a expliqué. Foutu métier ! »

Le 8 septembre 1943, les troupes allemandes franchirent le pont du Var et, en quelques heures, mirent en déroute l'armée italienne. Le 10, la Gestapo s'installa à Nice, avec quelques jours plus tard, à sa tête, venant directement de Paris, le Hauptsturmführer Alois Brunner, commandant du camp de Drancy, qui avait déjà dirigé, en Autriche dont il était originaire, la déportation en masse en vue de la liquidation des quarante-sept mille Juifs viennois, puis, l'année suivante, la déportation en vue de la liquidation des cent cinquante mille Juifs de Berlin, puis débarqué à Salonique le 6 février 1943 pour diriger la déportation en vue de la liquidation des quarante-trois mille Juifs grecs – mission achevée le 15 mai 1943 à Auschwitz-Birkenau. L'homme était arrivé à Paris, le 5 juin 1943, pour prendre la direction du camp d'internement de Drancy et diriger l'organisation des rafles et la déportation à fin de liquidation des Juifs en France. À Nice, Alois Brunner descendit à l'hôtel Excelsior et lança la traque aux vingt-cinq mille Juifs réfugiés.

« Papa tenait à ouvrir son cabinet ce matin, il ne voulait pas qu'Ethel Rozenblum et d'autres risquent de se rendre à l'hôpital, vu qu'elle avait besoin de soins, Mme Rozenblum, paix à son âme. Emma Lutman était venue consulter, parce que son état avait empiré, elle avait encore craché du sang. Elle était allée voir papa. Puisque c'est lui, le sauveur, au cas où certains ne seraient pas au courant. Comment elle a pu s'en sortir, Emma Lutman ? Je vais le dire, excusez-moi monsieur Werner, l'émotion me fait perdre le fil de ma conversation. »

Les Allemands raflaient jour et nuit dans les rues, dans les hôtels et les meublés. Les Juifs se terraient, littéralement cueillis, saisis, stupéfaits, par l'arrivée des Allemands qui usaient d'une brutalité sans nom, sans précédent, disait-on. Les SS cernaient les maisons, quartier par quartier, tournaient en voiture sans interruption dans les rues, parfois accompagnés de physionomistes payés entre cent et mille francs par tête, des Russes blancs pour nombre d'entre eux, qui désignaient du doigt les présumés coupables.

Les SS allaient chercher dans les hôpitaux les malades juifs, tiraient des lits les vieillards, les femmes, les enfants malades pour les conduire à l'Excelsior avant de les regrouper à la gare. En octobre, ayant fini d'écumer tous les hôpitaux, ils avaient raflé les nourrissons juifs de la pouponnière de l'avenue Clemenceau.

« Emma Lutman a tout vu, tout entendu ! En commençant par le grand coup qui a fait voler en éclats la porte d'entrée du cabinet. Les SS ont surgi en hurlant dans la salle d'attente, qui n'était plus du tout pleine depuis que la traque avait commencé – il y a des gens plus prudents que mon père et d'autres qui avaient déjà été raflés parmi sa clientèle. À l'instant où les Allemands ont franchi le pont du Var, maman avait prévenu qu'on était perdus. Mon père a voulu ouvrir le cabinet. Mon père avait plus peur de ne pas soigner Ethel Rozenblum que de tomber aux mains des Allemands. »

À l'Excelsior où ils étaient conduits, les Juifs étaient interrogés, torturés, pour confirmer ou avouer leur origine, livrer le nom, l'adresse de leur famille. Aussitôt après, ils étaient regroupés à la gare puis parqués dans des wagons. Le premier des quarante-six convois arriva à Drancy le 17 septembre 1943. Le deuxième arriva à Drancy le 19 septembre 1943, le troisième le 20 septembre, le quatrième le 23 septembre, le cinquième le 26 septembre, le sixième également le 26 septembre. Le septième convoi, arrivé à Drancy le 27 septembre, comptait parmi les déportés M. Moïse Gorenbuch, qui logeait au 23 rue d'Italie, à Nice, dans le centre-ville, et qui était né le 22 janvier 1899 à Kichinev.

« Papa est sorti de son bureau quand il a entendu le fracas de la porte, calmement, toujours très calmement, papa est toujours d'un grand calme, quel dommage qu'il soit si tête de mule ! Les patients hurlaient, parce que les Allemands dans la salle d'attente avaient frappé avec la crosse de leur fusil toutes les personnes qu'ils trouvaient en travers. Emma Lutman n'avait jamais rien connu de pareil, et elle en a vu, Emma Lutman, elle a quitté Berlin après la Nuit de cristal. Le pire, c'est que Mme Ethel Rozenblum, quand les Allemands ont surgi, a eu comme une attaque, elle s'est effondrée sous les yeux d'Emma Lutman, le choc était trop grand pour elle. Emma m'a dit que mon père s'est alors posté devant les SS et a commencé à leur parler, calmement, dans leur langue commune, entre Allemands, et Emma Lutman qui comprend l'allemand a raconté ce que mon père leur a dit. Qu'ici les gens étaient malades et qu'il ne fallait pas les brusquer. Mais qu'ils pouvaient l'emmener, lui, Mendel Kotev, il était prêt. Alors, un type avec un manteau de cuir, un chapeau et des gants s'est approché, le type a demandé le fusil du SS qui était entré en premier, et il a hurlé à papa qu'un Juif ne devait pas parler en allemand, que cette langue n'était pas faite pour les chiens, et il a donné un coup de crosse sur le visage de papa, et le coup était si fort qu'il a mis papa par terre, alors que, vous savez bien, vous, monsieur Werner, que rien ne pouvait abattre mon père, et sa tête était en sang, selon Emma Lutman, et alors…, excusez-moi…, alors, le type en manteau de cuir a rendu l'arme au SS, il a sorti son pistolet, il a mis en joue papa, qui était au sol, et il y a eu une détonation, enfin c'est ce que m'a dit Emma Lutman, peut-être pour m'épargner les détails, vu qu'un fils ne peut pas tout entendre. Et Emma a dit qu'à ce moment ceux qui étaient dans le cabinet ont été pris de panique, ont crié et que l'un d'eux a quitté la pièce et que les SS sont allés le chercher dans l'escalier d'où sont parvenues d'autres détonations, et pendant ce temps Emma Lutman s'est faufilée dans le bureau de papa, elle connaissait les lieux, elle est allée se réfugier sur le balcon, elle a attendu derrière les persiennes, elle a entendu des bruits de bottes dans le bureau, et les Allemands n'ont pas cherché jusque sur le balcon, ils y ont juste jeté un coup d'œil parce qu'ils avaient beaucoup à faire avec les patients de la salle d'attente. À quoi ça tient la vie d'un Juif, à rien, une erreur d'inattention.

Pendant la nuit, la gardienne de l'immeuble, celle qui reprochait toujours à mon père le bruit dans l'escalier, a récupéré Emma Lutman qui est restée chez elle avant de nous rejoindre chez les Marli, puisque sa mère avait été raflée aussi, alors je vous le demande, monsieur Werner, vous qui le connaissiez bien, mon père, et que ma mère est si choquée qu'elle a perdu la tête, qu'est-ce qu'il m'aurait recommandé de faire, papa, vu qu'il est plus là pour me le dire ? »

Paris, 2015

Elle se tenait assise à la droite de son père dans la salle d'attente du docteur Villemain et observait Tobias du coin de l'œil tandis qu'il feuilletait un journal trouvé sur la table basse. Il ponctuait sa lecture de haussements d'épaule et de commentaires désabusés sur l'état de la société, là où allait le monde. Il referma l'hebdomadaire, le posa sur la table et demanda :

« Tu es sûre que les résultats de l'IRM cérébrale que j'ai passée sont normaux ? »

Elle répondit qu'ils étaient strictement normaux.

« Alors, comment se fait-il qu'en lisant le journal j'ai parfois l'impression de voir flou ? »

Elle se mordit les lèvres, expliqua que c'était l'âge.

« Moi, je n'y ai jamais cru à l'âge. Il faudra que tu m'amènes consulter un ophtalmo. »

Elle avançait près d'un homme enchaîné à son sort. C'était elle qui tenait les chaînes, elle qui serrait les liens.

« Tu crois que ça sera encore long ? »

La secrétaire du docteur Villemain l'avait assurée au téléphone qu'ils passeraient dès que possible, arguant que cela faisait partie des minces privilèges accordés à la profession.

« Pas plus d'une trentaine de minutes, assura-t-elle.

— Trente minutes ! s'exclama-t-il. J'en ai assez de tous ces examens et de tous ces docteurs ! »

Il s'interrompit, demeura quelques instants, les yeux perdus dans le vague, l'air accablé. Il redressa la tête et demanda :

« Il est bien, ton docteur Villemain ?

— Le meilleur, à ce que l'on dit, papa.

— Cela signifie quoi, le meilleur ? Et comment sait-on qu'on a affaire à la lanterne rouge ? »

Chacune de ses paroles lui brisait le cœur en même temps qu'elle les buvait comme si c'étaient les dernières.

« Tu ne m'as toujours pas dit exactement ce que j'avais d'ailleurs ! »

Elle se demanda combien de temps elle pourrait résister à ses assauts, savait qu'à l'énoncé de la vérité, la sale réputation, si amplement justifiée, du cancer du pancréas les ferait tous deux entrer dans une autre dimension, un espace où le temps serait compté. Où le spectre de la mort abolirait l'espoir des jours restant à vivre.

« Le docteur Villemain possède l'ensemble du dossier, dit-elle. On m'a assuré qu'on pouvait s'en remettre à lui.

— Moi, je préfère m'en remettre à toi. »

Elle aurait aimé se retrouver petite fille, quand c'est son père qui l'accompagnait chez le médecin – sa mère avait la frousse des blouses blanches. Pendant l'examen, Tobias lui tenait la main, la portait dans ses bras, la couvrait de baisers, la rassurait pendant que le docteur l'auscultait, « Sois sage, ma beauté. » Mais c'était du passé.

« Tu sais quand même si c'est grave ou pas ?

— Les examens n'ont rien montré de dramatique, papa, je te l'ai déjà dit.

— J'en ai ma claque des examens ! Échographie, prise de sang, scanner, IRM ! Et puis l'autre docteur qui pendant l'échographie m'a enfoncé une aiguille sous le sternum, sans même me dire que ça faisait terriblement mal ! Lui, si je le recroise ! »

Il s'interrompit, la fixa du regard et lança :

« Léna, tu ne me mens pas, n'est-ce pas ? »

Elle dit du ton le plus déterminé possible :

« Est-ce que je t'ai déjà menti une seule fois, papa ? »

Le visage de son père s'éclaira comme si une vérité absolue venait d'être énoncée.

« C'est vrai, toi, tu ne mens jamais. Tu es comme ta mère. Excuse-moi d'avoir douté de toi. Avec tout le mal que tu te donnes, je suis bien ingrat. »

Il laissa passer un silence, sembla chercher dans son esprit quelque chose d'important qui lui avait échappé jusqu'alors mais s'était promis de dire.

« Excuse-moi mais…, j'ai entendu le médecin de la ponction raconter qu'il cherchait à atteindre le pancréas. C'est le pancréas, c'est cela ? Parce que je ne suis pas stupide, je suis au courant que si c'est ça, je suis foutu ! »

Elle répéta ce qu'elle avait déjà expliqué à propos du docteur Vigo. Le médecin avait dit vouloir *éviter* le pancréas dans sa ponction.

« J'ai dû mal comprendre, dit Tobias. Pardonne-moi. »

Elle redoutait, si elle ouvrait la bouche pour ajouter un mot, d'éclater en sanglots.

La porte s'ouvrit, la secrétaire annonça :

« M. Kotev, s'il vous plaît. »

Quand ils furent à sa hauteur, la dame lâcha, avec un sourire entendu :

« Je vous avais dit que ça ne serait pas long. »

Le docteur Villemain se leva de sa chaise, serra la main de Léna, salua Tobias, les pria tous deux de s'asseoir. C'était un homme petit, à l'air énergique. Les manches de sa chemise dépassaient de celles, courtes, de sa blouse. Une rangée de stylos de diverses couleurs étaient alignés dans sa poche.

« Chère Léna, dit-il, depuis le temps que l'on se croise sans prendre le temps de se parler ! Évidemment, d'autres circonstances auraient été préférables. »

C'était l'homme des dernières chances et des cas désespérés. On disait qu'il savait prendre des risques, ne craignait pas d'expérimenter de nouvelles molécules, donnait une espérance quand il n'y en avait plus.

« J'ai eu par téléphone les résultats de l'IRM cérébrale, poursuivit-il. Ça n'est pas brillant, n'est-ce pas ? »

Sans attendre de réponse, il chaussa ses lunettes, plongea dans le dossier disposé sous ses yeux, lut attentivement chaque page, s'arrêta à plusieurs reprises, annota la marge au crayon, referma le dossier, sortit d'une grande pochette une planche de scanner, l'examina longuement, pointa du doigt plusieurs endroits, eut un hochement de dépit, murmura quelque chose d'inaudible, remit la planche dans l'enveloppe, sortit un stylo de sa blouse, nota quelques mots sur une feuille libre, leva la tête et dit, s'adressant à Léna :

« J'avais déjà étudié le cas hier soir. Vu son âge et le bilan d'extension, nous sommes un peu démunis, je ne vous apprends rien. »

On disait qu'il n'avait pas le contact facile, il manquait d'empathie. Elle avait balayé ses réserves, l'essentiel était qu'il fût le meilleur sur la question. Elle se moquait de l'empathie. L'empathie n'allait pas guérir son père.

« Au vu des résultats, je proposerai un traitement de confort, quelque chose d'assez doux, sans trop d'effets indésirables. Inutile d'en attendre des montagnes, bien sûr. »

Cet homme était, à sa connaissance, le plus au fait des dernières techniques, celui qui possédait la plus grande expérience des lésions pancréatiques à un stade avancé.

« Docteur, intervint son père, que peut-on faire pour mon teint ? Vous savez, ça n'est pas parce qu'on approche des quatre-vingt-dix ans que l'on ne fait pas attention à soi ! »

Villemain eut un rire détaché et, s'adressant à Léna, dit :

« Il est drôle, votre père ! »

Elle était venue en quête d'un allié dans un combat perdu d'avance, elle avait besoin d'un guerrier, un homme sans merci. Elle devait passer sur la manière.

« Drôle ou pas, s'emporta Tobias, je ne veux pas mourir jaune ! »

Elle posa la main sur celle de son père dans un geste d'apaisement.

« Ne t'inquiète pas, papa, nous allons faire quelque chose. »

Villemain eut un haussement d'épaules et lança d'un ton agacé :

« Vous savez comme moi qu'il n'est pas opérable. »

Elle éprouva l'envie de prendre son père par le bras et de quitter les lieux.

« Je sais, murmura-t-elle.

— Et moi, je ne sais rien du tout ! s'exclama Tobias. Docteur, il paraît que c'est vous qui allez me dire si ce que j'ai est grave. »

Elle sentit qu'elle n'était plus à même d'agir sur les événements. Pour la première fois, elle éprouva un sentiment d'impuissance et d'abandon.

« Cher monsieur Kotev, j'ai l'habitude de dire la vérité aux patients, votre fille le sait sans doute. »

Elle trouva dans son regard un air plein d'humanité qui lui fit espérer le meilleur.

« Eh bien, poursuivit-il, votre cas est un cas sérieux. »

Elle se sentit rassurée. À l'évidence, Villemain ne se sentirait pas le droit de convertir le doute en certitude, n'oserait pas écrire la première ligne de la chronique du condamné à mort.

« Parlons franchement, docteur, rétorqua Tobias comme s'il voulait pousser le médecin dans ses derniers retranchements. Quand vous dites cas sérieux, vous voulez dire cas mortel ?

— Mortels, nous le sommes tous, cher monsieur Kotev. »

Elle se mit à prier, elle qui ne priait jamais, ne s'était jamais souciée d'implorer une présence divine, un quelconque soutien. Elle inventa une prière, *Mon Dieu, dieu d'Abraham, d'Isaac, de Jacob, dieu de Pavel, Mendel et Tobias, inspirez l'âme du docteur Villemain. Fermez ses lèvres s'il s'apprête à prononcer le mot fatal.* Cette prière rassemblait ses derniers espoirs.

« Docteur, le fait que nous soyons mortels, c'est un sujet de philosophie ! reprit Tobias, avec dans le ton de sa voix l'intention d'en découdre. Moi, je vous parle de quelque chose de concret, de mon sujet, de ma vie. Docteur, j'ai le droit de savoir ! »

Le docteur Villemain eut l'air surpris autant que contrarié par le propos. Et, comme s'il était temps de remettre les pendules à l'heure, d'en finir avec les tergiversations et d'en revenir aux seuls faits, il déclara, d'une voix sonnant la fin de la récréation et le rappel à l'ordre :

« Le cancer du pancréas, c'est toujours grave, monsieur Kotev, votre fille a dû certainement vous le dire. »

Tobias tourna vers Léna un regard furieux, mais sa colère n'était pas motivée par la catastrophe annoncée, c'était une rage paternelle contre la rupture d'un lien de confiance dont le père se sentit subitement orphelin. La rancune dura un rien de temps, se mua aussitôt en une effusion de tendresse, Tobias se leva de sa chaise, alla prendre Léna dans ses bras, puis essuya les larmes qui s'étaient mises à couler sur les joues de sa fille. Il lui murmura de cesser de pleurer, il la consola, tout était pardonné, il ne lui en voulait pas, il ne lui en aurait voulu pour rien au monde, jamais il ne lui en voudrait, ils étaient unis tous les deux, à la vie à la mort. Elle se laissa bercer dans la chaleur des bras de son père, protégée, presque heureuse.

Moscou, février 1953

« Je te repose la question, camarade Natalia Pavlovna Kotev. Oui ou non, lorsque tu as examiné le cœur du camarade Jdanov, as-tu entendu des signes d'insuffisance cardiaque qui auraient dû conduire le docteur Volvsi et le professeur Etinguer à modifier leur traitement et à interdire formellement au camarade Jdanov tout long voyage, recommandation que ces criminels en blouse blanche n'ont pas délivrée parce qu'ils voulaient assassiner le camarade Jdanov, comme leurs homologues médecins avaient assassiné dix ans auparavant le camarade Maxime Gorki et comme eux-mêmes projetaient de tuer le camarade Staline ? Oui OU non !?

Tu demeures muette, camarade, muette depuis deux jours et trois nuits. Tu es dans ton droit. Mais ici, nous avons du temps, et l'on dit à la Loubianka qu'aucun silence ne saurait résister à un interrogatoire bien mené. Crois-tu que toi, la petite Natalia, tu vas te montrer plus résolue que les services de la Sécurité d'État de l'Union soviétique ? Que toi, fille d'un obscur médecin de Ludichev, tu vas faire plier

297

le grand Staline dans sa détermination à mettre au jour le plus incroyable complot jamais ourdi dans l'histoire de l'Union soviétique ?

Tu t'entêtes inutilement, Natalia Kotev. Tu continues à nier les faits en dépit des preuves qui t'accablent et de l'accusation de tes confrères. À part toi, tout le gang de ton organisation criminelle a avoué. Camarade Kotev, nous savons que tu fais partie de la clique de médecins nationalistes bourgeois juifs qui voulaient attenter à la vie du camarade Staline. Avec la moitié des indices dont je dispose, je pourrais t'envoyer à Kolyma, ou te faire fusiller. Mais nous sommes des êtres civilisés, nous ne condamnons jamais à mort sans des aveux complets.

Nous allons reprendre l'interrogatoire de zéro. Camarade Rolminov, veux-tu bien lire le texte de l'agence Tass, repris dans *La Pravda* du 13 janvier 1953, cela rafraîchira la mémoire de notre camarade. S'il te plaît, sergent.

— *Arrestation d'un groupe de médecins saboteurs*

Les organes de la Sécurité d'État viennent de démasquer un groupe de médecins saboteurs qui cherchaient, en leur administrant des traitements nocifs, à abréger la vie des hauts responsables de l'Union soviétique.

Parmi eux figurent le professeur Vovsi, thérapeute ; le professeur Vinogradov, thérapeute ; le professeur Kogan, thérapeute ; le professeur Feldman, oto-rhino-laryngologiste ; le professeur Etinger, thérapeute ; le professeur Grinstein, neurologue ; le docteur Maiarov, thérapeute.

De divers documents d'enquête, conclusions d'experts et aveux de personnes arrêtées, il ressort que ces criminels étaient des ennemis du peuple cachés, préconisant de mauvais traitements aux malades pour aggraver leur état de santé.

L'enquête a établi que les membres du groupe terroriste, en usant de leur position de médecins et abusant de la confiance des malades, ont, de façon préméditée, attenté à la santé de ces derniers, ignoré délibérément les données d'examens objectifs et établi des diagnostics erronés ne correspondant pas à la nature réelle de leur mal, et que leurs traitements incorrects les ont tués.

Les criminels ont reconnu que, profitant de la maladie du camarade Jdanov, ils ont émis un faux diagnostic, passant sous silence un infarctus du myocarde, et prescrit un régime contre-indiqué pour cette grave affection, ayant entraîné la mort. L'enquête a établi que les assassins ont également provoqué la mort du camarade Chtcherbakov en lui administrant des drogues puissantes et en lui prescrivant un régime nocif.

Les médecins criminels cherchaient d'abord à saper la santé des chefs militaires soviétiques, à les éliminer pour affaiblir la défense du pays.

Il est établi que tous ces médecins assassins du genre humain, ayant éliminé le drapeau sacré de la science et bafoué l'honneur des scientifiques, étaient des agents stipendiés des services secrets de l'étranger.

La majorité du groupe terroriste était liée à l'organisation juive internationale nationaliste bourgeoise Joint, créée par les services secrets américains pour venir en aide aux Juifs d'autres pays.

En réalité, sous la houlette des services secrets américains, cette organisation mène une activité d'espionnage *terroriste et subversive. Vovsi a déclaré aux enquêteurs qu'il avait reçu de l'organisation Joint aux États-Unis l'ordre d'"exterminer les cadres dirigeants de l'URSS" par l'intermédiaire du médecin moscovite Chimelovitch et du nationaliste juif bourgeois notoire Mikhöels.*

L'enquête devrait se conclure prochainement.

— Merci, sergent. Je dois te préciser, camarade Kotev, pour que tu mesures la gravité de ces accusations, que le docteur Chimelovitch, médecin principal de l'hôpital Botkine a déjà été exécuté, ici même, à la Loubianka, il y a moins de six mois. Camarade Kotev, des plus forts et plus aguerris que toi ont cru pouvoir nous résister et les couloirs de notre Loubianka sont pleins de ces résolutions suicidaires. Mais, si tu écoutes bien, tu entendras les murs de ta cellule résonner des cris, des pleurs et des suppliques de ceux qui avaient décidé de se taire. Sache enfin que, si nous n'arrivons pas à te soutirer tes aveux, nos camarades du MGB se feront un plaisir de te conduire au Lefortovo, dont les méthodes font passer les interrogatoires de notre noble édifice pour d'aimables parties de cartes. Poursuivons ! Rolminov, veux-tu bien donner l'état civil de l'accusée.

— *Natalia Pavlovna Kotev. Née le 16 mars 1903 à Ludichev. Médecin au service de cardiologie de l'hôpital du Kremlin, dans le département dirigé par feu le professeur Etinguer, disparu après son incarcération. Fille de Pavel Alexandrovitch Kotev, médecin, décédé dans la nuit du 4 au 5 avril 1905, lors du pogrom de Ludichev. A été recueillie à l'âge de deux ans par la famille Ozcowitch, dont le mari, Vladimir Federovitch, était entrepreneur avant de devenir en 1919 instituteur à l'école Lénine de Moscou.*

Il est à noter qu'en 1924 Natalia Pavlovna est partie à Berlin rejoindre son frère, Mendel Pavlovitch Kotev, devenu médecin à l'hôpital de la Charité de Berlin, disparu à Nice en octobre 1943, soupçonné d'avoir été proche un temps des spartakistes pendant la Révolution allemande de novembre 1918, et d'être l'ami du trotskiste notoire Herbert von Schelning, dirigeant du KPD, mort décapité à Dachau en 1934.

Natalia Kotev a entretenu une brève relation avec le docteur Serguei Kerner, mort au combat en 1942 à Stalingrad, dont elle a eu un fils, Jankel, âgé de vingt et un ans, aujourd'hui étudiant en médecine à l'Université de Moscou.

— Merci, sergent… Dis-moi, cela fait combien de temps que tu es à la Loubianka ?

— Trois ans, capitaine.

— Tu t'y trouves bien ?

— Toute ma vie est ici, dans mon travail, capitaine. Mais je rêve d'une mutation au Lefotorvo.

— Tu l'auras, sergent, tu la mérites. Tu as la trempe pour des interrogatoires au Lefortovo, sois patient.

— Si je peux me permettre une suggestion, j'ai toujours été convaincu qu'à la Loubianka nous pourrions appliquer les mêmes méthodes de torture qu'au Lefortovo.

— Sergent, prends garde à tes propos ! À la Loubianka, nous privons de sommeil, nous affamons, nous rendons fou, nous giflons, nous empêchons la station couchée, nous interdisons aux détenus de s'asseoir, nous menottons au sang, mais à proprement parler nous ne torturons pas. C'est ce qui nous différencie de Lefortovo. Et, sans vouloir être désobligeant à l'égard de nos collègues, ils n'obtiennent pas de meilleurs résultats que nous mais enregistrent des pertes humaines beaucoup plus conséquentes. La plupart de nos détenus sont fusillés après leurs aveux, tandis que beaucoup des leurs ne parviennent pas au peloton d'exécution vivants. Camarade Kotev, redresse-toi ! Cela fait deux fois, la prochaine, le camarade Rolminov se chargera de t'apprendre la discipline ! Revenons à la question qui nous occupe… Camarade Natalia Kotev, tu as démenti avoir jamais été trotskiste, n'est-ce pas, Rolminov ?

— Par trois fois.

— Nous allons te faire retrouver la mémoire. Mais, avant de proférer un nouveau mensonge, sache que chaque événement de ta vie antérieure a été gravé dans le marbre, chaque détail de ton existence est consigné, nous sommes la mémoire vivante du peuple soviétique, les scribes du grand livre de la vie et de la mort. Le parti veille sur le présent, mais il est aussi le gardien du passé, le parti est un marin pêcheur qui inlassablement ramène sur la rive les filets du temps et auquel le plus petit poisson ne peut échapper. On se leurre en croyant que chaque instant ne survient qu'une fois et qu'un jour chasse l'autre. En vérité, aucune faute n'est prescriptible, rien ne vient jamais effacer les crimes du passé. Nous fixons dans le temps les erreurs des hommes, tout ce qui n'a pas été puni, qui aurait dû être sanctionné, nous le ressuscitons. Nous n'accordons le pardon à personne. Non seulement nous avons tué Dieu, mais nous l'avons remplacé, nous sommes omniprésents et nous sommes omniscients, nous n'avons pas de cœur mais nous avons des yeux et des oreilles, de grands yeux qui voient tout et des oreilles immenses capables de capter l'écho du moindre mot prononcé contre la révolution dans la plus étroite rue de Moscou des décennies en arrière. Aujourd'hui, nous ne faisons pas seulement le procès des criminels en blouse blanche, nous leur assurons une forme de rédemption, nous leur offrons une dernière chance. Certes, cette chance ne leur servira pas face au peloton d'exécution, mais la leçon sera utile à d'autres et, grâce à vos crimes et votre ignominie, nous ferons de notre peuple un peuple admirable, exemplaire de courage, de fidélité et de probité. Rolminov, donne à notre camarade un verre d'eau, je la vois qui vacille... Bois, Natalia Pavlovna. Cette eau n'est pas empoisonnée comme celle que les tiens ont servie au camarade Jdanov... Alors, persistes-tu à affirmer que tu n'as jamais été trotskiste ? Rolminov, lis la déposition du camarade Vlassili Gouldanov :

— *Pendant l'automne 1922, lors d'une manifestation commémorant les journées de 1917, nous étions une dizaine de camarades venus assister au défilé. À quelques pas se trouvaient, à la tribune, le camarade Staline, les traîtres Boukharine et Kamenev et le criminel Lev Davidovitch Bronstein, dit " Trotski", vêtu de son uniforme de l'Armée rouge. La camarade Natalia*

*Pavlovna Kotev a crié par deux fois " Vive Trotski ! "
et son hurlement ignoble a été repris par deux de nos
camarades. J'ai personnellement tenté de remettre la
camarade Natalia Kotev sur le droit chemin en lui glis-
sant à l'oreille : " Trotski est un homme mort." Mais
elle a répété par deux fois encore son cri de guerre à
notre cause, témoignant là de son attachement aux
ennemis de la Révolution soviétique.*

— Merci, sergent. Camarade Kotev, continueras-
tu longtemps à nier l'évidence ? Que veux-tu comme
autre preuve ? La dépouille de ton maître ? Elle se
trouve à Mexico. Tu avais sans doute oublié ce triste
épisode de ton existence qui en compta tant, mais
nous sommes là pour rappeler aux traîtres leurs
fautes passées. Debout, je t'ai dit ! Rolminov, la prochaine fois que Natalia Kotev voudra s'asseoir, je
t'autorise à faire ce qui te vaudrait une promotion au
Lefortovo… Camarade Kotev, ne crois surtout pas
que ton genre féminin va nous attendrir ou que ton
statut de médecin te protégera des fourches caudines
de la justice. L'État, le parti et le MGB sont les
tenants de l'égalité. Nous n'interrogeons ni homme
ni femme, nous questionnons des coupables et des
traîtres. La Loubianka veille à l'égalité des sexes.
Dois-je te rappeler que la propre femme du camarade
Molotov, Paulina Jemtchoujina Molotov, a été dépor-
tée dans un camp au Kazakhstan en raison de son
appartenance criminelle au Comité antifasciste juif ?
Songe aussi à l'épouse du secrétaire particulier du
camarade Staline, un de tes coreligionnaires,
Postskrebychev, qui est en prison. Médite le funeste

destin de la camarade Emilia Teumin, qui a été fusillée il n'y a pas si longtemps. Rappelle-toi qu'il y a deux semaines seulement, le 7 février pour être exact, nous avons arrêté la sœur du propre président de l'État d'Israël, Chaim Weizmann, le docteur Maria Weizmann, et l'avons mise au cachot. Et n'attends pas que l'on vienne te sauver, camarade ! N'escompte pas une aide extérieure. Tu sais que les tiens sont terrorisés, que les Juifs de Moscou pensent qu'ils sont à la veille d'être déportés au Birobidjan. Leurs craintes sont motivées. Il y a des précédents. Entre 1943 et 1944, n'avons-nous pas déporté des populations entières, les Kalmouks, les Tchétchènes, les Tatares, les Karatchaïs ? Sache-le, rien n'arrête le camarade Staline. Ni la menace intérieure, ni la provocation extérieure. Quand je pense qu'Eleanor Roosevelt vient d'adresser une lettre à notre chef suprême pour s'inquiéter du sort réservé aux Juifs d'URSS depuis le dévoilement du complot des Blouses blanches ! Que cette chienne aille s'occuper de son pays fasciste et de sauver Ethel et Julius Rosenberg de la mort !

Camarade Kotev, n'attends rien non plus de notre humanité ! La compassion est au pouvoir communiste ce que l'autoritarisme est à la démocratie. Sache que le professeur Etinguer, considéré comme le plus éminent des médecins de Moscou, a été interné ici en 1951, et que, malgré ses soixante-trois ans et ses problèmes cardiaques, nous n'avons pas hésité à pratiquer sur lui trente-sept interrogatoires au terme desquels le cœur du professeur a lâché. Pense aussi à ce chien de Rudolf Slansky, secrétaire général du Parti tchécoslovaque, jugé comme conspirateur sioniste et pendu publiquement à Prague, précisément le…

— 3 décembre 1952.

— Merci, sergent. Peux-tu également donner à notre traîtresse le nombre exact d'hommes et de femmes que nous avons fusillés durant la seule année 1937, à mes yeux la meilleure du régime ?

— Trois cent cinquante-trois mille soixante-quatorze.

— Camarade, que représentes-tu par rapport au chiffre de trois cent cinquante-trois mille ? Des poussières ! Et n'imagine pas non plus que ton titre de docteur te protégera. Dans la Russie de demain, il n'y aura plus ni docteur, ni professeur, ni maître, seulement des serviteurs de la vérité et du parti aux yeux duquel le diplôme, le savoir et la culture représenteront les pires ennemis. Regarde en face le camarade Rolminov, tu as devant toi le visage de la Russie de Staline. Nous nous montrerons implacables jusqu'à ce que toute la vérité soit dévoilée et que justice soit faite. Depuis octobre 1952, dans le cadre de l'affaire dite du complot des Blouses blanches, nous avons arrêté deux cent cinquante-huit médecins, inutile de préciser que l'immense majorité est juive, même si nous avons glissé une trentaine de noms russes dans la liste pour ne pas donner d'arguments à vos organisations bourgeoises américaines qui nous accusent d'antisémitisme à tort et à travers. Attention, ne nous confonds pas avec les nazis. Nous,

nous n'exterminons pas. Nous fusillons, oui. Nous déportons, aussi. Mais ceux qui ne voient pas la différence avec les nazis méritent de connaître la chambre à gaz. Pour autant, nous n'avons pas d'état d'âme. La justice passe avant tout. Tous les dirigeants du Comité juif antifasciste ont été fusillés, le 12 août dernier, en ce lieu, et ce quels que soient leur âge et leur notoriété, et même Salomon Mikheols, le célèbre directeur du Théâtre yiddish de Moscou, mais c'est fini il n'y a plus de Théâtre yiddish à Moscou, ni dans toute la Russie soviétique, fini le théâtre yiddish, fini le yiddish en Russie soviétique ! D'autres cadres du Comité juif antifasciste se croient épargnés. Ils se trompent. Tout est une question de temps. Peut-être que le soi-disant romancier Ilya Erhenbourg se pense sauvé par son prix Staline. Monsieur Serge Eisenstein lui-même sera de la prochaine liste, tout comme l'écrivain Vassili Grossman. Et c'est à lui que je veux en venir. Lors de la perquisition à ton domicile, nous avons découvert un de ses livres qui a pour titre... Rolminov ?

— *Pour une juste cause.*

— Merci. Et au sujet duquel *La Pravda* écrivait pourtant, la semaine dernière encore, s'il te plaît, sergent :

— « Grossman n'a pas créé dans son roman une seule image vivante du communiste de l'épopée de Stalingrad. »

— Alors, je te le demande, camarade Kotev, ne vois-tu pas dans ce livre un affront au courage des soldats de notre grande armée ? N'aurais-tu rien d'autre à lire que ce genre d'auteurs ? Ne veux-tu pas relire Gorki, que les tiens ont assassiné ? Tu restes silencieuse ! Tu parleras comme les autres ont parlé. Nous ferons toute la lumière, nous ne laisserons pas l'ombre du doute, nous connaissons la vérité, mais la vérité n'a de sens que si elle sort de la bouche du coupable, et un coupable sans aveu n'est pas un vrai coupable... Je t'ai donné l'acte d'accusation, Natalia Kotev, pour que tes droits soient respectés, même si toi, tu ne respectes pas nos droits. Je vais te poser une autre question : est-ce que tu crois en l'organe de notre parti ? Est-ce que tu crois que l'agence Tass, qui est à l'origine de l'article du 31 janvier, se trompe ou a été trompée ? Sais-tu ce que signifie le mot « *pravda* » ? La *vérité* est-elle un vain mot pour toi ? Est-ce que toi, Natalia Kotev, tu peux réfuter ce qu'affirme l'organe de presse du Parti communiste soviétique ? Te sens-tu meilleure que *La Pravda* ? Toi dont le père, le grand-père et les aïeuls vivaient dans des ghettos de la Zone de résidence autorisée et priaient chaque jour un dieu arriéré, peux-tu dire que l'organe du Parti soviétique, notre *Pravda*, ment ? Que l'agence Tass ment ? Que le camarade Joseph Vissarionovitch Staline est un menteur ? Peux-tu nier l'évidence ? Et, par là même, note bien Rolminov, insulter la face du camarade Staline et l'esprit de la révolution bolchevique tout entier ? Tu continues à te taire, Natalia Kotev ? Rolminov, donne-moi la liste des médecins en cours d'interrogatoire. Tu connais nombre d'entre eux, tu as exercé avec eux, appris à leurs côtés, ce sont là tes pairs et tes professeurs, je veux que tu me dises qui a donné l'ordre d'exécution du regretté Jdanov. Lis, sergent.

— Docteur Vinogradov, docteur Zélénine, professeur Ryivkov, docteur Vovsi, docteur Vassilenko, professeur Etinguer, professeur Guelstein, docteur Feldman…

— Cela suffira. Camarade Kotev, ils sont tous entre nos mains. Nous tenons leurs aveux. Il nous manque les tiens pour boucler l'instruction et entamer ce procès. Nous savons que vous avez assassiné le camarade Jdanov. Ce chien de professeur Jacob Guilarevitch Etinguer a parlé avant de mourir, son fils a parlé aussi et dort aujourd'hui à Kolyma. Sa femme, la doctoresse Viktorova Etinguer, a parlé ici même dans les sous-sols et a aussi été envoyée à Kolyma. Le docteur Vovsi lui-même a tout avoué, Vovsi, le chef avéré de votre organisation terroriste, l'ancien médecin principal de l'Armée rouge. Rolminov, lis-nous les aveux de Vovsi.

— *Nous formions un groupe terroriste. Dans ce groupe se trouvaient des médecins dont un certain nombre de juifs nationalistes : « Logan, Temkine. Moi, Vovsi, j'étais le cerveau du groupe. Nous avions décidé contre le pouvoir soviétique des moyens extrêmes tels que la terreur et le traitement médical criminel dans le but de détruire la santé des dirigeants.*

— Merci, sergent. Camarade Kotev, tu sais comme nous que le procès de Moscou de 1938 – troisième du nom – a jugé et condamné les auteurs du meurtre de notre grand Maxime Gorki et de son fils. Tu sais que vous avez récidivé et qu'après notre immense auteur soviétique, votre gang de médecins nationalistes bourgeois juifs s'en est pris à un autre pilier du régime, vous avez assassiné notre cher Jdanov, l'enfant chéri du Bureau politique, décédé le 31 août 1948. Vous avez osé tuer Jdanov, l'héritier spirituel de Staline, lui dont le propre fils avait épousé la fille de Staline, Svetlana ! Vous n'avez peur de rien ! Vous faites régner la terreur sur nos villes ! Sais-tu que les Moscovites redoutent d'aller se faire soigner chez les médecins juifs depuis la révélation de vos crimes ? Sais-tu que nous avons dû fermer la grande pharmacie de la rue du 25-Octobre parce que la population craignait qu'elle ne délivre des médicaments empoisonnés ? Nul n'a plus confiance en son médecin et préfère crever plutôt que de consulter ! Sais-tu que le monde entier ne parle que de vous, et de vos crimes ! Sergent Rolminov, lis donc l'article paru dans *L'Humanité*, organe du grand parti frère du Parti communiste français du 27 janvier de cette année 1953.

— Un groupe de médecins terroristes vient d'être découvert en Union soviétique : ils ont attenté à la vie de dirigeants de l'URSS ; ils ont été démasqués comme des agents des services de renseignement américains ; certains d'entre eux avaient été recrutés par l'intermédiaire du Joint, organisation sioniste internationale.

Les médecins français estiment qu'un très grand service a été rendu à la cause de la paix par la mise hors d'état de nuire de ce groupe de criminels d'autant plus odieux qu'ils ont abusé de la confiance naturelle de leurs malades pour **attenter** *à leur vie.*

Les agents français et sionistes des services secrets américains en France essayent de surprendre la bonne foi du corps médical français en leur demandant de se solidariser avec les criminels.

Ils osent accuser l'Union soviétique d'antisémitisme alors que le pays du socialisme, le premier, a extirpé les racines même de toute discrimination raciale et que l'antisémitisme est puni par la Loi...

— Merci, sergent. Voilà ce que vous avez fait, camarade, vous avez jeté l'opprobre sur notre pays ! Nous accuser d'antisémitisme, nous ! Et pour la simple raison que nous avons liquidé des écrivains juifs et que nous nous apprêtons à liquider les médecins juifs !... Camarade Natalia Pavlovna, veux-tu te relever ! C'est un ordre, Kotev, debout ! Au nom du parti, immédiatement ! Rolminov, porte la camarade Kotev jusque dans sa cellule, je crois qu'elle n'est plus en mesure de répondre. Et demande au sergent Bilvradov de lui donner sa soupe. Il faut la remettre sur pied. Il ne s'agirait pas qu'elle nous claque entre les mains avant d'avoir signé ses aveux. Ensuite tu m'amèneras Vassilenko ou Feldman. Je me sens en veine ce soir.

Paris, 2015

Elle allait voir son père tous les jours que Dieu
fait. Matin, midi et soir, elle gravissait les escaliers.
Au long des semaines, son père avait subi biopsies,
cures de chimiothérapie, ponctions d'ascite, courtes
hospitalisations, plus longs séjours. Désormais, la
prise en charge se passait à domicile. On avait cessé
de lutter contre la maladie.

Elle arrivait à sept heures trente, avant d'aller travailler. Elle faisait le détour par la boulangerie pour
y acheter la tarte aux poires dont Tobias était si
friand par le passé. Elle trouvait son père assis dans
le fauteuil où il devait rester tout le jour – la force
lui manquait pour se tenir debout. Il s'efforçait
d'avaler deux ou trois bouchées du gâteau, bien qu'il
n'eut plus de goût pour rien, et, de temps à autre,
une quinte de toux le faisait régurgiter, il manquait
de s'étouffer, crachait, se répandait en excuses, tous-
sait à nouveau. Elle disait « Ça n'est rien », lui
humectait les lèvres avec un mouchoir puis essuyait
par terre, ramassait les morceaux.

On avait aménagé la bibliothèque en chambre afin que Miranda pût y rester dormir. Au matin, la jeune femme lui faisait sa toilette, l'aidait à s'asseoir dans le fauteuil. Au commencement, Tobias s'était opposé à sa présence au motif d'une part qu'il n'avait besoin de personne la nuit à ses côtés et d'autre part qu'une bibliothèque était faite pour accueillir des livres. Mais, après qu'on l'avait retrouvé au sol, un matin, incapable de se relever, il s'était laissé convaincre. Et il avait fini par avouer apprécier Miranda, et même ne plus pouvoir se passer d'elle. Certains soirs, avant de le coucher, elle prenait un ouvrage dans la bibliothèque et lui en faisait la lecture. Ces derniers temps, il ne trouvait plus la force d'écouter, s'endormait dès les premières lignes. C'était bientôt la fin.

Après le petit déjeuner, Léna prenait soin de lui masser longuement les jambes et les mollets en attendant la venue du kinésithérapeute qui, un jour sur deux, lui prodiguait des soins afin d'éviter phlébite et escarres. À genoux, frictionnant du mieux qu'elle pouvait la crème étalée sur ses paumes, pressant les chairs, elle avait l'impression de lutter à mains nues contre le sort. Cela n'avait pas empêché quelques semaines auparavant un caillot d'obstruer la veine cave inférieure. Le mal progressait.

Elle aidait son père à faire les cent pas, s'attardait un moment au balcon pour qu'il respire l'air du dehors, prenant garde toutefois qu'il ne prît pas froid – il était comme la flamme d'une bougie pouvant s'éteindre au moindre souffle. Elle le conduisait devant les rayons de la bibliothèque, contemplait avec lui la couverture des livres les plus anciens qu'il possédait, les Joseph Roth, les Stefan Zweig, les Thomas Mann. Et quand elle prononçait leurs noms, tirait les ouvrages de leurs rayons, quelque chose semblait se réveiller en lui comme à l'évocation d'amis de longue date. Depuis quelque temps, toutefois, les noms, les titres, les histoires ne lui disaient plus rien.

Elle revenait déjeuner aux alentours de treize heures quinze, autour d'un plat qu'elle avait confectionné la veille au soir en s'efforçant d'alterner poisson et viande, cinq fruits et légumes par jour, même s'il ne mangeait rien ou presque. Il goûtait du bout des lèvres, disait d'un filet de voix trouver le mets délicieux. Peu importait qu'il eût terminé après deux bouchées, L'essentiel était l'élan de surprise amusée accroché à son visage lorsqu'il voyait arriver l'assiette, même si ce sourire était devenu un peu forcé au fil du temps. Il avait perdu tous ses talents d'acteur.

Aux alentours de dix-neuf heures trente, il retrouvait toujours des instants de lucidité et, quand elle arrivait à temps, elle pouvait l'entendre parler jusqu'à quinze minutes d'affilée. Souvent il rapportait telle ou telle anecdote de sa jeunesse. Sa voix retrouvait des accents plus vigoureux, ses mains et son visage s'animaient. L'évocation du passé insufflait de la force à ce corps échiné. Il se voyait à Nice, adolescent, marchant sur la Promenade des Anglais ou bien arpentait, enfant, les trottoirs de Berlin. Parfois, il rapportait des bribes de la vie de son grand-père, Pavel Alexandrovitch, telles qu'il les avait entendues de son père, et c'était le récit lumineux d'une existence à nulle autre pareille, l'aventure épique d'un médecin du shtetl, à cheval du matin au soir et qui avait soigné des gouverneurs, défié les Cosaques. Au milieu d'une phrase, son regard s'éteignait brutalement, les mots se bousculaient dans sa bouche, elle le portait jusqu'à son lit, le bordait, lui disait « Bonne nuit, à demain. » Il dormait déjà.

Ce n'était plus maintenant qu'une question de semaines.

Il avait émis le désir d'être enterré dans la ville où son père avait disparu soixante-dix ans auparavant, d'avoir pour lieu de séjour éternel l'endroit où reposait l'âme de Mendel Kotev. Quand elle l'entendit prononcer ce souhait aux accents de dernière volonté, Léna ne put réprimer un sentiment d'effroi. Jusque-là, malgré les évidences, elle ne s'était jamais faite à l'idée d'une mort imminente. En dépit de tout ce qu'elle avait appris au fil des années, le spectacle des hommes et des femmes qu'elle avait vus disparaître, elle ne devinait rien dans la maigreur de son père, son teint cadavérique, son ventre gonflé d'ascite, sa voix de grand blessé, les douleurs térébrantes martyrisant son corps, qui eût pu augurer d'une issue proche. Elle restait convaincue qu'il allait se reprendre.

Sans doute cette espérance aveugle, vaine et un peu folle, qui allait à l'encontre des vérités premières, remontait-elle aux sources même de l'esprit de famille. Aussi loin qu'il était possible de remonter dans leur généalogie, les Kotev avaient toujours eu foi dans les lendemains qui chantent. Certains croyaient en Dieu, d'autres dans les progrès de la science, d'autres encore en l'humanité tout entière, et c'était pour chacun un credo à toute épreuve. Ils tentaient de surmonter les accès de violence universelle sans jamais céder au désespoir ni renoncer à leurs chimères. Confrontés à quelque chose de terrifiant et d'inédit qui menaçait de les détruire, ils gardaient encore confiance en l'avenir, portés par une croyance inextinguible en l'homme qui ennoblissait les pires tragédies s'abattant sur eux, coups de cymbale rythmant les siècles, et avait sans doute à voir avec le refus de l'irrémédiable, lot quotidien de l'exercice de la médecine. Dans la famille Kotev, cette année-là, la fille ne pouvait se résoudre à la mort du père.

Certaines heures du jour, elle voyait Tobias promener autour de lui des regards absents, manquer d'air, suffoquer, lâcher l'étreinte de sa main. Sa souffrance creusait un espace silencieux, immobile, grandissant, entre le monde et lui, dérobait à son visage ses traits les plus familiers et posait sur son front un masque sans âme, privé de la douceur d'antan, de l'entrain légendaire, esclave d'autre maître que la vie. Il se reprenait subitement, retrouvait des couleurs, revenait à lui. Elle avait eu peur pour rien, pouvait quitter les lieux, l'esprit en paix. Elle marchait dans la rue sans but, pour le simple plaisir de respirer l'air du soir, de mettre un pas devant l'autre. Et quelqu'un qui l'aurait croisée aurait cru qu'elle connaissait le plus grand des bonheurs alors que c'étaient juste quelques heures supplémentaires accordées par le ciel à son père.

Au milieu d'un après-midi de novembre, la sonnerie du téléphone retentit. C'était la voix de Miranda qui lui annonçait la nouvelle.

Moscou, avril 1953

« Camarade Natalia Pavlovna Kotev, assieds-toi
donc s'il te plaît. Comme tu as pu le constater, toi
qui es à la Loubianka depuis deux mois maintenant,
ton régime a changé depuis déjà plusieurs jours, tu
as pu dormir à loisir, faire une promenade quotidienne et ta journée n'a été interrompue par aucun
interrogatoire, nous t'avons également ôté les
menottes, et avons considérablement augmenté la
ration alimentaire. Cela n'est bien entendu pas lié à
ton attitude hostile et mutique qui, je te le rappelle,
si l'on m'avait laissé les coudées franches, t'aurait
coûté la vie. Sans doute t'interroges-tu sur ce qui a
motivé un tel changement ? C'est qu'il est advenu un
événement dont tu n'as peut-être pas idée parce que
les box de la Loubianka ne sont pas encore pourvus
de poste radiophonique, ni d'abonnement à *La
Pravda*. C'est un événement majeur, terrible tout
autant qu'inattendu, qui a ébranlé notre grand pays,
comme l'humanité tout entière. Cet événement, ce
drame pour nous, cette nouvelle tombée du ciel pour
les tiens est de ceux qui changent la face du monde.

À toi, il t'aura sauvé la vie. Rolminov, peux-tu annoncer à la camarade Natalia Pavlovna Kotev cette nouvelle que j'ai du mal à énoncer aujourd'hui encore sans verser une larme ?

— Le camarade Staline est mort dans la nuit du 5 au 6 mars.

— Merci, sergent. Oui, Natalia, la vie est ainsi faite, Staline est mort et vous, vous êtes vivants. J'aurais parié le contraire. J'aurais préféré le contraire. Cela s'appelle l'ironie du sort pour certains, la malchance pour d'autres et une sacrée veine pour ta bande de médecins juifs dont le procès s'annonçait comme la réédition retentissante des plus fameux procès de Moscou, et dans lequel aucun des prévenus, pas même toi, n'aurait échappé au peloton d'exécution. Mais il ne sert à rien de se lamenter sur le passé. Sergent Rolminov, lis donc le communiqué du 4 avril du ministère de l'Intérieur paru dans *La Pravda* :

— *Le ministère de l'Intérieur de l'URSS a procédé à une vérification minutieuse de tous les éléments d'enquête dans l'Affaire du groupe de médecins accusés de sabotage, d'espionnage et d'action terroriste à l'encontre de hauts responsables de l'État. En conséquence, il a été établi que les prévenus avaient été arrêtés par l'ex-ministère de la Sécurité d'État sans fondement légal. La vérification a montré que les accusations portées contre ces personnes étaient fallacieuses et les événements d'enquête sur lesquels s'appuyait l'instruction inconstants. Il est établi que les dépositions des prévenus confirmant les accusations portées à leur encontre ont été recueillies par les instructeurs de l'ex-ministère de la Sécurité à l'aide de procédés inadmissibles prohibés par les lois soviétiques.*

Se fondant sur les conclusions de la commission d'enquête créée spécialement par le ministre de l'Intérieur pour la vérification de cette affaire, les personnes arrêtées, inculpées sont entièrement réhabilitées et blanchies des accusations d'activités terroristes et d'espionnage ; en conformité avec les articles 4 et 5 du Code de procédure pénale de la Fédération de Russie, elles ont été remises en liberté.

Les instructeurs fautifs ont été arrêtés et seront jugés.

— Voilà, camarade Kotev. Jamais nous n'avons vécu un tel coup du destin. Des millions de personnes sont allées saluer la dépouille du Petit Père des Peuples au Kremlin. Le peuple russe est orphelin. Toute la nation soviétique pleure. Toute ? Non ! Une nation parmi les nations se réjouit ! Une nation sait qu'elle vient d'échapper à ce qui aurait pu être la plus formidable campagne organisée contre elle sur le sol russe. Tout était prévu, le procès des Blouses blanches devait se tenir ce mois-ci. Nous avions collecté les preuves, nous possédions les aveux. Le procès de Prague n'aurait été qu'un amuse-bouche avant celui-là. Oh, je vous vois à la barre, tous les médecins juifs répondant de vos crimes ! Et après les écrivains du Comité antifasciste, c'est vous qu'on aurait fusillés. Médecins et écrivains juifs, dans la fosse ! Sais-tu qu'en haut lieu on raconte que le projet de déportation de l'ensemble des Juifs de Moscou vers le Birobidjan était prêt. Hélas, le sort brise parfois les rêves les plus fous. Vous avez la vie sauve. Béria est le nouveau maître de la Russie. Après tout, c'est lui qui a fait du goulag ce que le goulag est aujourd'hui. Le parti peut continuer à rêver ! Peut-être votre grâce n'est-elle que passagère ? Je débutais à peine, il y a longtemps déjà et j'ai vu de mes yeux Béria interroger l'écrivain Isaac Babel avant que ce traître soit exécuté d'une balle dans la tête. C'était pour moi une vraie leçon ! Allez, assez de nostalgie, assez de jérémiades. Croyons en l'avenir ! Staline est mort, vive Béria !

Tu vas reprendre le cours de ta vie, camarade Kotev. Tu vas retrouver les tiens, ton fils Jankel, dont certains ici s'apprêtaient à demander l'incarcération au titre de l'approche de classe. Tu vas reprendre tous tes biens confisqués lors de ton incarcération. Mais... tu trembles, camarade Natalia ? Veux-tu bien te contrôler, s'il te plaît ! Je t'ai dit de maîtriser tes nerfs, camarade Kotev ! Redresse-toi, redresse-toi donc ! Natalia Kotev ! Sergent Rolminov, veux-tu bien porter la camarade Kotev jusqu'à sa cellule et appeler l'infirmier. Visiblement, tout cela représente trop d'émotions pour elle. Tu ramèneras Feldman en revenant. »

Nice

En ce matin d'automne, dans la grande allée du carré juif du cimetière de Nice, trois personnes suivaient le cercueil de Tobias Kotev porté à bout de bras par des hommes habillés de sombre, leur pas crissant sur le gravier à un rythme lent et régulier sous un ciel couvert de gros nuages blancs.

C'était le dernier voyage, père et fille réunis.

Elle avançait au milieu du paysage de tombes, allait vêtue de noir, dans ce désert de pierres où soufflait le vent froid, les yeux gonflés de larmes, accablée de chagrin. Elle marchait dans l'inconnu de cette terre des morts où elle conduisait son père pour l'éternité, elle qui ne l'avait jamais abandonné plus de trois jours d'affilée. Ses pleurs ne cessaient de couler, l'empêchaient d'y voir clair au milieu de cette ville peuplée d'âmes errantes. Et, parfois, ses yeux embués de larmes croisaient le long d'une allée la silhouette d'un homme ou d'une femme, immobile, inclinée devant un caveau et dialoguant avec l'au-delà.

Léna poursuivait sa marche à travers les rangées des sépultures vieillies, abîmées par le temps, ornées de fleurs séchées ou de petits cailloux qui édifiaient l'immense palais de marbre gris où reposerait son père. Le vent glaçait ses mains, le souffle lui manquait. Elle avait l'impression que ses pas s'enfonçaient dans la terre des morts. Ses forces l'abandonnaient sous les cieux désolés, elle aurait eu besoin d'un soutien immédiat et solide et l'idée lui vint tout à coup que, si son père avait été là, il n'aurait pas lâché sa main. Elle se dit que ça n'était pas si compliqué, elle avait uniquement besoin de la présence de son père, et soudain un espoir insensé monta en elle, la fit se redresser, lui donna de la force. Elle devait simplement attendre le retour de son père. Son regard se posa alors sur la dépouille quelques pas devant elle. Elle réalisa que son père n'était plus.

Sa détresse et sa peine lui ôtaient tout discernement, l'empêchaient de saisir les tenants et les aboutissants de ce drame. Elle avait l'impression que cette disparition était l'événement le plus terrible survenu en ce jour sur terre, mais, autour d'elle, en dehors du cimetière, le monde n'avait pas tremblé, les gens continuaient à vivre, à rire, à trépider comme si rien de majeur ne s'était produit, jeunes gens, ne voyez-vous pas que vous dansez sur une tombe ? Personne ne semblait mesurer l'étendue de la catastrophe et les gens qui l'avaient croisée s'étaient contentés de lui présenter leurs condoléances, avaient glissé quelques phrases de consolation, trois mots quand l'univers entier était recouvert d'un long manteau de deuil.

Son père avançait devant elle et la ville des morts semblait rendre un hommage au dernier disparu, avec ses pierres tombales alignées comme à la revue. Et les grands pins bordant les allées fléchissaient sous le vent au passage de celui qui fut.

Son père ne sera plus. Elle ne pouvait donner un sens à ces mots tant que le corps progressait à hauteur d'hommes, que la terre n'avait pas englouti sa dépouille. Les mots « cadavre, éternité, défunt » n'appartenaient pas encore à son vocabulaire, si tant est que ses lèvres puissent jamais les prononcer. Elle était au seuil de la nuit éternelle, ignorait encore ce que l'âme de son père murmurerait à son esprit, si cette âme serait présente à toute heure du jour, ou bien la quitterait de temps à autre pour la laisser respirer au milieu des vivants.

La traversée prit fin. Le cortège s'immobilisa près du trou béant qui bientôt accueillerait le cercueil, et au fond duquel elle refusa de porter un seul regard. Son père était proche d'elle pour quelque temps encore, à l'air libre, à portée de ses mains. L'imprudent voyageur qui va vers les ténèbres au beau milieu du jour, quitte la pleine lumière de ce mardi d'automne pour l'obscure noirceur des sarcophages.

Le rabbin Meyer prit la parole, entonna une prière en hébreu et sa voix élevée vers le ciel se mêla au souffle du vent. « Dieu empli de miséricorde, toi qui résides dans les hauteurs, donne le repos sous les ailes de la présence divine parmi les saints et les purs qui brillent comme la splendeur du firmament. » La prière terminée, le rabbin poursuivit par une allocution tentant de résumer l'existence d'un homme qu'il ne connaissait qu'à travers les bribes de renseignements qu'avait donnés sa fille. Le défunt s'appelait Tobias Kotev, était né à Berlin en 1926, avait été sauvé pendant la guerre à Nice en 1943, s'était installé à Paris, s'était marié, avait aimé sa femme, Clara, et sa fille, Léna, jusqu'à ses derniers instants, de tout son cœur, de toute son âme. « C'était un homme droit, un honnête homme, un bon Juif », dit le rabbin, répétant les mots de circonstance. « Cet homme, Tobias, fils de Mendel et de Gilda Kotev, petit-fils de Pavel Alexandrovitch et de Rivka Kotev, a fait son chemin, ce chemin ne s'arrête pas, il se poursuit dans l'esprit de sa fille, dans le souvenir de ceux que Tobias a connus. L'Éternel prend soin des êtres qui ont chéri les leurs, ont fait le sacrifice de leur vie ou de leur rêve pour leurs proches, comme ce fut le cas de Tobias Kotev, qui était un bon fils, un bon mari et un bon père, voilà ce que doit être un homme, le reste n'est que chimères. Nous sommes ce que nous recevons, nous sommes ce que nous transmettons. L'Éternel a donné, l'Éternel a repris, que le nom de l'Éternel soit sanctifié. Amen. »

Et, pendant que le rabbin tenait son discours, Léna songea à l'existence de son père, à sa vie heureuse à l'ombre des héros de la famille, comme on dit des médecins de famille pour les petites mains de la médecine, voilà ce qu'étaient les siens, des petites mains de l'Histoire, héros de rien du tout, disparus d'une épée plantée dans le cœur, d'une balle dans la tête, morts sans sépulture, soldats inconnus, son père n'avait pas éprouvé ce destin-là, une première, un événement dans la longue lignée des Kotev, ni vivant médecin, ni mort assassiné, on célébrait ce jour une divine exception. On célébrait son père, et elle sentit tout à coup la présence de sa mère, sa mère était venue, Clara n'aurait pu manquer un tel événement, « Comment vas-tu, maman, les esprits ont-ils cessé de murmurer à ton oreille ou entends-tu leurs voix, chère maman, rassure-toi, papa n'a pas souffert, il a quitté ce monde comme partent les justes. »

Une fois le discours du rabbin terminé, Léna vit les quatre hommes s'apprêter à descendre le cercueil au fond du trou. Elle comprit que l'heure était venue. Une douleur infinie lui parcourut le corps, un cri du fond du cœur empli de désespoir monta dans sa gorge, cri de douleur des orphelins échappé du plus lointain de l'enfance, propre à interrompre le cours du temps, à arrêter la main de l'homme, pro-testation dérisoire, hurlement charriant désolation et amertume, cri du sang, râle d'épouvante face au silence éternel, oraison funèbre des sans-voix, tollé obéissant à l'instinct de survie, supplique et long lamento de souffrance, appel au secours, rugissement de colère face au pathétique de la destinée humaine. Un cri d'adieu à réveiller les morts. Ce cri lui resta dans la gorge et la fit s'effondrer en sanglots.

Elle chercha à retenir la dépouille de son père, s'accrocha au cercueil, refusa d'abandonner son père et d'être abandonnée par lui, ne plus jamais le revoir, ne plus jamais le serrer dans ses bras, ne plus jamais lui parler, ne plus jamais l'embrasser, ne plus jamais caresser sa joue, ne plus entendre sa voix, ne plus sentir son odeur, et les quatre hommes en noir qui connaissaient le chant de l'immémoriale détresse humaine immobilisèrent le cercueil afin que la fille pût au mieux, une dernière fois, l'embrasser, le caresser, étreindre l'éternité. C'est le dernier instant, dis adieu à ton père.

Au moment où le cercueil fut porté en terre, elle mordit la poussière.

La dépouille avait pris place désormais au fond du caveau froid du séjour éternel. Plongée dans une sorte de silence hébété, sans réellement mesurer ce qu'elle faisait, Léna jeta sur la tombe quelques pelletées de terre. Puis elle se redressa et essuya son visage encore mouillé de pleurs. C'était l'instant où, tout flot de larmes étant tari, le corps dévasté s'accorde une pause, récupère, avant de se laisser à nouveau gagner par le malheur. Rendez-vous est pris sur l'agenda de sa détresse, l'embellie sera de courte durée.

Léna observa le vieil homme qui l'avait accompagnée tout au long du chemin. Jankel était en train de lancer, après elle, un peu de terre sur la sépulture de son cousin Tobias. Ce fut tout. Les Kotev n'avaient jamais été une famille nombreuse. Du moins, s'ils l'avaient été, c'était il y a longtemps, le XXe siècle ne les avait pas épargnés. Il ne restait plus qu'elle, et le vieux Russe à ses côtés.

Le rabbin prononça quelques derniers mots de consolation. Après quoi il demanda à Léna de déchirer un bout du tissu de son chemisier, en lui expliquant la signification de ce geste dans la tradition séculaire. Puis il délivra les indications sur ce que devait accomplir Léna si elle avait choisi de se plier aux lois juives du deuil. En premier lieu elle devait se nettoyer les mains avant de sortir du cimetière – on ne rentre pas chez soi après avoir approché le royaume des morts sans s'être purifié. En second lieu, elle devait rester une semaine au domicile de son père ou chez elle, sans sortir, poser de grands draps blancs sur les miroirs, accueillir ses proches venus la consoler.

« Vous avez des frères et des sœurs ? »

— Non.

— Des oncles et tantes ?

— Non.

— Des cousins ? »

Léna désigna de la main le vieil homme à ses côtés. Le rabbin serra sa main, lui présenta ses condoléances, prononça une autre phrase en hébreu puis quitta les lieux.

Jankel prit Léna par le bras, l'entraîna dans la grande allée sous la pluie fine qui s'était mise à tomber. L'homme raconta qu'à Moscou la pluie à un enterrement était considérée comme une bénédiction du ciel. Léna acquiesça machinalement. Elle laissa passer un temps puis déclara que, s'il préférait, elle pouvait parler russe, elle l'avait appris au collège, c'était sa première langue, cela faisait tellement plaisir à son père qu'elle pût s'exprimer comme son grand-père à Ludichev. Lorsqu'elle évoqua cette simple anecdote, la voix de Léna se fit plus douce, presque joyeuse. Évidemment, poursuivit-elle, elle n'allait pas apprendre l'allemand. Et elle rit sans honte.

« J'aurais beaucoup aimé connaître ton père, dit l'homme. Nous avions presque le même âge. Ma mère Natalia m'avait dit avoir retrouvé le père de ton père, Mendel, à Berlin, dans les années 1920. »

Léna se reprocha à voix haute de ne pas avoir organisé les retrouvailles pendant qu'il était temps. Pourquoi cherchait-on à se réunir quand il était trop tard ? Pourquoi en ce lieu, un cimetière ?

« Dommage, murmura-t-elle dans un sanglot. Cela aurait tellement fait plaisir à papa. Il tenait tant à ces retrouvailles. »

Jankel lui donna un mouchoir pour essuyer ses larmes. Elle s'excusa.

« Pleure, lui dit-il. Tu as le droit de pleurer. »

Ils traversèrent le cimetière, s'arrêtèrent sur un banc d'où l'on dominait l'horizon. La pluie avait cessé. Ils contemplèrent dans le lointain le coin de mer au-dessus de laquelle le ciel était totalement dégagé. Elle reprit la parole, remercia à nouveau Jankel du voyage, regretta encore une fois que ce fût trop tard. Elle aurait tellement aimé que son père et lui, les deux cousins Kotev, se connaissent.

« C'est comme si nous nous étions rencontrés », répondit l'homme.

Elle dit que c'était si aimable à lui, si merveilleux, d'être venu, si vite, de Moscou, elle se sentait tellement seule à cet instant. Ils replongèrent dans le silence, comme deux étrangers, et qu'avaient-ils en commun, sinon des liens du sang distendus par le temps ?

Elle songea qu'il lui faudrait prochainement aller chercher la plaque qu'elle avait fait réaliser et qui ornerait le dessus de la tombe. Sous la photographie de son père prise le jour de ses quatre-vingts ans, elle avait fait graver quelques lignes empruntées au livre de Derrida, *Chaque fois unique, la fin du monde* :

> *Depuis longtemps, si longtemps, je redoutais d'avoir à te dire Adieu. Je savais que ma voix tremblerait au moment de le faire et surtout de le faire à voix haute, ici, devant toi, si près de toi, en prononçant ce mot d'adieu.*

Elle rompit le silence. Au téléphone, Jankel lui avait dit qu'il avait un fils, n'est-ce pas ?

« Oui, répondit-il, Avner, un grand et beau fils de quarante-deux ans. »

Elle lui demanda ce que faisait son fils.

« Ce que fait Avner ? répéta-t-il, scrutant Léna au fond des yeux. Tu ne devines pas dans quel domaine exerce ton petit-cousin ? »

Un sourire éclaira le visage de Léna. Un souvenir lui vint. Cela remontait à ses vingt ans et à son premier jour d'hôpital. Son père lui avait demandé de passer sa blouse devant lui. Elle revit son regard illuminé de fierté et eut l'impression, de sentir le mouvement de sa respiration alors même qu'elle avait perçu son dernier soupir trois jours auparavant. Maintenant que, dans son souvenir, son père était face à elle, elle perçut sa présence, il la fixait de ses yeux

grands ouverts et non pas les paupières définitivement closes, comme elle les avait vues en ce matin
funeste. Maintenant, son père épinglait le badge au
nom de Léna Kotev sur la blouse. Puis, dans son
esprit, il embrassait sa joue.

Léna ferma les paupières. Toutes ses pensées fixées
sur ce baiser, elle inspira profondément l'air qui
venait de la terre. Alors, dans le cimetière balayé par
le vent, elle perçut distinctement sur son visage le
souffle de son père.

Paris

À l'appel de son nom, Léna se leva de sa chaise, traversa la salle d'attente, entra dans le vestiaire vacant et referma derrière elle. Dans cette pièce trop étroite, elle fut prise d'une bouffée d'angoisse. Elle s'appliqua à respirer lentement et profondément, et une fois ses nerfs maîtrisés, elle se déshabilla en disposant soigneusement, une à une, ses affaires. Quand elle ne fut plus qu'en sous-vêtements, elle sortit par une seconde porte. Elle parcourut lentement la salle d'examen plongée dans une semi-obscurité, monta sur le marchepied et s'allongea sur la banquette recouverte d'un drap de papier.

On l'avait prévenue qu'il y aurait du retard.

Allongée les bras le long du corps, elle essaya de se détendre avant l'arrivée du médecin. L'appareil à côté d'elle faisait un sourd grondement de bête assoupie. Elle se laissa bercer, ferma les paupières. Elle se revit des années en arrière, dans cette même position, son ventre dur comme de la pierre, tandis qu'on allait l'opérer. Elle rouvrit aussitôt les yeux, chassa le souvenir de son esprit, redressa la tête et explora la pièce du regard. Sur chaque mur était accrochée une reproduction d'un paysage en noir et blanc, à droite, une plage de sable, à gauche, des sommets enneigés. Elle songea qu'elle était plutôt mer que montagne et cette seule idée réveilla en elle la nostalgie de lointaines vacances, fit surgir le visage de sa mère. Elle vit Clara Kotev comme si c'était hier, en maillot de bain une pièce, marchant sur des galets. Et les images étaient comme ces vieux films aux couleurs passées qui avaient quelque chose d'irréel et laissaient un goût d'inachevé. Elle aurait tant aimé en ce jour sentir la présence de sa mère, partager cet instant avec elle. La plupart des autres femmes devaient être accompagnées en de semblables circonstances.

La porte s'ouvrit en laissant déverser un flot de lumière. La silhouette du gynécologue se découpa dans l'entrebâillement avant de se fondre dans la pénombre. Le médecin la salua d'une voix chaleureuse et s'installa derrière la machine. Elle répondit à son bonjour, sentit l'angoisse revenir et le sang battre à ses tempes.

Le médecin consulta le dossier rempli par le secrétariat, puis demanda :

« C'est le premier ? »

Elle acquiesça.

Elle ressentait un mélange de ravissement et d'inquiétude, tentait de refréner toute effusion de joie, elle trouvait cela trop beau, miraculeux, craignait de provoquer le destin en s'abandonnant avant l'heure à tout épanchement d'enthousiasme.

Elle avait, au long des derniers mois, franchi des épreuves qu'elle aurait pensées insurmontables, triomphé d'indépassables désespoirs, été au bord du renoncement. Elle avait revu Vincent. Peu lui importait qu'il fût atteint d'un lymphome ou pas. Elle l'avait accompagné de séances de radiothérapie en séances de chimiothérapie, comme si son destin, son devoir, l'ensemble de son existence résidaient pour l'essentiel dans la tristesse contenue et la fièvre des couloirs d'hôpitaux. Le monde médical était son univers, vie privée et vie professionnelle entremêlées, pareillement hantées par la souffrance et l'espérance, condensé d'une existence. Contrairement à ce qu'il avait laissé entendre, Vincent n'avait pas été tiré d'affaire après la première cure, on redoutait les récidives, on vivait avec une épée de Damoclès au-dessus de la tête. Mais quelque chose d'autre, d'inattendu, de prodigieux avait eu lieu. Elle était enceinte.

« C'est rare, mais cela peut arriver, conclut le gynécologue après qu'elle lui eut résumé les suites de l'intervention chirurgicale qu'elle avait subie. Allez, cessez donc de penser au passé. Aujourd'hui est un grand jour ! »

Quand la sonde d'échographie fut posée sur son ventre, elle retint son souffle. Elle ne parvenait pas à croire que la chance pouvait tourner en sa faveur, redoutait qu'une anomalie révélée par l'examen ne vienne briser l'espoir suscité quelques jours plus tôt par le test de grossesse.

« Détendez-vous, dit le médecin. Tout va être parfait. »

Elle ferma les yeux, préféra ne pas voir ce qui était observé et remit son destin dans le creux de la main qui officiait.

Les secondes qui défilèrent semblaient une éternité. Elle craignait que le médecin ne perçoive aucun signe d'activité embryonnaire. Elle sentait la sonde explorer son ventre, y chercher des traces de vie. L'homme travaillait sans dire un mot, concentré sur ce qu'il voyait. Son silence de réflexion emplissait la pièce d'une solennité grave, oppressante, instant suspendu dans le vide, césure entre le présent et l'avenir, muet prélude prolongé dans la pénombre immobile du lieu.

Un bruit soudain, claquant, régulier, saccadé résonna dans la pièce et envahit l'atmosphère. C'étaient les battements du cœur.

Et ce fut comme si les cloches carillonnaient dans sa tête, proclamaient jour de fête et réjouissances, célébraient une nouvelle ère, annonçaient une renaissance. Ces pulsations battaient la mesure d'une valse joyeuse, trois temps, passé, présent, futur, lui donnaient envie de danser, la faisaient glisser dans des rêves et tournoyer dans de grands bals. Elle allait sous d'immenses lustres, le long de miroirs gigantesques, enivrée par cette musique et dans la semi-obscurité désormais accueillante. Ces battements vibrant dans l'air faisaient comme un feu d'artifice.

« Vous voyez, tout va pour le mieux du monde, dit le médecin, poursuivant son examen. La prochaine fois nous connaîtrons le sexe. »

Il lui fit voir l'embryon sur l'écran, précisa combien il mesurait et déclara :

« C'est une toute petite chose, voyez-vous. »

Intérieurement elle corrigea : non, c'est immense, plus grand que tout.

Les battements cardiaques continuaient à résonner dans son esprit, faisaient écho aux voix d'antan en reprenant les pulsations du temps passé, la cavalcade de Pavel Alexandrovitch sur la plaine, le pas de l'officier cosaque dans le palais du gouverneur, les exclamations colériques des jeunes Trotski et Ben Gourion, les grondements de roue du wagon emportant le jeune Mendel loin de Ludichev, l'impatient piétinement des villageois avant le pogrom de Ludichev, le martèlement de la pluie sur le vasistas de la chambre mansardée de la Sophienstrasse, l'empressement aérien et léger de deux jeunes hommes montant les marches de l'opéra, le frottement sur le pavé de la foule derrière le cercueil de Walther Rathenau, les hourras des hommes changés en bêtes et acclamant leur chef, les bruits de bottes, le crépitement du brasier sur l'Opernplatz, le bruissement des vagues sur les galets de la Promenade des Anglais, le braillement étouffé des nourrissons raflés dans la pouponnière Clemenceau, le fracas fatal au cœur de Mme Rozenblum, la détonation emportant l'âme de Mendel Kotev, le son de verre cassé unissant Tobias et Clara Kotev, le cliquetis des chaînes entravant les chevilles de Natalia, l'atroce bruit sourd de chute sur le sol de Clara Kotev depuis le balcon de son appartement un soir d'automne 2005, le souffle du vent dans les feuillages des oliviers du cimetière du Nice. Ces bruits montant des profondeurs du temps composaient l'ardente prière du cantique des Kotev.

Ayant terminé l'examen, le médecin demanda à Léna ce qu'elle faisait dans la vie. Elle hésita, puis, ne voulant pas qu'il en sache trop, répondit qu'en ce moment elle ne faisait rien de précis. Il lui conseilla de profiter de ces instants. La liberté était le plus grand privilège de nos jours, surtout si elle était choisie.

« Et vous, vous avez l'air d'une femme qui a choisi sa liberté ! » ajouta-t-il.

Elle ne put s'empêcher de rire. Libre, elle qui avait toujours vécu prisonnière du passé ! Elle dit au médecin qu'il était fin psychologue. Il prit le compliment pour une vérité. Elle regarda sur l'écran la petite chose entourée de liquide – sa descendance ? Elle songea que, selon la tradition, si c'était un garçon, il porterait le nom de son père. Si c'était une fille, on l'appellerait Clara. Elle imagina, à sa naissance, les figures de Pavel, de Mendel et de Tobias Kotev penchées au-dessus du berceau de l'enfant.

Pouvait-elle rêver plus bel héritage que la légende familiale ?

Des extraits d'articles de presse, de déclarations, des dates, des chiffres, et d'autres précieux éléments historiques ont été tirés des ouvrages ci-après :

Jean-Louis Panicacci, *En territoire occupé, Italiens et Allemands à Nice. 1942-1944*, Vendémiaire, 2012.

Léon Poliakov, *Histoire de l'antisémitisme. L'Europe suicidaire 1870-1933*, Calmann Lévy, 1994.

Raul Hilberg, *La Destruction des Juifs d'Europe*, traduit de l'anglais par Marie-France de Paloméra, André Charpentier et Pierre-Emmanuel Dauzat, Folio, 2006.

Saul Friedländer, *Les Années de persécution : l'Allemagne nazie et les Juifs, 1933-1939*, traduit de l'anglais par Marie-France de Paloméra, Points, 2012.

Serge Klarsfeld, *Vichy-Auschwitz, la « solution finale » de la question juive en France*, Fayard, 2001.

Roger Dachez, *Histoire de la médecine : de l'Antiquité à nos jours*, Tallandier, 2012.

Pierre-Louis Choukroun, *L'Histoire de la chirurgie : du silex à nos jours*, Éditions du Dauphin, 2012.

Gershom Scholem, *Walter Benjamin : histoire d'une amitié*, traduit de l'allemand par Paul Kessler, Hachette Littérature, 2001.

Varlam Chalamov, *Les Années vingt. Cahier 2 : réflexions d'un étudiant*, traduit du russe par Christiane Loré, Verdier poche, 2008.

Jean-Jacques Marie, *1953, les derniers complots de Staline : l'affaire des Blouses blanches*, Éditions Complexe, 1993.

Michael Wex, *Kvetch ! : le yiddish ou l'art de se plaindre*, traduit de l'anglais par Anne-Sophie Dreyfus, Denoël, 2011.

Walter Benjamin, *Œuvres*, traduit de l'allemand par Maurice de Gandillac, Rainer Rochlitz et Pierre Rusch, Folio essais, 2000.

Amos Elon, *Requiem allemand : une histoire des Juifs allemands, 1743-1933*, traduit de l'anglais et de l'allemand par Pierre-Emmanuel Dauzat, Denoël, 2010.

Mise en page par Meta-systems
59100 Roubaix

CET OUVRAGE
A ÉTÉ ACHEVÉ D'IMPRIMER
SUR ROTO-PAGE
PAR L'IMPRIMERIE FLOCH
À MAYENNE EN SEPTEMBRE 2015

Nº d'édition : L.01ELJN000641.A002. Nº d'impression : 88785
Dépôt légal : août 2015
Imprimé en France